고양이를
잡아먹은
오리

제11회 세계문학상 대상

고양이를 잡아먹은 오리

김근우
장편소설

나무옆의자

:: 차례

1

불광천에는 오리가 산다.

나는 돈이 없다.

위의 두 가지 사실은 아무 상관이 없으며, 없어야 마땅하다. 그러나 살다 보면 아무 상관도 없는 일들이 한데 얽혀서는 장 꼬이는 것처럼 꼬일 때가 있게 마련이다. 이것은 내 인생이 그렇게 꼬였던 시절의 이야기다.

때는 2012년 팔월이었다. 유로존 재정 위기는 해결될 기미가 없었고, 미국의 실업률은 여전히 고공행진 중이었으며, 중국은 경제가 연착륙을 하네 경착륙을 하네 시끄러웠고, 우리나라 정치가들은 입만 열면 경제민주화를 떠들어대던, 그러니까 어딘가에 콕 처박혀 나오지 않는 그놈의 돈 때문에 지구촌 여기저기 난리 아닌 곳이 없었던 그런 시기였다.

온 세상이 난리인데 나라고 무사할 리 있겠는가. 세계경제 위기에 비하면 소소한 문제에 지나지 않겠지만, 어쨌든 나도 골치 아픈 처지에 있었다. 통장 잔고는 1,764원이었고, 지갑에는 천 원짜리 두 장과 오백 원짜리 동전 하나가 들어 있었다. 기껏해야 4,264원, 그게 내 전 재산이었다. 집 보증금은 밀린 월세로 까먹은 지 오래였으며, 집주인은 이달에도 월세를 주지 않으면 쫓아낼 수밖에 없다고 최후통첩을 보내온 터였다.

더욱 막막한 것은 내 나이였다. 서른셋이나 먹은 남자의 전 재산이 4,264원이라는 건, 뭐랄까, 한심하다거나 암담하다는 말로는 설명이 부족한 상황이었다. 한마디로 매우, 심히, 아주 깊이 환장할 노릇이었다. 나는 환장한 나머지 집 밖으로 뛰쳐나갔다.

폭염이 기승을 부리고 있었다. 하늘은 구름 한 점 없이 파랗기만 했고, 태양은 온 세상을 불태우기라도 할 기세로 이글거렸다. 집에서 나올 때만 해도 차라리 길바닥에 쓰러져 죽는 게 낫겠다 싶었는데 막상 불볕 아래에 서고 보니 더위 따위로 죽기는 억울하다는 생각이 들었다. 뭐 이렇게 지랄같이 더운 날씨가 다 있나. 정말이지 지랄 같은 더위였다. 이런 더위에 길바닥에 쓰러진다는 건 더더욱 지랄 같은 일이었다.

고개를 절레절레 흔들며 걷다 보니 어느새 불광천이었다. 산책로가 잘 정비되어 있어 평일 한낮에도 붐비는 곳인데 날이 너무 더워 그런지 사람이라고는 나와 카메라를 든 여자, 둘뿐이었다. 늘 떼로 몰려다니던 비둘기도 과자 부스러기를 뿌려주는 이가 없어서인지 보이지 않았다. 한가로운 불광천에 오리들이 꽥꽥대는 소리만 이따금 들려왔다.

날이 덥거나 말거나 오리들은 건재했다. 물속에 발을 담그고 있어서 그런가, 오리들은 지친 기색 없이 유유히 물 위를 떠다니는 중이었다. 보기에도 참으로 느긋해서 짜증이 날 지경이었다. 야, 이것들아. 네놈들은 덥지도 않으냐. 뭐 그런 소리를 구시렁대면서 신응교 밑으로 들어갔다. 그늘이 어쩌나 시원한지 온몸에 힘이 풀렸다. 어차피 보는 사람도 없겠다, 맨바닥에 퍼질러 앉아 땀을 식혔다. 맞은편 다리 기둥에 '비가 오면 수위가 급상승하여 위험하오니 하천 밖으로 대피하시기 바랍니다. 불응 시에는 관련 법령에 의거……' 어쩌고저쩌고 하는 안내판이 붙어 있었고, 그 옆으로 누군가가 손으로 쓴 전단지가 붙어 있었다.

〈일하실 분 찾습니다. 일당 오만 원. 성공 보수도 있음. 젊고 건강한 사람 우대. 문의는 다음의 번호로. 010-XXX-XXXX〉

일당 오만 원이 대단한 액수는 아니지만 일단 내 전 재산의 열 배가 넘는 돈이었다. 더구나 성공 보수도 있다지 않은가. 뭘 성공해야 한 다는 건지는 모르겠지만 여하튼 하기에 따라서는 더 많은 돈을 벌 수 도 있다는 점이 마음에 들었다. 젊고 건강한 사람을 우대한다는 점도 좋았다. 내가 내세울 것이라곤 젊고 건강한 몸뚱이밖에 없었으니까.

이것저것 가리고 자시고 할 여유가 없었다. 혹시 나보다 먼저 전화 를 건 사람이 있을까 불안해하면서 즉시 휴대전화를 꺼내 전단지에 적힌 번호를 눌렀다. 벨이 몇 번 울리고 전화가 연결되었다.

"여보세요."

나이 지긋한 남자의 목소리였다. 나는 일흔 살쯤 되는 노인을 상상 했다.

"전단지를 봤는데요, 일할 사람을 찾으신다고요?"

"그렇소. 일할 생각이 있소?"

"예, 그럼요. 근데 어떤 일인가요? 전단지에는 적혀 있지 않아 서……요."

"지금 전단지를 보면서 전화하는 거요?"

"예, 그런데요?"

"그럼 불광천이겠군. 내 집은 불광천 바로 앞에 있소. 면접도 볼 겸, 자세한 건 만나서 얘기합시다."

"당장, 말입니까?"

"그렇소. 왜, 바쁘오?"

"아뇨, 아닙니다. 가겠습니다. 어디로 갈까요?"

노인은 해치아파트 1305호에 산다고 했다. 그의 말대로 불광천 앞에 있는, 근처를 지나다니면서 익히 보아온 아파트였다. 나는 전화를 끊고 일어섰다. 천변 위로 오르는 계단을 밟는데 뒤에서 찰칵, 소리가 들려왔다. 돌아보니 아까 카메라를 들고 가던 여자가 오리들을 찍고 있었다. 요즘에는 보기 드문 폴라로이드 카메라가 눈에 띄었다. 전문 사진작가라면 폴라로이드를 사용하지 않을 성싶었다. 어쨌거나 나와는 무관한 일이기에 관심을 접고 계단을 마저 올라갔다. 잠시 후 내가 그녀의 동료가 되리라는 사실도 모른 채.

2

엘리베이터를 타고 십삼층으로 올라가는데 뒤늦게 걱정이 되었다. 내가 지금 사기꾼에게 놀아나고 있는 건 아닌가. 따지고 보면 전단지에 어떤 일인지 밝혀놓지 않은 것부터가 수상쩍었다. 일의 내용은 생략하고 보수만 적어놓다니 그런 경우가 어디 있나. 성공 보수가 따로 있다는 것도 은근히 사람을 꼬드기려는 속내가 아니고 무언가.

젊고 건강한 사람을 우대한다는 걸로 봐서는 힘쓰는 일을 시키려 는가 싶기는 했다. 막노동 같은 걸까? 그럼 그렇다고 적어둘 것이지 왜 사람을 불안하게 하는가. 생각하면 할수록 이상야릇했다. 순진한 사람 등쳐먹으려는 사기 아니면 악질적인 장난이려니 싶기도 했다.

그렇다고 그냥 돌아갈 수도 없었다. 서른셋 먹도록 전 재산이 4,264원인 놈이 어떻게 그냥 돌아갈 수 있단 말인가. 사기든 장난이 든 한번 당해나 보자는 심정으로 엘리베이터에서 내렸다. 1305호의 초인종을 누르자 기다렸다는 듯 대답이 돌아왔다.

"열려 있소. 들어오시오."

조심스럽게 문을 열고 안으로 들어갔다. 눈부신 햇살이 가장 먼저 나를 맞아주었다. 커튼을 죄 걷어두었는지, 집 안이 햇살에 푹 잠겨 있었다. 근처를 지날 때마다 저 아파트는 남향이구나, 저기 사는 사람 들은 좋겠구나 부러워했던 생각이 났다. 나는 대낮에도 볕이 잘 들지 않는 지하 셋방에 살고 있었다.

햇살 다음으로 나를 맞이한 건 비릿한 냄새였다. 오랫동안 환기를 하지 않는지 퀴퀴한 공기에 사람의 체취 같기도 하고 짐승의 냄새 같기도 한 묘한 악취가 배어 있었다. 햇살과 냄새 때문에 눈을 살짝 찌푸리고 있는데 목소리가 들려왔다.

"어서 오시오."

노인이 거실 한가운데 소파에 앉아 있었다. 신발을 벗고 그쪽으로 다가가자 노인이 맞은편 자리를 권했다.

"앉으시구려."

나는 뜨끈뜨끈하게 달아오른 소파에 엉덩이를 걸치며 노인을 살폈다. 웬만해선 염색들을 하는 추세임에도 노인의 머리는 허옇게 센 백발이었다. 깡마른 몸집에다 퀭하게 쑥 들어간 두 눈, 구부정하게 앉은 품새가 썩 정정해 뵈지는 않았다. 노쇠한 몸뚱이에서 오직 두 눈동자만이 유별난 기운을 내쏘고 있었다. 나도 모르게 눈을 아래로 내리깔게 만드는 눈빛이었다.

노인이 미리 준비해두었는지 탁자에는 물병과 컵 두 개가 놓여 있었다. 폴라로이드 카메라도 탁자에 올려두었는데 한 다발이나 되는 사진들이 흐트러진 채 깔려 있었다. 전부 고양이를 찍은 사진들이었다. 고양이를 기르는 걸까. 그렇다면 이 악취는 고양이 냄새인 건가. 그런 생각을 하는데 노인이 컵에다 물을 따라 내게 권했다.

"땀을 많이 흘리는군그래. 목부터 축이시게."

그러잖아도 목구멍이 갈라질 것 같던 참이었다. 나는 단숨에 물을 들이켰다. 내가 살 것 같다는 얼굴을 하자 노인이 곧장 본론으로 들어갔다.

"일을 하고 싶다고?"

"물론입니다. 그래서 이렇게 찾아……."

"몇이나 되었소?"

"예? 아, 예, 서른셋입니다."

"오늘 같은 평일, 그것도 이런 대낮에……."

노인은 굳이 더 말하지 않아도 알아먹겠지, 하는 얼굴로 나를 지그시 건너다보았다. 나는 얼굴이 홧홧했다.

"사실, 전 작가입니다. 프리랜서죠."

"작가라? 뭘 쓰시오? 소설? 극본?"

"소설을 씁니다."

대답을 하면서도 무슨 책을 썼느냐고 물을까 봐 못내 불안했다. 책 읽는 사람이 없다 하면서도 매일같이 신간은 쏟아지고 있었고, 나 같은 삼류 작가의 책 따위는 저 밑에 깔려서 잊힌 지 오래였다. 다행히 노인은 내 책에 흥미를 보이지는 않았다.

"일거리가 없는 모양이오."

"프리랜서니까요. 일이 있을 때도 있고, 없을 때도 있고, 그렇죠."

사실을 말하자면 이틀 전 나는 어느 출판사로부터 '당신 같은 삼류 작가가 원고를 보내다니 우리 출판사가 삼류 취급을 당한 것 같아서 매우 불쾌하다'를 완곡하고도 세련되게 돌려서 표현한 답신을 받은 참이었다. 그렇더라도 이런 자리에서 곧이곧대로 말할 필요는 없으리라.

"그럼 시간은 많겠구먼. 근데 몸은 건강하시오?"

"예, 아주 건강합니다. 매일 운동을 하고 있습니다."

사실대로 말하자면 운동이라고 해봤자 며칠에 한 번 불광천으로 산책을 나가는 정도였다. 그래도 건강하기는 하니까 그다지 켕기지는 않았다. 다시 말하지만, 면접 보는 자리에서 쓸데없이 정직해져서 뭐하겠는가.

"카메라는 다룰 줄 아시겠지?"

"전문적으로 배운 적은 없습니다만······."

"전문적인 솜씨까지는 바라지 않소. 선명하게 찍히는 정도면 되니까."

"그 정도는 충분히 할 수 있습니다."

"좋소. 시간도 많고 건강도 괜찮고 사진도 찍을 수 있고, 그만하면 됐소. 오늘부터 일하시오."

노인의 결정이 하도 수월해서 내가 잘못 들은 건가 싶었다. 하나 노인의 표정은 엄숙했다. 농을 하거나 장난을 치는 기색은 전혀 없었다. 나는 내심 헷갈렸다. 나를 채용한다는 것까지는 좋다. 그런데 어떤 일을 해야 하는 거지? 혹시 이 모든 게 사기이거나 장난질이라면?

"별로 기쁘지 않은 모양이오."

"아······. 그보다 궁금한 게 있습니다. 도대체 제가 무슨 일을 해야 되는 건지요?"

노인이 불쑥 카메라를 집더니 내게 내밀었다.

"이걸 들고 매일 아침 불광천에 나가면 되는 일이오."

나는 엉겁결에 카메라를 받아 들었다.

"나가서는요?"

"오리들을 찍으시오."

"오리, 말입니까?"

"그렇소, 오리. 다른 건 필요 없고 오로지 오리만. 되도록 선명하게, 얼굴을 똑똑히 알아볼 수 있도록."

순간 불광천에서 보았던 여자가 떠올랐다. 어쩐지 불길한 예감이 들었다.

"그러고는요?"

"저녁에 나한테 사진을 갖다 주면, 사진을 보고 찾는 건 내가 할 거요."

"뭘 찾고 계시는데요?"

"우리 호순일 잡아먹은 놈."

"……예?"

내가 얼빠진 표정을 짓자 노인이 탁자 위에 흐트러져 있는 고양이 사진들 중 한 장을 집어 들었다.

"내가 기르던 고양이, 이 호순이를 잡아먹은 오리 놈을 찾고 말 거요."

3

고양이는 노란 털을 가진 그저 그런 고양이에 불과했다. 특별히 값 나가는 품종도 아니었다. 밤이면 쓰레기봉투 근처에서 흔히 볼 수 있는 놈이었다. 노인이 정성 들여 길렀는지 살이 통통하고 털에 윤기가 잘잘 흘렀지만 고양이를 그다지 좋아하지 않는 내게는 쓰레기봉투를 헤집어놓는 골치 아픈 놈들이랑 거기서 거기였다.

물론 그런 감상을 노인 앞에서 늘어놓지는 않았다. 노인은 내게 고양이 사진을 반강제로 쥐여주고는 비분강개했다. 비분강개, 결코 과장된 표현이 아니었다. 노인은 너무나도 슬프고 분한 얼굴로 앉은자리에서 펄쩍펄쩍 뛸 듯이 목소리를 높였다.

"애완동물을 자식처럼 여기는 사람이 있다는 소린 들어봤을 테지? 내가 바로 그런 사람이지. 정말이네, 호순이는 내 자식이나 다름없네. 아니, 내 자식, 내 가족이지. 내 평생에 단 하나 남은, 유일한 가족이라고."

그러고 보니 좀 전 현관을 들어설 때 신발이라곤 한 켤레뿐이었던 듯했다. 노인 외에는 다른 인기척도 듣지 못했다. 혼자 사는 노인이었나. 몸도 성치 않은 성싶은데 혼자냐고, 구태여 물어볼 상황도 아니었다.

"어르신, 그러니까, 이 고양이가……."

"호순이라고 불러주게나."

이런 젠장. 무심결에 욕설이 튀어나올 뻔했다. 고양이 이름에다 호랑이 호(虎) 자를 붙인 듯해서 웃기면서도 공연스레 심사가 뒤틀렸다. 고양이 주제에 호랑이가 웬 말인가.

"호순이. 예, 호순이요. 이 호순이를 잡아먹은 오리를 찾아달라는 말씀이시죠?"

"그렇다네."

"그러니까 어르신 말씀으로는 오리가 이 고양이를 잡아먹었다는 것인데……."

"호순이."

"아, 예. 호순이요. 오리가 호순이를 잡아먹었다, 그 말씀이시죠?"

결국 나는 같은 말을 세 번이나 반복한 셈이었다. 내 말투에서 도저히 숨길 수 없는 짜증과 허탈감을 읽었을 테니 이쯤에서 노인이 진짜 본론을 꺼내리라 기대했다. 허허, 농담이었네. 진짜 일 얘기는 이제부터. 그러나 노인은 더없이 진지하고 엄숙한 얼굴로 선언하듯 말했다.

"그렇다니까. 그 천하고 더러운 날짐승이 감히 우리 호순이를 잡아먹었다네. 그것도 내가 보는 앞에서. 자식이 살해당하는 장면을 목격한 부모의 심정이 어떻겠나? 온몸은 부르르 떨리고 가슴은 찢기는 듯하고, 그 비통함을 어찌 말로 다 하겠나. 더군다나 그놈은 우리 호순이를 죽여서, 죽여서 먹어버렸단 말이야! 먹어버렸다고!"

노인이 절망에 싸여 소리를 질렀다. 그러고는 두 손으로 얼굴을 가린 채 어깨를 들먹이며 흐느끼기 시작했다. 나는 멍한 와중에도 비통을 가누지 못하는 노인의 모습에서 얼핏 진실에 가까운 무언가를 본 듯했다. 노인은 연기를 하는 게 아니었다. 정말로 비통해하는 것이었다. 바꿔 말하면 제정신이 아니라는 얘기였다.

"저어, 아무래도 저는 이 일에 맞지 않는 것 같습니다. 그럼 저는 이만……."

슬그머니 발을 빼려는 찰나 노인이 얼굴에서 손을 떼더니 나를 똑바로 노려보았다. 눈가에는 여전히 물기가 번들번들했지만 형형한 눈빛만큼은 번갯불처럼 뜨겁고 매서웠다. 방금 전까지 흐느끼던 노인네라고는 도무지 믿기 어려웠다.

"이걸 보라고."

내가 엉거주춤하는 사이 노인이 품에서 돈다발을 꺼냈다. 신사임당 얼굴이 찍힌 오만 원권 지폐 뭉치였다. 그것도 한 다발도 아닌 두 다발씩이나. 노인은 그것들을 탁자 위에 탁 소리 나게 내려놓았다.

"천만 원이네. 그놈을 산 채로 잡아 오면 이 돈을 주지."

성공 보수라는 게 오리에 붙은 현상금이었던 건가. 비로소 이해가 되는 한편, 살짝 돌아버릴 것 같은 기분이었다. 진실과 거짓이 오락가락하는 순간에나 느낄 법한 감각이었다. 오리가 고양이를 잡아먹었다, 현실에서는 있을 수 없는 황당무계한 일이다. 명백히 진실한 말이 아니다. 그러므로 거짓말이다. 그러나 저 돈만큼은 진짜가 아닌가. 진짜 중에서도 진짜, 현실을 현실로 받아들이게 만드는 압도적인 실물.

"그 돈, 진짜입니까?"

"진짜고말고. 자, 봐."

노인이 돈다발을 들고 손가락으로 주르륵 훑었다. 전부 오만 원권이 분명했다. 속임수가 아니었다. 속이 울렁거릴 지경이었다.

"혹시 위조지폐……."

"의심이 많은 친구군. 그럼 이렇게 하세. 지금 나와 같이 은행에 가서 계좌를 만들고 이 돈을 입금하자고. 단, 내 명의로. 젊은이가 그 오리 놈을 잡아 오면 통장과 도장을 주지. 물론 비밀번호도."

가만있자. 통장과 도장이 있고 비밀번호도 알고 있으면 남의 계좌에서 돈을 뺄 수 있던가? 눈앞의 상황에 어지럼을 느끼다 보니 지극히 일상적인 일마저 헷갈렸다. 흐릿해진 분별력을 추스른 다음에야 그게 가능한 일이라는 걸 깨달았다. 그때 이미 내 몸뚱이는 제멋대로 소파에 도로 주저앉은 다음이었다.

"정말 그 돈을 주시는 겁니까?"

"그렇다니까. 단, 그 오리 놈을 산 채로 잡아 왔을 때만. 어때, 하겠나?"

혹시 아까 불광천에서 더위에 지친 나머지 내 정신이 혼미해진 건 아닐까. 그래서 말도 안 되는 환상을 보고 있는 건 아닐까. 별별 생각이 다 들었지만 그 와중에도 돈다발만은 또렷하게 눈에 들어왔다. 저 돈은 가짜가 아니다. 저 돈은 이제 그 압도적인 실존으로 나를 압박하고 있다. 그러니 나로서 달리 어쩔 도리가 있겠는가.

"하겠습니다."

4

노인은 제법 기운차게 걸었다. 지팡이로 땅을 짚을 때마다 딱딱 울리는 소리가 보기보다는 힘이 있구나 싶었다. 노인은 응암역 2번 출구 앞에 있는 국민은행 응암역 지점으로 나를 이끌었고, 내가 보는 앞에서 계좌를 만들어 천만 원을 입금했다.

은행을 나서면서 노인이 내게 통장을 보여주었다. 10,000,000이라는 숫자가 눈부시면서 한편으로는 아쉬웠다. 조금 전만 해도 손만 뻗으면 만져볼 수 있던 돈이 이렇게 종이에 찍힌 숫자로 변하다니. 그

것이야말로 놀랍다고 할 돈의 변신술이었다. 나는 눈앞의 진수성찬이 그림으로 변해버린 것 같아 입맛을 다셨다.

내 기분이야 어떻든 노인은 득의양양했다. 내가 더 이상 군소리를 하지 않으리라 여겼는지 내 팔을 툭 치며 씩씩하게 말했다.

"자, 그럼 이제부터 일을 시작해야지?"

노인은 집에서 나올 때 이미 내게 카메라를 쥐여주었다. 필름도 열 팩이나 챙겨주었다.

"제가 오리 사진을 찍어서 어르신께 보여드리면 어르신께서 호순이를 잡아먹은 놈을 지목하신다는 거죠?"

"그렇지. 내가 같이 다니면 좋겠지만 보다시피 지팡이 없이는 걷기 힘든 몸이라. 날도 너무 덥고."

"정말 오리 얼굴을 알아볼 자신은 있으십니까?"

"그걸 말이라고 하나? 그놈은 우리 호순이를 잡아먹은 원수야. 내가 아무리 늙었기로서니 원수의 얼굴을 알아보지 못할까? 과장 하나 없이 말하지만 난 그놈의 얼굴을 한시도 잊은 적이 없어. 날마다 그놈의 그 징그러울 정도로 둥글둥글한 얼굴과 혐오스럽게 튀어나온 부리를 되새기고 또 되새겼지."

노인은 과장 없이, 라는 표현을 좋아하는 모양이었다.

"저 근데요, 불광천은 꽤 길고 거기 사는 오리들도 많습니다. 도대체 불광천 어느 지점에 가서 어떤 오리를 찍어야 하는 겁니까?"

"그렇지. 그 얘기를 해야지. 그때 일은 떠올리기에도 끔찍하지만, 뭐 할 수 없지. 가세."

불광천으로 가기 위해 길을 두 번 건넜다. 내리막길에서 노인을 부축해주려고 했지만 노인은 단호히 거부했다. 자기를 지탱해줄 물건은 지팡이 하나면 족하다나.

날은 여전히 무더웠다. 불행 중 다행으로 해가 서쪽으로 조금씩 내려앉고 있었다. 노인과 함께 그늘진 벤치에 앉았다. 노인이 지팡이로 개천 아래쪽을 가리켰다.

"사건이 일어난 건 보름 전이네."

사건이라. 하긴 사건은 사건이었다. 나는 고개를 끄덕이며 경청했다.

"며칠에 한 번쯤 호순이를 품에 안고 불광천을 산책하는 게 내 낙이자 여가 생활이지. 호순이도 바깥나들이를 무척 즐겼고. 그날도 아침 일찍 호순이를 안고 불광천에 나왔어. 아침 일찍 나오는 건 개 새끼 때문이고."

뜬금없이 개 새끼라니? 나는 눈을 둥그렇게 떴다. 노인이 지팡이 끝으로 저만치 앞에 지나가는 아줌마를 가리켰다. 선캡과 마스크 그리고 긴팔 옷으로 중무장한 아줌마 뒤로 치와와 한 마리가 헉헉대며 따라가고 있었다.

"저것 좀 보라고. 불광천에서 제일 흔한 게 비둘기와 오리고, 그다음이 저런 개 새끼들이지 뭔가. 저놈의 개 새끼들 때문에 우리 호순이가 편하게 산책을 즐길 수 없었다니까. 항상 내 품에 안겨 다녔는데, 그마저도 인적이 뜸한 시간에나 가능했다고."

하긴 나 역시도 불광천에 나올 때마다 개가 너무 많다는 생각을 하곤 했다. 목줄도 안 채운 개를 풀어놓은 꼴이나 아무 데나 방치된 개똥을 볼라치면 개가 개를 기르는구나 싶었다.

내가 개보다는 개 주인에게 불만이 많은 반면, 노인은 세상의 모든 견 종에게 원한을 품은 듯했다. 그건 아무래도 지나친 일이었다. 굳이 따지자면 고양이를 개처럼 산책시키는 사람이 이상한 게 아닐까. 고양이를 산책시키는 사람은 본 적이 없다. 고양이는 산책이 필요 없는 동물이 아니었던가?

따져 무엇하랴. 고양이를 산책시키든 오리를 산책시키든 그건 주인장 마음이다. 나는 될 대로 되라는 심정으로 노인의 이야기를 들었다.

"우리는 이른 아침이나 아주 늦은 밤에만 나오곤 했지. 그날은 마침 아침에 나온 참이고. 몇몇 사람이 나와 있긴 했지만 그나마도 다 나 같은 늙은이들이라 사방이 조용하더라고. 난 호순이를 안고 걷다가 저기 저 신응교와 와산교 중간에 있는 벤치에 앉았네. 지팡이를 짚느라 한 손만으로 호순이를 안아야 했기에 조금 힘들었거든. 호순이도 어느새 세 살이나 먹어 덩치가 제법 크고 묵직했어. 나는 벤치에 호순이를 내려놓고 머리와 등을 쓰다듬었지. 호순이는 눈을 동그랗게 뜨고 불광천을 노려보데. 그때만 해도 별생각이 없었네. 조금 있다 호순이가 궁둥이를 드는데, 애가 왜 이러나 했지. 평소엔 내 옆에서 꼼짝도 않는 얌전한 아이였거든. 근데 그런 호순이가 개천 쪽으로 쏜살같이 달려가는 거야. 내가 붙들고 어쩌고 할 틈도 없었어. 허둥지둥 뒤쫓는데 호순이는 벌써 풀을 헤치며 둔덕을 내려가고 있더라고. 스스슥 풀잎 스치는 소리가 들려와. 저 둔덕이 경사가 좀 지긴 해도 높지도 않고, 또 근본이 날랜 고양이인데 둔덕쯤이야, 했지. 문제는 개천이지. 고양이는 물을 무척 싫어하잖나. 우리 호순이도 그런 점에 서는 영락없는 고양이인데 어찌 된 영문인가, 쥐라도 발견했나, 싶었 지. 둔덕 위에서 한참을 호순이가 돌아오기를 기다리며 서 있었지만 풀 속에 몸을 감췄는지 영 보이질 않더라니까. 움직이는 소리도 들리 지 않았네."

노인이 지팡이로 산책로 옆 둔덕을 가리켰다. 풀이 무성해 흙바닥 이 보이지 않는 곳이었다. 나는 풀숲 사이로 몸을 숨긴 고양이를 상 상해보았다.

"왠지 불안해서 호순아, 호순아 불렀댔지. 우리 호순이는 여느 고 양이와 달라. 제 이름을 부르면 대답도 하고 달려오기도 해. 신통한 녀석이지. 그때도 내가 부르니까 캬앙, 하고 소리를 지르더라고. 그런 데 아뿔싸…… 내 부름에 답한 게 아니었네. 그건 숨이 넘어갈 때 내 지르는 단말마의 비명이었네. 내가 너무 놀라 호순아, 호순아 소리를 지르는 동안 풀 속에서 뭔가가 퍼드덕 움직이는 거야. 호순이의 비명 도 몇 번인가 더 들렸어. 순간 그놈의 개 새끼들이 떠올랐어. 어떤 고 약한 개 새끼가 풀 속에 엎디어 있다가 우리 호순이를 덮친 게로구나, 하고. 더는 기다리고만 있을 수 없었지. 끙끙대며 아래로 내려갔네. 풀이 웃자라 흙바닥을 가늠할 수 없는 데다 경사가 심해서 하마터면 구를 뻔했지. 그때는 이 늙은 몸뚱이가 어찌나 원망스럽던지. 십 년만 젊었어도 한달음에 내려갔을 텐데. 겨우 내려가서 한 번 더 호순이를 부르는데, 바로 그때 갑자기 내 앞에서 풀숲이 쫙 갈라지면서……."

노인이 괴로운 듯 손바닥으로 얼굴을 쓸어내렸다. 나는 잠자코 기다렸다. 잠시 후 노인이 물기 어린 목소리로 말을 이었다.

"그놈이 나타났어. 그놈! 내가 정말 한 치 과장 없이 꿈에서도 잊지 못한 바로 그놈! 그놈이 그 길쭉한 부리를 쩍 벌려 우리 호순이를 물고 내 앞에 나타난 거야. 세상에! 개도 아닌 오리가 우리 호순이를 물다니. 상상도 못한 일이라 꼼짝할 수가 없었네. 호순이는 이미 다 죽어가는 것처럼 보였네. 몸뚱이는 축 늘어지고 여기저기에 털은 빠지고 피는 흐르고……. 내가 악을 쓰며 호순아, 하고 부르니까 호순이가…… 아, 우리 호순이가…… 다 죽어가는 와중에도 맥없이 고개를 돌려 나를 쳐다보는 거야. 우리는 눈이 마주쳤지. 나는 호순이가 눈으로 하는 말을 똑똑히 들었어. 살려줘요, 살려줘요, 아빠. 나는 그 당장에라도 호순이를 구하고 싶었지만 이 늙은 몸이 말을 듣지 않는 거야. 발을 헛딛는 통에 자빠질 뻔이나 하고. 지팡이에 의지해 겨우 중심을 잡는데 그제야 오리 놈이 천천히 왼쪽으로 몸을 틀더라고. 그때 나는 그 오리 놈의 눈을 보았네. 호순이의 눈빛을 읽었던 것처럼 그놈의 눈빛도 읽을 수 있었지. 그놈은 이렇게 말했어. 잘 봐라. 그랬어. 그놈은 날더러 잘 보라고 말했어. 그 말이 하고 싶어 몸을 틀어 나와 눈을 마주쳤던 거였어. 내가 그다음에 벌어질 일을 예감하고 부르르 떠는 순간 그놈이 이렇게, 이렇게…… 고개를 뒤로 젖히더니 그 큰 아가리로 우리 호순이를…… 꿀꺽…….

노인은 차마 더는 말을 잇지 못하고 몸을 푹 수그렸다. 지팡이에 의지해 간신히 버티고 있는 게 탈진이라도 한 것만 같았다. 길쭉한 지팡이 막대를 따라서 물방울이 흘러내리고 있었다. 노인의 눈물이 분명했다.

나는 뭐라고 말해야 할지 알 수 없었다. 노인은 말재주가 있는 편이었다. 황당한 내용이긴 해도 긴박감이나 절절함은 충분히 전달되었다. 마지막 결정적인 순간에 말끝을 흐린 것까지 의도하진 않았을 테지만 극적인 효과를 증폭시키는 데 기여했다. 나는 노인이 오리 앞에서 비명을 지르며 쓰러지는 모습을 실감 나게 상상할 수 있었다.

내 상상 속에서, 오리는 거의 두루미만큼이나 덩치가 크다. 오리는 부리 끝으로 핏방울을 뚝뚝 흘리며 노인을 한 번 더 바라본다. 옆으로 달린 단춧구멍 같은 눈에서 서늘한 냉기가 흘러나온다. 자, 보았느냐. 내가 너의 자식 같은 호순이를 잡아먹었다. 그래서 네가 어쩔 테냐? 네가 나에게 무엇을 할 수 있단 말이냐? 절망으로 일그러진 노인의 얼굴을 느긋하게 눈에 담고서, 오리는 유유히 날개를 편다. 하늘을 향해 훌쩍 날아오르는 오리, 울부짖는 노인…….

"내 이야기는 이걸로 끝났네."

나는 퍼뜩 정신을 차렸다. 어느새 노인은 꼿꼿한 모습으로 돌아와 있었다. 그사이 손수건으로 닦았는지 눈가도 말라 있었다. 그러나 벌겋게 충혈된 눈동자는 그대로였다.

"들어 알겠지만 사건은 와산교와 신응교 중간쯤에서 일어났네. 불광천 전 구간을 돌아다니며 오리들을 촬영하되, 와산교와 신응교 지점의 오리들을 특히 놓치지 말도록 하게."

노인은 그럼 어서 일을 시작하라고, 이따가 저녁이 되거든 자기 집으로 오라고 하고서는 자리를 떴다. 나는 어쩐지 꿈에서 깬 듯한 기분이었다.

5

자, 이제 어떻게 한다. 나는 다소 허탈한 심정으로 개천을 바라보았다. 일을 하기로 했으니 해야 할 것으로되, 문제는 그 일이 결코 일이라고 할 만한 게 아니라는 것이었다. 오리 사진을 찍어야 한단 말이지. 땡볕에 그을려가면서. 한숨만 나왔다.

다시 생각해보니 좀 전의 환상이 몹시 부끄러웠다. 노인의 이야기에 빨려 들다 보니 나도 모르게 떠올린 것이기는 했지만 부끄러운 건 부끄러운 거였다. 두루미만 한 오리라니. 오리가 눈빛으로 말했다니. 노인이 울부짖었다니. 할 수만 있다면 뇌를 꼬집어주고 싶었다. 물론 두개골을 뚜껑 열듯 여는 재주가 없으니 그저 한숨이나 푹푹 내쉴 수밖에. 새삼스럽게 노망난 노인네의 헛짓거리에 말려들었다는 후회가 일었다.

그래서 뭐 어떻단 말인가. 어쨌든 노인은 돈을 주기로 하지 않았는가. 오리 목에 걸린 현상금은 차치하고라도 일당이란 게 있었다. 부지런히 돌아다니며 오리 사진을 찍어 가기만 하면 오만 원이라는, 내 전 재산의 열 배가 넘는 거액이 생기는 것이다. 어떻게든 엿새만 채우면 일단 이달 치 월세는 낼 수 있다. 밀린 월세까지 정산하려면 까마득하지만 급한 불은 끌 수 있는 것이다. 고로, 나는 이 일을 해야만 했다. 다른 방도가 없었다.

카메라를 들고 산책로로 들어섰다. 개천에는 오리 세 마리가 삼각 편대를 이루고 하류로 흘러내려가는 중이었다. 우선 그놈들부터 카메라에 담았다. 폴라로이드 인화지를 몇 번 흔들어주자 영상이 나타났다. 혹시나 싶어서 사진을 뚫어져라 들여다보다가 다시 개천으로 눈을 돌렸다. 그새 오리들은 제각각 흩어져 한 놈은 바위 위로 올라가는 중이었고 나머지 두 놈은 자맥질을 하고 있었다. 아무리 봐도 그놈이 저놈이고 저놈이 그놈이었다. 사진과 실물을 몇 번이나 대조해보았지만 역시 그놈과 저놈의 구별이 되지 않았다.

구별이라니! 애초에 말도 안 되는 일이었다. 내가 무슨 수로 오리 얼굴을 알아본단 말인가? 노인은 또 어떻게 알아볼 것인가? 노인은 내가 오리 사진을 찍어오면 범인, 아니 범압(犯鴨)을 지목하겠다고 했다. 그 노망난 영감탱이가 오리 얼굴을 알아볼 수 있다는 건 그렇다 치자. 내겐 그런 재주가 없다. 노인이 사진 하나를 콕 집으며 "바로 이놈이오" 하고 가르쳐준다고 해서 내가 하고많은 불광천 오리들 중에서 어떻게 딱 "이놈" 하고 알아챈단 말인가. 알아볼 수도 없을뿐더러 알아본들 범죄오리를 어떻게 잡아 온단 말인가?

노인은 도대체 무슨 생각일까. 오리 사진을 많이 찍다 보면 나 또한 언젠가는 오리 얼굴을 알아보는 신묘한 재주를 터득하게 되리라 기대하고 있는 걸까. 따질 일도 아니거니와 이제는 골치가 아플 뿐이었다. 나는 고개를 절레절레 흔들며 걸음을 옮겼다.

신응교로 내려가는 내내 오리들을 촬영했다. 이놈의 불광천은 수심이 깊은 것도 아니고 물이 깨끗한 것도 아니고 당연히 생태계가 잘 보전된 것도 아닌데 정말 희한하게 오리가 많았다. 일 킬로미터도 채 안 되는 거리를 걷는 동안 세어본 오리만 해도 자그마치 스물한 마리였다. 놈들이 계속 움직이며 뒤섞이는 바람에 한 번 센 놈을 또 세기도 했겠지만, 그 점을 감안해도 역시나 많은 숫자였다. 대부분은 갈색과 검은색 깃털이 섞인 평범한 오리였고 청둥오리도 드문드문 보였다.

불광천은 보잘것없는 개천이다. 불광천을 아끼는 지역 주민이 심기가 불편하겠고, 나도 이 근처에 사는지라 마음이 좋지는 않지만 정말 보잘것없는 걸 난들 어쩌겠나. 너비는 가장 넓은 곳이라고 해야 삼사 미터쯤에 불과하고 수심도 가장 깊은 곳이 내 정강이와 무릎 사이를 적시는 정도에 불과하다. 바닥까지 훤히 비치는 걸 보면 얼핏 물이 깨끗한 것 같지만 실상은 다르다. 수중 생물이 거의 없는 것이다. 물고기라고 해봐야 손가락만 한 것들이 돌아다니는데 그나마 눈에 잘 띄지도 않는다. 게나 가재 같은 건 눈을 씻고 찾아봐도 없다. 불광천 바닥은 거의 언제나 흙과 돌멩이뿐이다.

천변에는 잡풀이 잔뜩 우거져 있기는 하다. 풀이 많아서 그런지 벌레도 많다. 오리들이 먹을 게 없는 건 아닌 것이다. 지나가는 사람들이 과자 부스러기를 던져주기도 한다. 그만하면 먹이는 충분한 듯하고, 그래서 오리들이 불광천을 떠나지 않는 모양이지만 정말 그 정도로 충분할까. 일 킬로미터도 안 되는 거리에 스물한 마리의 오리가 있다는 건 인간 식으로 말하면 인구밀도가 굉장히 높다는 뜻이다. 사람도 좁은 지역 안에서 서로 부대끼며 살다 보면 화병이 날 텐데 이 놈의 오리들은 언제 봐도 건강하다. 통통하게 살이 오르고도 힘차게 날갯짓을 하며 잘도 날아다닌다. 내 기억으로는 병에 걸려 비실대는 놈은 여태 한 번도 본 적이 없다. 몸이 건강하니까 번식도 잘한다. 엄마 오리가 새끼들을 거느리고 헤엄치는 모습을 심심찮게 볼 수 있다. 희한하다면 희한한 일이다. 아무리 먹을 게 넉넉하더라도 발 뻗고 눕기조차 어려운 고시원에서 결혼하고 애까지 낳고 살기가 쉽지 않은 것처럼, 오리들에게도 좀 더 쾌적한 환경이 필요하지 않을까. 어린아이도 바짓단 걷고 건널 수 있는 이 작은 개천에 저토록 많은 오리가 살고 있다는 건, 그것도 새끼까지 까면서 대대손손 눌러살고 있다는 건 정말 희한한 일이 아닐 수 없다. 날개도 있는 것들이 왜 훨훨 날아서 더 좋은 곳으로 가지 않고 이곳에 머무르는 것일까.

어찌 되었든 나는 이제 예사로운 심정으로 오리들을 볼 수가 없었다. 고양이를 잡아먹었다는 황당한 이야기는 접어두고라도, 일단은 오리들 덕에 일자리를 얻은 건 사실이었다. 신세를 져도 이만저만 진 게 아니었다. 나는 고맙고도 고마운 오리님들을 카메라에 고이 담았다.

6

편의점에서 생수 두 병을 샀다. 전 재산이 4,264원인 주제에 자그

마치 천 원어치 물을 사 마시려니 손이 덜덜 떨릴 지경이었지만 날이 너무 더워서 어쩔 수 없었다. 수시로 물을 마시지 않으면 쓰러질 수도 있는 날씨였다.

불광천으로 돌아가서 오리들을 계속 찍었다. 영상이 선명한지만 확인한 뒤 사진을 주머니에 집어넣었다. 더 이상 오리 얼굴을 관찰해볼 의욕은 생기지 않았다.

기왕 시작한 김에 불광천 끝까지 가볼 생각이었지만 날이 너무 더웠고 배도 고팠다. 어느새 오후 다섯시를 넘기고 있었다. 고용주가 정해준 퇴근 시간은 저녁이었다. 상당히 애매한 시간대였고, 따라서 피고용인이 재량을 발휘해도 무방할 듯했다. 디지털미디어시티역까지 갔다가 방향을 되돌렸다.

와산교와 신응교 중간쯤, 그러니까 사건이 벌어진 지점에서 열 장을 더 찍었다. 같은 오리들을 계속 찍은 것이지만 아무럼 어떠랴 싶었다. 고용주가 원한 바 아니었던가. 사진은 그때그때 주머니에 집어넣었다. 이미 들어찬 사진들로 주머니가 빡빡했다. 새로 찍은 사진을 억지로 밀어 넣느라 애를 쓰는데 옆에서 찰칵하는 소리가 들려왔다. 낮에 보았던 여자였다.

여자는 챙이 넓은 모자를 쓰고 있었다. 그늘진 얼굴에는 화장기가 없었다. 대충 내 연배로 보였다. 여자가 나를 힐끔 보았다.

"오리 사진을 찍고 계시네요."

"아, 예. 그쪽도."

혹시, 하고 말을 꺼내려는데 여자가 먼저 물었다.

"고양이를 잡아먹은 오리를 찾으시는 건가요?"

"예, 맞습니다. 그쪽도?"

여자는 대답 대신 훗, 웃었다. 비웃는 것 같기도 하고 재미있어하는 것 같기도 한 다소 야릇한 웃음이었다.

"그 노인네가 사람 하나 또 낚았네."

"그럼 그쪽도 그 할아버지에게 고용된 건가요?"

"그래요. 벌써 일주일째 이 일을 하고 있죠."

일주일이라. 긴 시간은 아니지만 일의 성격으로 미루어 어마어마하게 길다고 할 만한 시간이었다. 일주일째 오리 사진을 찍고 있는 여자라니. 아무래도 제정신이 아닌 것 같군. 제정신이 아니기는 나도 마찬가지였다. 얼굴이 달아올랐다. 그러니까 이건 미친놈이 미친년을 만난, 어이가 없어 웃음도 안 나오는, 아니, 웃을 가치조차 없는, 뭐 그런 한심한 상황이었던 게다.

그제야 여자의 비웃음이 이해되었다. 그녀는 내게 비친 자기 자신을 비웃었던 것이다. 여자의 심정이 절절하게 와 닿았고, 그래서 자기소개 따위는 생략하기로 했다. 그녀는, 굳이 말하자면 직장 선배인 셈이었지만 서로에 대해 모르는 게 피차 이로울 듯했다.

"설마 나 말고 이런 일을 할 사람이 또 있을 줄이야. 어지간히 돈이 급했나 봐요?"

여자는 피식피식 웃어댔다.

"그렇죠, 뭐. 그쪽도요?"

"그렇죠, 뭐."

"다른 사람은 없나요? 우리뿐인가요?"

"예, 우리뿐이에요. 내가 일하는 동안에 몇 사람 더 찾아온 모양인데 노인네가 하는 소리를 듣고는 그냥 돌아갔다더라고요. 사진 다 찍었죠? 그럼 그만 갈까요? 일당 받아야죠."

여자는 카메라를 목에 둘러 메고 응암역 쪽으로 앞서 걸어갔다. 그 뒤를 따라가며 내가 물었다.

"일당은 꼬박꼬박 쳐주는 모양이죠?"

"정신 나간 노인네지만 돈 계산은 확실해요. 그건 믿어도 돼요."

선배로부터 그런 대답을 들었으면서도 나는 자못 불안했다. 걸어 다니면서 오리 사진 몇십 장 찍은 것만으로 일당 오만 원을 받을 수 있단 말인가. 여자의 존재도 나를 불안하게 했다. 일하는 사람이 둘이니 일당도 반으로 쪼개겠다고 하면 어쩌나 싶었다. 고용주란 으레 횡포를 부리게 마련이니까.

노인의 아파트에 도착했다. 여자는 초인종도 누르지 않고 제집처럼 현관문을 열고 안으로 들어갔다. 뒤따라 들어가보니 노인은 처음에 보았던 그 모습 그대로 소파에 앉아 있었다. 달라진 점이라고는 탁자 위에 놓였던 카메라가 없다는 것뿐이었다.

노인이 우리를 보고 알은척을 했다.

"같이 오는군."

여자가 대답했다.

"오는 길에 만났어요."

"사진은?"

우리는 노인의 맞은편에 나란히 앉아 각자 찍은 사진들을 꺼냈다. 노인은 여자의 사진부터 살펴보았다. 그 시간이 무척 길었다. 사진이 많은 이유도 있었지만 꼼꼼히 살피느라 시간이 오래 걸렸다. 내가 보기엔 다 거기서 거기인 오리들인데도 노인은 사람 얼굴을 구별할 때처럼 한 장 한 장 찬찬히 관찰했고, 때로는 다른 사진과 비교해 보기도 했다.

오 분이 지나고 다시 십 분이 지났다. 나는 지루하다 못해 좀이 쑤셨다. 나와 달리 여자는 이미 익숙해졌는지 한 손으로 턱을 괸 채 다른 손으로 스마트폰을 조작하고 있었다. 얼핏 무슨 주식 관련 사이트를 돌아다니는 것 같았다.

한참 후에야 노인이 사진들을 도로 내려놓았다.

"그놈은 없군."

당연히 없을 수밖에요. 그 말이 목구멍까지 올라오는 걸 겨우 삼켰다. 여자가 툭 내뱉었다.

"유감이네요."

말과는 달리 심드렁한 말투였다. 노인이 여자를 노려보았다.

"당신은 벌써 일주일째 아무 소득도 건지지 못했소."

"예, 그래서 저도 정말 심히 유감이에요."

"내일은 좀 더 잘해봐요."

그러고서 이번에는 내 사진들을 집어 들었다. 내 사진은 여자의 것보다 양이 훨씬 적어서 시간이 그다지 오래 걸리지는 않았다.

"사진이 적어 아쉽군. 뭐, 첫날이니까. 내일은 불광천 끝까지 가보는 게 좋겠네."

"알겠습니다."

노인이 지갑을 꺼내 여자에게 먼저 오만 원을 주었다. 여자는 돈을 받자마자 일어섰다. 내일 또 오겠다고 하고는 돌아보지도 않고 나가는 것이 찬바람이 씽씽 부는 듯했지만 그쪽에 계속 신경을 쓰고 있을 수가 없었다. 노인이 내게도 오만 원짜리 지폐를 내밀었기 때문이었다.

두 손으로 공손히 돈을 받잡자니, 신사임당 얼굴이 그렇게 복스러울 수 없었다. 이 아줌마가 이제 보니 아들만 잘 기른 게 아니라 얼굴도 복이 넘치게 생겼네, 생긴 것만으로도 위인전에 오를 자격이 있네, 뭐 그런 생각까지 들었다. 고귀하신 신사임당님께서 행여 구겨지실까 조심스레 지갑 안에다 모셨다.

"가보게. 카메라는 여기 놔두고. 내일 아침에 또 올 테지?"

아침 몇 시인지 물어볼까 하다가 그만두었다. 퇴근 시각처럼 출근 시각도 딱히 정해지지 않은 모양이니 구태여 물어볼 필요가 없었다. 내일 뵙겠습니다, 하고 고개를 꾸벅했지만 노인은 어느새 고양이 사진을 집어 들고 있었다. 내 쪽에는 시선을 주지 않아서 다소 머쓱한 기분으로 밖으로 나왔다.

7

집에 돌아가자 곰팡내와 눅눅한 공기가 맞아주었다. 지하라 습도가 높아서 한여름에는 늘 이 모양이었다. 현관문과 창문을 다 열어놓고 안방에 앉아서 지갑을 꺼내보았다. 몇 해 전 생일에 어머니에게서 선물로 받은 장지갑이었다. 최근에는 줄곧 텅 비다시피 했던 지갑이 오늘은 오만 원짜리 지폐 한 장을 품고 있었다. 놀랍고도 대견했다. 내가 정말 이 돈을 번 것인가.

오만 원이라는 액수야 대단할 것 없지만 오리 사진을 찍고서 벌었다는 사실은 대단한 것이었다. 노동의 난이도를 생각하면 참으로 쉽게 번 돈이었고, 노동의 성격을 생각하면 참으로 어렵게 번 돈이었다. 현실감각과 상식과 인간으로서의 존엄 등등을 몽땅 포기하고 번 돈 아니던가.

존엄성 운운이 지나친 엄살로 들릴지 모르겠으나 나이 서른셋 먹은 멀쩡한 성인이, 그것도 직업이 있는 성인이 노망난 노인네의 미친 장단에 맞춰주는 건 웬만큼 존엄성을 포기하지 않고서는 불가능한 일이었다. 하다못해 오징어잡이 배를 타고 오만 원을 벌었다면 어디가서 나도 고생 좀 해봤다고 자랑이라도 하겠지만 이건 그럴 수도 없지 않은가. 고양이를 잡아먹은 오리를 찾아서 사진을 찍으며 돌아다니고 오만 원을 벌었다는 이야기를 도대체 누구에게 할 수 있단 말인가. 만약 그런 이야기를 한다면 이놈이 꼴에 소설가랍시고 소설을 쓰고 있다거나, 혹은 미친놈 소리나 듣게 되리라.

그래서 내가 기분이 언짢았는가 하면 그건 또 아니었다. 언짢다기보다는 복잡하고 야릇했다. 워낙 황당한 일로 번 돈이라 그 돈을 눈앞에 두고도 이게 과연 내 돈이 맞는지 헷갈릴 지경이었고, 그래도 어쨌든 돈을 번 건 사실이어서 안심이 되었고, 며칠만 더 일하면 일단 월세는 낼 수 있다고 생각하자 조금 기분이 좋아지려고 했고, 그러나 노인을 생각하자 겨우 좋아지려던 기분이 착 가라앉았다.

남들에게 돈 번 이야기를 할 수 없는 것은 일이 황당해서이기도 하지만 한편으로는 양심의 문제도 있었다. 노인은 거의 금치산자라 해도 과언이 아니었고, 나는 그런 노인에게서 돈을 받은 것이었다. 양심이 있는 사람이라면 돈을 받지 말았어야 옳았던 게 아닐까. 아니, 그전에 노인의 가족에게 연락해서 당신네 어르신께 문제가 있다고 알려주어야 옳았던 게 아닐까. 아까는 내가 노인에게 사기를 당하는 게 아닌가 걱정했지만, 집에 돌아와 하루를 돌이켜보니 사기를 당한 건 오히려 노인이 아닌가 싶었다. 비록 고의는 아니더라도 노인을 상대로 사기를 친 가해자가 된 기분만큼은 떨칠 수 없었다.

변명거리가 없지는 않았다. 어쨌든 노인이 먼저 시킨 일이고, 나는 시키는 대로 하고서 돈을 받았을 뿐이니까. 그러나 그 정도로 충분한 변명이 될 수 있을까. 나는 배고프다고 울어대는 위장을 무시하고서 머리카락을 헤집어댔다. 돈이 급해 그런 게 존재한다는 사실도 잊고 있던 양심이 뒤늦게 자기 존재를 주장하는데 배고픔이 문제가 아니었다.

어떻게 꾸며대든 이건 젊은 사람이 불쌍한 노인을 등친 꼴밖에 안 된다……. 그렇게 생각하자 견딜 수 없도록 씁쓸했다. 견딜 수 없다고 했지만 실은 견뎌야 했기에 더욱 씁쓸했다. 전 재산이 몇천 원밖에 남지 않을 정도로 궁지에 몰렸던 터라 돈을 융통할 수 있는 방법이 없었다. 은행은 나 같은 프리랜서 따위는 사람 취급도 해주지 않았고, 대부업체에서도 수입이 불안정하다는 이유로 대출을 거절했다. 가족이나 친구들에게는 손을 벌릴 만큼 벌린 데다, 그들의 형편도 넉넉지 않아서 더 이상 돈 얘기를 꺼낼 계제가 아니었다.

내가 돈을 버는 방법은 원고를 만들어 출판사랑 계약을 하는 것뿐인데 그것도 막막하기는 매한가지였다. 이틀 전 한 출판사로부터 퇴짜를 맞았고, 다른 출판사는 연락조차 없었다. 예전부터 알고 지내던 편집자를 통해 계약을 타진한 거여서 내심 기대했는데 문자 한 통 없는 걸 보면 글러버린 모양이었다.

그렇다면 별수 없다. 내일 또 노인네 등짝을 시원하게 후려갈기고 오만 원을 뜯어내는 수밖에.

돈은 마음의 기둥이고 내 기둥은 53,264원짜리였다. 아무리 생각해도 이 싸구려 기둥이 양심이라는 묵직한 물건까지 지탱하는 건 무리였다. 무리였기에, 정말 무리였기에, 나는 남은 김치찌개에 대충 밥을 비벼 먹고 샤워를 한 다음 일찌감치 잠자리에 들었다. 아직 이른 시각이었지만 억지로라도 자지 않으면 이대로 밤을 새울 것만 같았다. 다행히 땡볕을 고스란히 쬐며 돌아다녀 고단했는지 금세 잠이 왔다. 53264라는 숫자가 눈앞에 오락가락하는 환영을 보다 스르르 잠이 들었다.

8

하룻밤 자고 일어나도 양심은 여전히 반란 중이었고 53264라는 숫
자도 뇌리에 단단히 자리를 잡은 채 버티고 있었다. 가슴과 머리가
따로 떨어질 것만 같은 기분이었다고 하면 지나친 과장일까.

샤워를 하고, 옷을 갈아입고, 밥을 먹고, 양치질을 하고, 신발을 신
으면서도 나는 양심과 53264 사이에서 갈팡질팡했다. 처음 노인의
집에 갔을 때처럼 나라는 인간이 단단한 양 벽 사이를 탁구공처럼 이
리 튀었다 저리 튀었다 하는 것만 같았다.

집을 나서기 전, 편집자에게 메일을 보냈다. 원고를 어떻게 보았는
가 하는 간단한 질문을, 재촉하는 티가 나지 않도록 꾸미느라 공연히
길게 늘여 썼다. 컴퓨터를 끄고 곧장 노인의 집으로 향했다. 오전 여
덟시 정각이었다.

내 마음 상태야 어찌 되었든 노인의 상태는 어제와 똑같았다. 노인
은 어제와 똑같은 옷을 입고 똑같은 자세로 소파에 앉아서 똑같은 눈
빛으로 나를 쏘아보았다. 탁자 위에 사진이며 카메라 등이 나와 있는
것까지 똑같아서 누가 노인네를 저 자리에 못으로 박아놓았는가 싶
을 정도였다.

노인이 내게 카메라를 밀어 주었다.

"자네 동료는 벌써 나갔네. 자네도 어서 나가게."

그 여자를 말하는 모양이었다. 동료라. 그 여자가 내 동료란 말이

지. 나도 그녀를 선배쯤으로 여기긴 했지만 동료라는 말은 느낌이 또 달랐다. 그 여자는 어떤 기막힌 사정이 있기에 노인네 등짝을 후리는 방법으로 돈을 벌고 있는 걸까. 새삼 그녀의 사연이 궁금했다.

내가 머뭇거리고 있는 게 이상했는지 노인이 못 박듯 말했다.

"어제는 깜빡하고 말을 안 했어. 현상금은 호순이를 삼킨 그놈을 잡아 오는 사람에게 주겠네. 만약 두 사람이 같이 잡아 온다면 반씩 나누어 줄 것이고."

어이가 없었다. 이 노인네는 내가 현상금 분배 문제로 걱정하는 줄 알았단 말인가. 그야 뭐 정말로 현상금을 받을 일이 생긴다면 걱정할 만한 문제였고, 아마도 노인이 말하기 전에 내가 먼저 물어보았을 것이다. 하지만 그놈의 현상금은 구경도 못할 가능성이 백 퍼센트가 아니던가.

내 생각을 아는지 모르는지 노인은 형형한 눈동자로 나를 지그시 쏘아보았다. 양심의 압박을 느끼면서도 나는 노인의 눈을 마주 응시했다. 눈빛으로는 노인이 미쳤다고 단정할 수 없었다. 오히려 노인의 눈에는 지성이, 그것도 상당히 단단한 지성이 엿보였다. 눈빛부터 다르다, 라는 말에 적합한 사람, 노인이 바로 그런 타입이었다. 다음 사업 계획은 뭐지? 어서 프레젠테이션을 시작하게. 그런 종류의 사업가적 코멘트도 어울릴 성싶었다. 도대체 이런 양반이 어쩌다가 고양이를 잡아먹은 오리를 쫓게 되었을까. 궁금했지만 물어볼 수는 없었다. 어쩌다가 그렇게 돌아버렸느냐는 물음이나 다름없으니까.

나는 노인에게 고개를 꾸벅하고는 카메라와 필름을 챙겨 들었다.

9

날씨는 맑고 볕은 뜨거웠다. 아직 아홉시도 안 되었는데 뭐 이리 더운가 싶어 하늘을 노려보았지만 당연히 하늘은 말이 없었다. 비 내린 게 언제 적 일인지 기억도 나지 않았다. 게릴라성 폭우라도 한바탕 쏟아질 만한데 매년 출몰하던 그 게릴라 놈들이 올여름엔 왜 감감무소식일까.

터덜터덜, 불광천을 걸으면서 오리들을 찍었다. 오리들은 오늘도 여유 만만하게 물 위를 떠다니고 있었다. 여자는 벌써 꽤 앞서 나갔는지 보이지 않았다. 신응교 앞에서 천변 위로 향하는 계단을 올라가 편의점에 들렀다. 생수 두 병을 사서 한 병은 주머니에 꽂고 한 병은 왼손에 들고 불광천으로 돌아갔다.

거기서 거기인 오리들을 무턱대고 찍자니 지루했다. 지루하다는 표현으로는 모자라 거의 지긋지긋할 정도였다. 일 시작한 지 이틀밖에 안 되었는데 너무 성질이 급한 게 아닌가 싶었으나 할 수 없었다. 양심까지 저버리고 하는 일인데 그 일이라는 게 이렇게 단조롭고 따분하다니. 조금이라도 변화를 주려고 징검다리로 내려갔다.

개천 한가운데 서니까 산책로 위에 있을 때보다 훨씬 더 오리들과 가까워질 수 있었다. 물의 흐름에 몸을 맡긴 오리들은 경계하는 기색도 없이 내 쪽으로 다가왔다. 사람들이 과자를 던져줘 버릇해서인지 사람을 무서워하지 않는 듯했다. 손을 뻗으면 닿을 것 같은 거리에서 사진을 찍었다. 찰칵하는 소리에 놀랐는지 놈들이 푸드덕 날아올랐다. 눈앞에서 펼쳐 보이는 날갯짓 기세가 예사롭지 않았다. 별로 크지 않은 날개를 위아래로 격렬하게 움직이는데, 저 자그만 날개에 과연 하늘을 날 수 있는 힘이 담겨 있었구나 싶었다. 날갯짓 서슬에 놀라 뒷걸음질을 치다가 그만 한 발이 물에 빠졌다. 수심은 얕지만 물살은 제법이어서 은근한 힘이 내 발목을 붙들고 늘어졌다. 오리의 날갯짓도, 불광천의 물살도 멀리서 볼 때와는 달랐다. 하긴 이 불광천에서 익사한 사람도 있다고 했다. 폭우로 물이 많이 불었을 때, 그것도 나이 많은 할머니가 물살에 휩쓸려 그렇게 되었다는 것이지만.

기왕 발이 젖은 김에 아예 신발과 양말을 벗고 물속에 들어갔다. 손에 들어야 할 물건이 많아서 좀 난감했지만 생수병 두 개는 바지 양쪽 뒷주머니에 하나씩 꽂고, 신발은 양말을 뭉쳐 넣은 뒤 왼손에 모아서 드는 방식으로 해결했다.

불광천 수질이야 어쨌든 수온은 딱 알맞게 차가웠다. 발이 시원해지니 머리끝까지 피가 새롭게 통하는 것 같은 기분이 들었다. 오리들의 유유자적이 이해되었다고나 할까. 그놈 자식들, 저희들끼리만 이 좋은 신선놀음을 즐기고 있었구먼. 뭐 그따위 시답잖은 혼잣말을 중얼거리며 신응교를 지났다. 오리들이 저 앞에 있었다. 내가 텀벙텀벙 다가가니까 놈들이 한꺼번에 날아올랐다. 대비하고 있던 터라 재빨리 손을 놀려 사진을 찍었다. 불룩한 뒷주머니 때문에 바위에 앉을 수 없어 엉거주춤한 자세로 기댄 채 사진을 보았다. 오리들이 날아오르는 순간을 포착하기는 했는데 한 손으로 찍은 거라 초점이 어긋났다. 이건 못 쓰겠구나, 하고 사진을 구기는데 때맞춰 주머니 안에서 휴대전화가 한 차례 울었다.

구긴 사진을 주머니에 넣고 대신 전화기를 꺼냈다. 문자가 한 통 들어와 있었다.

— 작가님, 죄송해요. 회의에서 작가님 원고가 통과하지 못했어요. 다음에 술 한잔 살게요.

술이라. 갑자기 맥주 생각이 간절했다.

10

편집자가 내게 미안해할 일은 아니었다. 술 한잔 사겠다는 것도 의례적으로 덧붙인 인사치레일 테니 결국 하나 마나 한 소리에 불과했다. 그를 원망하는 마음은 없었다. 원고가 통과하지 못했다는 건 어디까지나 작가인 내 잘못이다. 고백하면 내 작가 생명은 이미 오래전에 끝났다. 만약 출판사들이 '책 내주면 안 되는 작가놈' 리스트를 작성한다면 맨 꼭대기에 내 이름이 적힐 게 틀림없다.

그래도 한때는 내 이름만으로도 출판사들이 무조건 책을 내겠다고 하던 시절이 있었다. 도서대여점이 사양 업종이 되기 전의 일이었다. 내 책은 서점보다 대여점에 집중적으로 깔렸다. 나는 판타지나 무협 소설을 주로 썼다. 처음부터 작가가 되겠다고 작정하고 쓴 건 아니었다. 어릴 적부터 책을 좋아하고 글짓기도 제법 했지만 글쓰기를 업으로 삼겠다고 생각한 적은 없었다. 대학에 다닐 때 심심풀이 삼아 인터넷에 연재한 글이 예상 밖으로 많은 인기를 모았고 출판으로까지 이어졌다. 내 첫 번째 책은 쇄를 거듭하면서 꽤나 팔려나갔다. 작은 행운이 큰 불행의 전조일 때가 있는데, 내 경우가 딱 그랬다. 나는 기대하지 않았던 성공에 취해버렸고, 나의 재능을 과신했으며, 그 결과 어처구니없게도 작가의 길로 들어섰다. 타임머신이 있다면 그때로 돌아가 내 귓방망이를 피 터지도록 갈겨주고 싶은, 그야말로 한심한 천둥벌거숭이 시절이었다.

책은 좀 읽었고 글쓰기에도 웬만큼 자신이 있다며 우쭐대는 짓은 서울대에서 고등학교 때 공부깨나 했다는 걸로 자랑 삼는 짓과 다를 바 없다. 나는 곧 나 정도의 재능과 필력은 똑똑한 고등학생 수준도 못 된다는 걸 깨달았고, 첫 번째 성공이야말로 소 뒷걸음에 쥐 잡고 뱀 잡고 심지어 호랑이까지 잡은 격이라는 사실도 뼈아프게 깨달았다. 앞의 깨달음이 스스로 깨우친 것이라면 뒤의 것은 사실상 강요된 거였다. 나는 꿈에 취해 있었다. 그러나 세상은 당연히, 지극히 당연히 냉정했다. 내 두 번째 책은 실패했으며, 세 번째 책은 겨우 체면만 차렸고, 네 번째 책은 쓰레기 취급을 당했다. 그 선에서 정신을 차렸다면 내 인생도 달라질 수 있었을지 모르겠다. 안타깝게도, 심히 안타깝게도 나는 헛꿈에서 깨어나지 못했다.

돌이켜보면 깨어날 기회가 아주 없었던 건 아니었다. 대학 선배가 게임회사를 차리고 나를 불렀을 때였다. 게임 시나리오 작가가 필요하다는 것이었다. 외주를 맡기지 않고 굳이 날 부른 건 내 재능을 조금이나마 인정해주었다는 뜻이었겠지만 당시만 해도 나는 턱없는 교만에 사로잡혀 있었다. 오직 글로 승부한다. 처음에는 엉겁결에 시작한 일이지만 이제는 나도 진짜 작가가 되고 싶다. 다른 데 한눈 안 판다. 뭐 그런 시답잖은 소리로 선배의 제의를 거절하고 말았다.

변명을 하자면, 나는 내 식의 열정을 품었더랬다. 살짝 굴절된 열정이라고 할 수 있겠다. 장르소설은 문학과는 다소 거리가 있는 형식의 글로 치부돼 하찮은 취급을 당하고는 했다. 어디 가서 소설가요, 하고 말하면 문학 좀 안다는 사람들은 일단 솔깃해했다. 그러다 장르소설을 씁니다, 하면 솔깃해하던 얼굴들이 사기라도 당한 것처럼 일그러졌다. 소설가라더니 이건 또 뭐야, 가짜잖아? 어디서 약을 팔아. 대놓고 그리 말하진 않더라도 은근슬쩍 돌려서 말하는 이가 적잖았다.

장르소설이 문학이 아니라는 주장이라면, 단지 그것뿐이라면 나도 흔쾌히 동의할 수 있었다. 내가 문학을 잘 아는 건 아니지만 현대문학과 장르소설 사이에 일억 광년 이상의 거리가 있다는 것 정도는 알고 있었다. 애당초 나는 거창하게 문학을 하겠다는 생각을 하지 않았다. 단지 재미있는 소설을 쓰고 싶었다. 그러나 내게 은근히 혹은 노골적으로 경멸의 시선을 보내오는 사람들은 내가 문학 하는 사람이 아닐뿐더러, 나아가 소설가도 아니라고 주장했다. 그들에게 내 글은 진짜가 아닌 가짜였고, 나는 가짜를 파는 사기꾼에 불과했다. 당연히 나는 심기가 편치 않았다.

장르소설이든 문학이든 소설이라는 것 자체가 대중을 위한 것이고 따라서 재미가 있어야 한다고 나는 생각했다. 재미있는 소설, 잘 쓴 소설, 재미없는 소설, 잘 쓰지 못한 소설은 있어도 진짜, 가짜는 따로 없다고도 생각했다. 군이 진짜, 가짜를 따지자면 진짜 재미있는 소설, 진짜 잘 쓴 소설, 진짜 재미없는 소설, 진짜 잘 쓰지 못한 소설이 있을 뿐이었다. 그런 의미에서 나는 진짜 소설을 쓰고 싶었다. 남들이 말하는 진짜가 아니라 나의 진짜를 쓰고 싶었다. 나의 진짜로 인정받고 싶었다. 그러나 문학 언저리에서 노니는 사람들일수록 장르소설 따위는 숫제 소설의 범주에도 들어갈 수 없는 잡문인지라 논할 가치도 없다고 주장했다. 나는 그들의 주장에 당당하게 반박하고 싶었고, 실제로 여러 차례 반박 비슷한 것도 시도해보았다. 그러나 무슨 소리를 지껄이든 글을 잘 쓰지 못하면 몽땅 헛소리에 지나지 않았다. 작가란 말로 글을 쓰는 사람이 아니라 글로 말하는 사람이니까.

나는 그야말로 열정을 갖고 쓰고 또 썼다. 하나 내 글들은 내 주의 주장을 대신할 수 있을 만큼 성숙하지 못했다. 무슨 변명이 통하겠는가. 모두가 나의 미숙함과 부실함의 결과였을 뿐. 그럼에도 하고 싶은 말이 없는 건 아니다. 문학을 신줏단지 모시듯 떠받드는 사람들은 우습게 여길지 모르겠으나, 장르소설을 쓰는 데에도 재능이 필요하다. 나는 코딱지만큼의 재능도 없었으되, 목표는 거창했다. 재능과 목표가 함께 서지 못하면 무너지는 것은 항상 목표 쪽이다. 나는 쓰는 족족 실패했다. 그러는 사이 '장르소설을 쓰면서 잘 팔리지도 않는다'라는 비웃음을 사는 처지에 이르렀다.

형편에 쪼들려 뒤늦게나마 구직 활동에 나섰지만 늦어도 너무 늦어 있었다. 신통찮은 글만 끼적대다가 어느새 나이만 잔뜩 먹었고, 그동안 이렇다 할 경력이라곤 하나도 쌓지 못했고, 그러니 이력서는 백지에 가까웠고, 지당하게도 나를 반기는 회사는 거의 없었다. 나를 받아준 곳이 딱 한 군데 있긴 했는데 최저임금의 '최'만 꺼내도 해고당하는 그런 곳이었다. 그마저도 나는 적응하지 못했다. 글만 써대다가 나이를 옴팡 먹어버린 탓에 어느덧 나는 사회부적응자가 되어 있었다. 취직이고 뭐고 집어치우고 다시금 두문불출 죽어라고 글을 써보았지만 결과는 언제나 '꽝'이었다. 내 글은 내가 생각하는 진짜가 되지 못했고, 나날이 빈곤에 빈곤만 쌓여갔다.

11

맥주가 마시고 싶었다. 확실하게 시원해지고 싶었다. 물속에 담근 발로는 만족할 수 없었다. 차가운 맥주를 들이부어 내 소화기관과 혈관과 모든 세포의 온도를 적어도 십 도쯤 낮추고 싶었다. 저체온증으로 죽을 수도 있겠지만 뭐, 그건 그것대로 괜찮다고 생각했다.

맥주로 채운 수영장에 빠져 허우적허우적 익사하는 광경을 상상하고 있을 때 찰칵 소리가 들렸다. 맞은편 산책로에서 여자가 손을 흔들었다.

"거기서 뭐 해요?"

"신선놀음 중입니다."

"그거 좋네요. 근데 일은 언제 할 거예요?"

일? 나는 고개를 주억거렸다. 그렇다. 일을 해야 했다. 일을 해야 오만 원을 벌 수 있었다. 내 기둥을 103,624원짜리로 업그레이드해야 했다. 신선놀음도 맥주도 마음의 기둥을 더 튼튼하게 세우는 것보다 가치가 있지는 않았다.

신발을 들고 둔덕으로 올라갔다. 높지는 않아도 경사져 오르기 힘들었는데 여자가 내 손을 잡아주었다. 여자에게 고맙다고 인사한 뒤 물었다.

"멀리 앞서간 줄 알았는데요."

"저기 편의점에서 쉬고 있었어요. 돌아오는데 마침 그쪽이 보이데요."

성실한 선배 같지는 않았다. 여자는 자신의 불성실을 드러내고도 별로 찔리는 기색 없이 히죽히죽 웃었다.

나는 바닥에 퍼질러 앉아 양말과 신발을 도로 꿰신었다. 발이 답답해지자 다시금 맥주 생각이 간절했다. 예수님이 나타나서 불광천을 포도주 아닌 맥주로 바꿔주면 얼마나 좋을까. 기독교 신자도 아닌 주제에 이따위 생뚱맞은 상상이라니.

"무지 덥네요. 현재 이 동네 기온이 삼십일 도라네요. 오전부터 웬일이래."

여자가 스마트폰을 들여다보며 말했다. 난 아직 피처폰을 사용하고 있어서 현재 기온 같은 건 알 도리가 없었다.

"아침 일기예보로는 오늘 낮 최고기온이 삼십오 도까지 올라간다더라고요."

"그러게요. 그래서 말인데요, 맥주나 한 캔 마시지 않을래요?"

나는 여자를 멀뚱히 바라보았다. 여자는 처음 만났을 때처럼 묘한 웃음을 짓고 있었는데, 마치 내가 당신 속 다 알지, 하는 투였다.

"일은요?"

"딱 한 캔만 마시고 하면 되죠, 뭐. 오리들이 어디 갈 것도 아니고."

하긴 그랬다. 우리는 편의점으로 향했다. 맥주 캔을 하나씩 들고 편의점 앞 간이 탁자에 앉았다. 계산은 각자 했다.

캔을 따자 거품이 부글부글 끓었다. 나는 한 방울이라도 흘릴세라 캔을 핥아가면서 단번에 들이켰다.

"참 시원스럽게도 마시네요."

"안 그래도 맥주 생각이 간절하던 참이었거든요."

"그럴 줄 알았죠."

"얼굴에 쓰여 있던가요?"

"예, 쓰여 있었어요. 차가운 거라면 뭐든지 좋으니까 빨리 마셔야 됨. 그렇게 해서 정신을 차리지 않으면 큰일 남. 그렇게요."

여자가 느물느물 웃었다. 비웃음이든 자조의 웃음이든 느물거리는 웃음이든, 여하튼 그런 유의 웃음이 잘 어울리는 여자였다. 아마도 상큼 발랄한 웃음과는 거리가 먼 듯싶었다.

그나저나 내가 그렇게 넋 나간 사람으로 보였단 말이지? 새삼스럽게 멋쩍어 애꿎은 뒤통수를 긁었다. 여자도 내가 하는 양을 보며 피식 웃더니 맥주를 한 모금 들이켰다.

"어제, 불광천 끝까지 안 갔죠?"

"예. 너무 덥고 시간도 늦어 중간쯤에서 되돌아왔어요."

"그러면 안 돼요. 불광천 끝까지 가서 사진을 찍어야 돼요. 그 영감탱이가 꼭 확인하거든요. 사건이 일어난 지점이 제일 중요하지만 오리가 한 곳에만 머물 리 없으니까 불광천 전체를 뒤져야 한다면서요. 어젠 그쪽이 일 시작한 첫날이라 대충 넘어간 거지, 오늘부터는 잔소리를 해댈 거예요. 그러니 불광천 끝까지 갔다 와요."

이거야말로 선배다운 가르침이었다. 나는 순순히 고개를 끄덕였다.

"그러죠. 근데 불광천 끝까지는 얼마나 걸리죠?"

"두 시간 이상 걸려요. 쉬엄쉬엄 걸으면 세 시간도 걸리고요."

한 시간에 대략 사 킬로미터쯤 걷는다고 가정하면 불광천의 길이는 팔 킬로미터 이상이 된다는 뜻이었다. 내 생각보다 조금 더 길었다. 여자가 날 물끄러미 보더니 뜻밖의 정보를 일러주었다.

"불광천은 전체가 9.21킬로미터예요."

나는 깜짝 놀랐다.

"내가 계산 중이란 걸 어떻게 알았어요?"

"뭔가 계산하는 표정이었거든요. 생각이 그대로 얼굴에 드러나는 타입이네요. 몰랐어요?"

예전에도 그런 말을 들은 적이 있었다. 나는 또 뒤통수나 긁어댔다.

"근데 불광천의 길이를 어쩜 그렇게 정확히 알죠? 소수점 이하까지."

"지역 주민이니까요."

"나도 지역 주민인데요."

"어릴 때부터 이 근처에서 살았어요?"

"아뇨, 몇 년 전에 이사 왔어요."

집값이 싼 곳을 찾아서, 라는 말은 생략했다. 여자가 고개를 끄덕끄덕했다.

"나는 은평구에서 태어나 거의 한평생을 여기서만 살았어요. 그쪽보다는 이 지역에 대해 잘 알 수밖에요."

이를테면 그녀는 은평구 터줏대감이었다. 그러나 아무리 터줏대감이라고 해도 개천의 길이를 소수점 이하까지 알고 있는 게 일반적인 일일까. 불광천의 길이가 은평구 주민들이 반드시 알아야 할 상식일리는 없지 않은가.

날더러 얼굴에 생각이 드러나는 타입이라고 했으니 필경 자신에 대한 의문도 겉으로 드러났으련만, 여자는 거기 대해서는 아무런 반응도 보이지 않았다. 그녀는 말없이 맥주만 홀짝였다. 이미 맥주 캔을 다 비워버린 나는 할 일이 없었다. 분위기가 점점 어색해졌다. 일거리가 없어서 심심한 입을 위해 맥주를 한 캔 더 살까 하다가 취기가 돌면 뜨거운 햇볕 아래에서 완전히 퍼져버릴 것 같아 그만두었다. 대신입이 할 다른 일거리로 여자에게 말을 걸었다.

"노인은 어떤 사람인가요?"

내 물음에 여자가 캔을 기울이다 말고 멈칫했다. 여자는 캔을 살며시 내려놓았다.

"내가 선배여서 묻는 거예요? 그쪽보다 며칠이라도 이 일을 먼저 했다고?"

"예."

"미안하지만 나도 알려줄 만한 게 없네요. 실은 나도 이 일 시작한 지 일주일밖에 안 되었는데요, 뭐. 영감탱이가 도무지 다른 말은 없기도 하고. 난 그 영감 이름도 몰라요. 영감탱이도 내 이름을 모르고요."

생각해보니 나도 마찬가지였다. 심지어 노인은 내 이름 같은 건 물어보지도 않았었다. 면접 보는 자리에서도! 그땐 워낙 당황했던지라 의식도 못한 채 넘어갔는데 돌이켜보니 어처구니없는 상황이었다. 고용인과 피고용인이 서로의 이름조차 모른다? 이게 말이 되는 건가.

여자는 긴 손가락으로 맥주 캔을 빙글빙글 돌렸다.

"영감탱이는 줄곧 그런 식이었던가 봐요. 자세히 말해주지는 않았지만 우리 말고도 꽤 여러 사람이 면접을 보았던 것 같고요. 근데 남은 사람은 우리 둘뿐이죠. 이유야 말하지 않아도 알겠죠? 그 영감탱이, 정말 정상이 아니에요."

여자는 잠시 간격을 두었다가 덧붙였다.

"하긴, 내 입으로 이런 말 할 처지는 아니지만."

나도 그녀와 같은 처지였기에 할 말이 없었다. 여자가 남은 맥주를 죽 들이켜더니 빈 캔을 오른손에 들고 왼손으로 그 옆을 받쳤다. 농구선수가 슛을 하는 자세. 여자가 쓰레기통을 향해 캔을 던지자 캔은 우아한 포물선을 그리며 쓰레기통으로 쏙 들어갔다. 나도 모르게 골인! 소리칠 뻔했다.

여자가 씩 웃으며 나를 돌아봤다.

"내가 아는 바로는, 영감탱이는 돌봐주는 가족 없이 혼자 살고 있다, 돈은 꽤 있는 모양이다, 그러나 큰 부자는 아닌 것 같다, 뭐 그런 정도? 마지막으로 고양이를 잡아먹은 오리에 대한 집착이 굉장히 강하다. 자, 그만 일어나요. 일해야죠."

12

우리는 함께 걸으며 오리들을 촬영했다. 같이 다니자고 누가 제안을 한 건 아니었지만, 목적지가 같고 출발 지점도 같은 데다가 심지어 하는 일까지 같으니 자연스럽게 그렇게 되었다. 같이 다니지 않는 게 더 이상한 상황이었다.

문제는 우리가 찍은 오리가 다 그놈이 그놈이라는 것이었는데, 여자는 별문제가 못 된다고 했다. 따로 다니면서 찍어도 그놈이 그놈이긴 마찬가지라는 논리였다. 다만 너무 똑같이 찍으면 노인이 눈치챌지 모르니까 간격을 두는 게 좋겠다고 했다. 간격이란 시간과 공간 양쪽 다를 말했다.

여자는 일 미터쯤 앞서가면서 사진을 찍었다. 나는 제자리에서 잠시 기다렸다가 셔터를 눌렀다. 사진 찍는 위치가 다르니까 자연 사진의 각도가 달랐고, 시차가 있으니까 가만히 있을 리 없는 오리들의 위치도 달라졌다. 우리의 사진을 비교해 본 뒤 숙련된 선배께서는 흡족한 웃음을 지으셨다. 감쪽같이 속겠지, 흡족해하면서도 동시에 음흉해 뵈는 웃음이었다.

같이 다니니까 선배의 지도 편달에다, 한결 덜 심심했다. 가방도 나눠 쓸 수 있어 여러모로 편리했다. 여자가 들고 다니는 가방은 수납공간이 넉넉해서 내 생수병과 사진을 충분히 담을 수 있었다. 여자도 사진을 가방에 보관했지만 넣은 주머니가 달라서 두 사람의 사진이 섞일 염려는 하지 않아도 되었다.

간격을 조금 두기는 했지만 어쨌든 같이 다니면서 입을 꾹 다물 수는 없었다. 때문에 여자와 나는 처음 만났을 때보다는 상당히 가까워졌다. 그렇다고 서로의 사연을 물을 정도로 진전된 건 아니었다. 다행히도 이야깃거리는 풍부했다. 세계 공통의 화제인 정치. 대선을 넉 달쯤 남긴 무렵이었고, 유력한 제삼의 후보가 아직도 출마를 결정하지 않아서 언론이 하루도 빼먹지 않고 이러쿵저러쿵 갖은 설을 풀어 놓고 있었다. 우리는 대선과, 유력한 제삼의 후보와, 야권 단일화와, 여당 후보가 독재자의 딸인 사실과, 야당 후보는 자살한 전 대통령의 측근이었다는 것과, 개념부터 생소한 경제민주화와, 그놈의 경제민주화가 왜 그토록 문제인가 하는 것 등등에 대해 심도 깊은 대화를 나누었고 그 결과 매우 합리적인 결론에 다다랐다.

"누가 대통령이 되건 우리 사는 모양새가 달라질 리 없죠."

"옳으신 말씀."

십이월에 선출될 대한민국 제18대 대통령께서 설령 세종대왕을 능가하는 성군이라고 해도 고양이를 잡아먹은 오리를 찾고 있는 정신 나간 인간까지 챙겨줄 성싶지는 않았다. 그러고 보면 선거전이라는 것도 흥미롭기는 하되 단지 그뿐, 우리로서는 감히 넘을 수 없는 높다란 담장 너머에서 벌어지는 남의 잔치에 불과했다. 고양이를 잡아먹은 오리를 쫓는 노인과, 그 노인에게 고용된 두 남녀에게 허락된 공간은 담장 바깥에 있었다. 구체적으로는 이 작은 개천인 불광천이 우리에게 허락된 유일한 공간이었다. 우리는 정치 얘기를 그만두었다.

점심때가 되어 우리는 다시 편의점에 가서 빵과 우유를 하나씩 사먹었다. 다 큰 어른들의 점심으로는 부족했지만, 더구나 삼십일 도를 웃도는 무더위를 견디며 오전 내내 걸었고 오후에도 걸어야 하는 어른들이라는 걸 감안하면 안타까울 정도로 부족했지만, 내 지갑은 얇았고 여자의 지갑도 마찬가지일 게 틀림없었다. 점심을 때운 뒤 우리는 생수를 두 병 더 사서 가방에 넣었다.

다시 불광천을 걷기 시작했을 때, 여자가 우리가 걷고 있는 장소에 대해 들려주었다.

"이 개천, 원래는 똥물이 질질 흐르던 곳이었어요."

"똥물? 질질?"

"무지하게 더러웠거든요. 항상 썩는 냄새가 나서 아무도 이 근처에 오지 않을 정도였어요. 그나마도 건천(乾川)이라 수량도 아기 오줌 정도에 불과했죠. 어려서 어쩌다 친구들과 이 근처를 지날 때면 '에이, 똥물!' 하면서 침을 뱉곤 했어요."

"그땐 오리들도 없었겠네요?"

여자가 픽 웃었다.

"오리는 무슨. 여긴 쥐밖에 없었어요. 가끔 비둘기가 보이긴 했지만 제정신인 놈은 없었을걸요. 취객이 토한 걸 쪼아 먹고 사는, 살짝 맛이 간 놈들 말예요. 그렇지 않고서야 이런 델 찾아들겠어요?"

"그런 똥물이 어떻게 이렇게 변했죠?"

"월드컵 치르던 해에, 그러니까 2002년에 시인지 구청인지, 아무튼 관공서에서 작정을 하고 나섰죠. 쓰레기를 치우고 오수를 차단하고 지하수를 끌어 올려 수량을 늘렸어요. 천변에다 산책로와 자전거도 로를 깔고, 꽃과 나무도 심고요."

"돈 많이 들었겠네요."

"그랬겠죠. 그 공사가 한창일 때 마침 나는 다른 동네에 살고 있었어요. 친구들한테 들은 얘기죠. 돌아와서 달라진 불광천을 처음 보았을 때 얼마나 놀랐는지. 돈은 정말 대단해요. 개천 같지도 않은 똥물 시궁창을 멀쩡한 개천으로 바꾸어놓았으니."

월드컵공원 근처에서 불광천은 또 다른 물줄기와 하나가 되었다. 여자의 말로는 홍제천이라고 했다. 하나가 된 물줄기는 한강까지 흘러간다고 했다. 나는 어쩐지 믿기지 않았다. 한강이라니. 서울 사람들이야 워낙에 익숙해서 별 감흥이 일지 않겠지만 명색이 인구 천만 대도시 한복판을 관통하는 거대하고 도도한 물줄기가 아닌가.

월드컵공원에서 한강까지는 걸어서 접근할 수 있는 가까운 거리였다. 그 가까운 거리에 한강이 있고, 물줄기가 한강에 가 닿는다는 것은, 그러니까 상전벽해 수준으로 바뀌었다지만 그래도 보잘것없는 개천에 불과한 불광천이 한강의 지류라는 것은, 머리로는 이미 알고 있는 사실인데도 가슴으로는 받아들이기가 어려웠다. 한강이 곧 불광천이고 불광천이 곧 한강이고, 저 물이 그 물이고 그 물이 저 물이고, 저것과 그것이 결국 하나가 되어 어느 게 저것이고 그것인지 분간할 수도 없고 그럴 필요도 없게 되는, 그런 순간이 온단 말인가. 정말로. 왠지 모든 게 거짓말인 것만 같았다.

13

월드컵공원에 이른 김에 연못을 둘러보았다. 여기에도 오리가 많았다. 나 이렇게 열심히 일했소, 하는 뜻에서 연못의 오리들도 카메라에 담았다. 물론 열심히 일한 척만 하면 되었지 정말로 열심히 일할 생각은 없었으므로 아무렇게나 대충 찍었다. 인화된 사진을 여자에게 넘겨주다가 문득 의문이 들었다.

"근데 노인네가 왜 하필 폴라로이드 카메라를 주었을까요? 필름도 비쌀 텐데."

"컴퓨터가 없는 모양이에요. 있어도 사용법을 모를 테고."

"사진 들고 다니는 게 아무래도 번거로운데 디지털카메라를 쓰면 어떨까요? 집에 컴퓨터랑 프린터가 있으니까 사진이야 그걸로 인쇄하면 될 거고."

"이따가 한번 말해보든지요."

벤치에 앉아서 땀을 식히기도 하고 공원 수목 사이를 어슬렁거리기도 하다가 응암역으로 돌아갔다. 느긋하게 걸었기 때문에 응암역에 도착했을 때는 벌써 다섯시가 넘은 시각이었다.

노인은 여느 때와 똑같은 모습으로 우리를 맞아주었다. 카메라를 제외하고는 물병과 컵이 놓인 위치, 고양이 사진, 앉아 있는 노인의 품새까지 하나도 달라진 게 없었다. 이제는 노인의 존재가 이상하다 못해 으스스했다.

노인이 말없이 사진을 살펴보는 동안, 여자는 스마트폰으로 주식 관련 사이트를 검색했다. 나는 몸이 배배 꼬이는 걸 간신히 참고 있었다. 티브이라도 보았으면 싶었지만 남의 집 티브이를 함부로 켤 수도 없었거니와, 봐도 되겠느냐고 물을 수 있는 분위기도 아니었다. 노인은 거의 사십 분이 지나서야 사진들을 탁자 위에 내려놓았다.

"오늘도 없군."

어제와 똑같은 소리였다. 여자도 똑같이 대답했다.

"유감이네요."

"사진을 제대로 찍기는 하고? 대충대충 하는 게 아니고?"

"사진을 보시고도 그러세요? 불광천 끝에서 끝까지 돌아다니며 찍었어요. 오늘은 공원까지 가서 찍었다고요."

"근데 왜 그놈을 찍지 못하는 거야?"

여자는 입을 다물었다. 나도 할 말이 없었다. 범압은 애당초 당신 머릿속에서만 존재하던 것이라고 말해줄 수는 없는 노릇이었다. 잠시 후 노인이 한숨을 내쉬고는 지갑을 꺼냈다.

"내일은 꼭 성과가 있길 바라네."

그러면서 노인은 여자와 나에게 차례대로 오만 원씩을 주었다. 여자가 먼저 일어섰고, 나도 뒤따라 일어서다가 아까의 아이디어가 생각나서 말해보았다.

"사진을 꼭 폴라로이드 카메라로 찍어야 하나요?"

"안 그럼?"

"디지털카메라가 편한데요. 컴퓨터가 없으시다면 사진은 제가 집에서 인쇄해 오겠습니다."

노인은 잠시도 생각하지 않고 고개를 가로저었다.

"폴라로이드가 좋아. 난 컴퓨터 어쩌고 하는 게 내키지 않아. 그만 가보게."

여지를 주지 않는 말투였다. 괜히 민망해서 인사도 하는 둥 마는 둥 현관 밖으로 나서는데 등 뒤로 노인이 중얼거리는 소리가 들렸다.

"사람이 더 필요해……"

몹시 초조해하는 음성이었다.

14

여자가 복도에서 나를 기다리고 있었다. 여자는 나를 보자마자 인상부터 썼다.

"영감탱이가 뭐래요? 싫다죠?"

"그러네요."

"왜 아니래."

여자는 그럼 그렇지, 하는 표정이었다. 나도 마침 생각난 게 있던 참이었다. 맥주 한 캔 마시면서 얘기 좀 하지 않겠느냐고 묻자 여자가 흔쾌히 그러자고 대꾸했다. 우리는 아파트에서 나와 근처 편의점으로 갔다. 편의점 앞 탁자에는 먼저 온 손님들이 있었다. 우리는 편의점 맞은편 건물 화단에 엉덩이를 걸치고 앉았다. 맥주를 한 모금씩 마신 다음, 내가 먼저 입을 열었다.

"노인네도 디지털카메라 생각을 해봤을 거예요. 비싼 폴라로이드 필름을 쓰느니 디지털카메라가 낫다고 생각했겠죠. 근데도 굳이 폴라로이드를 고집하는 건 사진을 조작할 수 없기 때문이 아닌가 싶어요. 디지털카메라로 찍은 사진이야 컴퓨터를 다룰 줄 아는 사람이면 얼마든지 조작할 수 있으니까요. 노인도 그 정도는 알지 않을까요? 필름 카메라는 현상소를 찾아다녀야 하고 그만큼 시간도 걸리니까 불편하고요. 그러니까 노인의 입장에서는 조작할 수도 없고 시간도 안 걸리는 폴라로이드 카메라가 정답이었던 겁니다."

여자가 열심히 고개를 끄덕였다.

"내 생각도 그래요. 그 영감탱이는 우리가 사진을 조작해서 자기를 속일까 봐 걱정하는 거예요."

"웃기지 않아요? 조작을 하려고 해도 할 수가 없잖아요. 고양이를 잡아먹었다는 그 오리 놈이 어떻게 생겼는지도 모르는데 말이에요."

"노인네가 의심이 많아요. 우리가 디지털카메라를 쓰기로 한 다음 그 오리가 어떻게 생겼는지 물으면 어떻게 하나 나름대로 고민한 거죠. 자기한테서 들은 대로 사진을 조작해서 이게 그놈이라고 우기면 영감탱이도 자칫 속을 수 있지 않겠어요?"

목이 탔다. 맥주를 한 모금 더 마셨다.

"그러고 보니 그 오리의 생김새를 제대로 말해준 적이 없네요. 그것도 조작을 걱정해서 그런 걸까요?"

"그렇겠죠. 폴라로이드 카메라를 쓰더라도 들은 얘기와 대충 비슷하게 생긴 오리를 어디서 구해가지고 사진을 찍을 수도 있다, 그렇게 생각하는 모양이죠, 뭐."

"대단한 노인네예요."

"단단히 미쳤죠. 애당초 그딴 오리는 존재하지도 않는구먼. 자기 혼자 말도 안 되는 망상에 사로잡혀서는. 쯧."

여자는 기분이 좋지 않은지 연신 혀를 찼다. 혀 차는 소리를 자꾸 듣다 보니 나도 점점 기분이 나빠졌다. 노인에게 분노한 게 아니라 잠시 잊고 있던 양심이 다시금 자기 존재를 주장했기 때문이었다. 여자의 말대로 노인은 망상에 사로잡혀 있었고, 우리는 그가 주는 돈에 사로잡혀 있었다. 노인은 그렇다 치고 우리에게 노인을 비난하거나 성토할 자격이 있는 걸까.

내가 말이 없자 여자도 입을 다물었다. 말은 오가지 않았지만 감정은 오갔다. 여자가 내 감정을 알아차렸다는 것과, 그 감정에 공감했다는 것과, 그래서 속이 불편해졌다는 것까지 모두 느낄 수 있었다. 나는 계속 침묵했고, 여자도 침묵했고, 누가 먼저 침묵을 깰 것인지 눈치를 보기 시작했다. 그러다 결국 분위기를 바꾼 장본인이라는 책임감 때문에 내가 먼저 침묵을 깼다.

"좀 켕기죠?"

여자는 내 시선을 피해 맥주 캔을 내려다보았다.

"켕기죠. 하지만 돈이 없는데 어쩌겠어요."

"그렇게 형편이 어려워요?"

"미친 영감탱이에게 사기를 당하고 있는 건지 아니면 반대로 내가 사기를 치고 있는 건지 헷갈리는 이 상황을 감수해야 할 정도로 어려워요."

"나하고 똑같네요."

우리는 서로를 보며 히히, 하고 명랑하게 소리 내어 웃었다. 인생의 밑바닥 중에서도 아주 요상한 밑바닥에 떨어진 인간이 저와 똑같은 신세에 처한 동료를 보며 함께 웃는 웃음인데 어찌 명랑하지 않을 수 있단 말인가.

더위는 한풀은 아니라 반풀 정도 꺾였고, 때마침 바람도 살랑살랑 불었다. 길거리였고, 지나다니는 사람도 많았지만, 그렇기에 더더욱 우리는 거리 한쪽에서 소외되었다. 서로의 사연을 털어놓기에 딱 좋지는 않아도 그럭저럭 기본 요건은 갖추었다고 할 수 있는 상황에, 장소였다.

여자가 먼저 물었다.

"어쩌다가 이런 신세가 되었어요?"

나는 실패한 작가라는, 실패한 증거를 책으로 내놓아서 변명조차 할 수 없는 신세임을 털어놓았다. 그런 주제에 먹고살겠다고 또 실패의 증거가 될 것이 뻔한 졸문을 끼적거려야만 한다는 것까지도. 여자는 말없이 들어주었다. 아까의 침묵이 어색했다면 이번의 침묵은 편안했다. 내 얘기가 끝나도 여자는 아무 말도 하지 않고 이미 김이 빠진 맥주를 홀짝였다. 이번에는 내 차례였다.

"어쩌다가 이런 신세가 되었어요?"

똑같은 질문에 여자는 전혀 다른 이야기를 들려주었다.

15

나는 은평구 토박이예요. 태어나기는 다른 곳에서 태어났지만 일곱 살 때 역촌동으로 이사 온 후 은평구 안을 여기저기 오가며 이십 년 넘게 살았으니 토박이라고 해도 되겠죠. 말하자면 은평구가 고향인 셈이죠. 그러나 고향이라는, 흔히 애수를 불러일으키고, 불러일으키는 게 마땅한 것 같은 그 표현이 내게는 마뜩지가 않아요. 이놈의 은평구에 애정이 없거든요.

뉴타운 알죠? 그 사업 처음 시작한 데가 바로 이 은평구였어요. 그만큼 후진 동네였다는 거죠. 후지다는 표현이 좀 걸리지만 다른 적절한 말이 떠오르지 않네요. 정말 후진 곳이니까요. 은평구 주민들도 후진 곳에 거주한다는 자격지심들이 있었으니까 뉴타운 얘기가 처음 나왔을 때 그렇게 난리였던 게 아니겠어요? 지금은 그놈의 뉴타운도 출구 전략을 찾네 어쩌네 하는 모양들이지만.

여기서 조금만 걸으면 경기도 지역이에요. 나 어릴 때만 해도 서울과 경기도 경계에 개발되지 않은 구역이 많았어요. 수도권이라기보다는 시골에 가까웠죠. 친구들과 산이고 들이고 쏘다니며 개구리 잡고 아카시아 따고 그랬다고 하면 요즘 애들은 당신 진짜 서울에서 자란 거 맞느냐고 물어요. 요즘 애들이 서울 변두리를 잘 모르는 탓도 있겠지만 은평구가 시골 같은 데가 있기도 했죠.

내가 초등학교 졸업 때까지 살았던 동네도 서울 하면 빌딩 숲부터 생각하는 사람들에게는 도무지 서울 같지 않은 곳이었어요. 산을 반쯤 깎다 만 것 같은 언덕에 판잣집보다 조금 나은 수준의 집들이 다닥다닥 붙은 동네였는데, 눈이 내려 길이 얼면 네발 달린 개도 깨갱거리며 굴러버리는 곳이었어요. 학교도 비슷했죠. 이건 뭐 말이 학교지, 산 깎던 사람들이 "산 깎는 것도 지겹네. 슬슬 집에 가서 티브이나 볼까" 하면서 일손 놓고 그냥 돌아가버린 건가 싶은 데 있어서 눈만 오면 교사들이고 학생들이고 데굴데굴 구르기 일쑤였죠.

그래도 자연환경은 좋지 않았느냐고 묻고 싶을지 모르겠네요. 뭐, 공기와 물은 맑은 편이었어요. 서울치고는 별도 꽤 잘 보이고 약수터 물도 마실 만했어요. 개구리를 잡거나 아카시아를 따서 꿀 빨아먹는 일도 즐겁긴 했죠. 친구들과 함께 달팽이를 잡아 경주를 시키기도 하고, 맞아요, 자연을 장난감으로 생각한다면 그럭저럭 좋은 곳이었어요. 하지만 은평구는 어디까지나 시골스러운 데였을 뿐 진짜 시골은 아니죠. 자연환경도 완벽하게 보전돼 있다 할 수 없었고요. 환경상의 이점이라고 해봐야 방금 말한 그런 정도? 그야말로 소박한 수준에 불과했죠. 그나마도 내가 중학교 들어갈 때쯤 거의 사라지고 말았어요. 당시엔 내가 어릴 때라 잘 몰랐는데, 시에선지 구청에선지, 아무튼 그 무렵에도 관공서에서 작정을 했던 모양이에요. 어디에 도로가 깔린다더라, 무슨 공장이 들어선다더라, 그런 풍문이 들려오고 실제로 여기저기서 공사가 벌어졌죠. 중학교 땐 처음 살던 동네에서 십분쯤 떨어진 동네에 살았었는데 그때 벌써 은평구는 예전의 그 시골스러운 은평구가 아니었어요. 별도 잘 보이지 않고, 약수터엔 할 일 없는 노인네들만 왔다 갔다, 개구리는 비가 많이 와야 한 번씩 볼 수 있었죠.

아직도 무척 황당한 기억으로 남아 있는 일이 있는데, 어느 해 여름엔가 외가에 며칠 놀러 갔다 돌아와 보니까 뒷동산이 민둥산이 되어 있었어요. 사실은 뒷동산이라고 할 것도 없고, 깎다 남은 산의 일부였는데 어쨌든 약수도 나오고 해서 주민들에게는 좋은 운동 장소가 되는 곳이었어요. 근데 그 산이 갑자기 까까머리가 된 거예요. 더욱 황당한 건 그 뒤로 아무런 조치가 없었다는 거예요. 무슨 조림 계획이 있었는데 중간에 엎어진 것인지, 시장인지 구청장인지가 집무실에서 코딱지 파다가 코 파는 것보다는 재미있겠다 싶어서 그런 짓을 저질렀는지 그야 알 도리가 없었죠. 아무튼 뒷동산은 졸지에 까까머리가 된 채 나무를 새로 심는다거나 하는 일도 없이 흉측하고 민망한 꼴로 한동안 내버려져 있었어요. 은평구는 그렇게 황당한 방식으로 달라져갔어요.

지금은 그 뒷동산도 볼 수 없어요. 산 깎다 텔레비전 보러 갔던 사람들이 다시 돌아와서 마저 밀어버린 거예요. 지겹도록 텔레비전을 보고 나니 일할 의욕이 넘쳐났나 봐요, 주변 일대가 싹 재개발되었죠.

지금은 거기에 번듯한 아파트들이 꽉 들어차 있어요. 근데요, 난 그놈의 재개발 현장을 볼 기회가 없었어요. 마침 그 무렵 은평구를 떠나 있었거든요. 대입이 결정되자마자 홍대입구역 근방에서 자취를 시작했죠.

혼자 힘으로 자취하며 살겠어요, 장학금도 받겠어요, 두 분 짐 덜어드릴게요. 부모님 앞에서는 제법 효녀인 척 큰소리를 쳤지만 속마음은 은평구를 떠나고 싶다는 거였어요. 진짜 서울 시민이 되고 싶었단 소리죠. 서울에 살면 서울 시민이지 무슨 진짜 가짜가 따로 있단 말인가. 지금 생각하면 우습지만 암튼 그땐 그랬어요. 웬만큼 머리가 굵어지니 그 나이대 특유의 철없는 열등감이 스멀거려 구질구질한 은평구가 견딜 수 없어졌어요.

이건 뭐, 사람 사는 덴데도 교통이 편하기를 하나, 그럴듯한 문화 시설이 있기를 하나. 지금이야 지하철 6호선이 지나가서 응암역, 새절역, 증산역이 생겼지만 당시엔 지하철 한번 이용하려면 버스 타고 녹번동까지 나가서 3호선을 타야 했어요. 가장 가까운 극장도 녹번역 근처에 있었죠. 좌석 사이가 심하게 좁아서 다리를 구십 도 이상 구부려야 했는데 그럼 등이 저절로 펴져 반듯한 자세로 관람할 수밖에 없었어요. 그야말로 예절이 살아 있는 극장이었죠. 좌석 문제야 예절 수련 한다고 쳐요, 항상 비 내리는 스크린이 기껏 예절 수련 하고 있는 사람 심기를 불편하게 한다는 게 진짜 문제였죠.

교통이나 문화만 아니라 편의 시설도 문제였어요. 믿기 어렵겠지만, 시내에서 에이티엠(ATM)이라는 물건을 처음 보고는 도대체 뭐에 쓰는 물건인지 몰라 어리둥절했던 적이 있어요. 우리 동네에는 에이티엠이라는 첨단 기기가 없었거든요. 나 지금, 팔십년대 얘길 하는 게 아니에요. 바야흐로 구십년대라고요. 우리 동네 은행에 마침내 에이티엠이 생겼을 땐 정말로 감격했어요. 농담 아니에요. 세상에, 이 후진 동네에 이런 것도 다 들어오는구나. 여기도 발전하기는 하는구나. 뭐 그런 기분이었죠.

은평구가 시골 같은 데가 아니라 진짜 시골이었다면 괜찮았을 거예요. 시골이니까 그러려니 하며 살았겠죠. 하지만 은평구는 분명히 서울 안에 있었다고요. 인구 천만을 헤아리는 세계적인 대도시의 일부였다고요. 그런데 서울 같지도 않고, 그렇다고 시골인 것도 아니고, 이게 도대체 뭔지.

철이 들면서부터 친구들과 놀러 나갈 때면 꼭 은평구를 벗어나 시내로 가고는 했어요. 시내에서도 가까운 편인 신촌 근처를 뻔질나게 들락거렸죠. 한바탕 신나게 놀고서 집에 올 때면 깊은 의문에 잠기곤 했어요. 신촌은 서대문구고, 서대문구는 은평구 바로 아래인데, 버스 타면 금방 갈 수 있는 그 가까운 동네가 어쩜 우리 동네랑 그렇게도 다르단 말인가, 그런 의문이요. 그야 물론 신촌 일대는 대학가여서 젊은 사람들에게 맞도록 특화된 곳이기는 해요. 그런 사정을 감안하더라도 은평구의 지지부진한 발전은 나를 심란케 했어요.

잠깐 은평구의 명예를 위해서 밝혀두자면요, 은평구에도 나름 번화한 곳이 있긴 했어요. 연신내역 근처가 그랬죠. 선거구 단위로는 은평 을에 해당하는 곳이에요. 지금도 연신내역은 은평구 지하철역 중에서 가장 크고 유동 인구도 많아요. 쇼핑타운이니 멀티플렉스 상영관이니 제법 그럴듯한 건물들이 밀집해 있죠. 한데 난 주로 은평 갑에서만 살아서 그런지 그쪽 동네와는 별 인연이 없었어요. 가까우니까 금방 갈 수는 있었지만 아무래도 신촌에 비하면 촌스러운 동네여서 외면하고 살았죠. 그 무렵 난 은평구 안의 모든 것은 시내에 있는 것들에 비해 수준이 낮고, 따라서 은평구는 진짜 서울에 비하면 한참 뒤처진 동네라는 일종의 신념 비슷한 걸 갖고 있었어요. 실은 신념이 아니라 열등감이라고 해야 옳겠지만.

아무튼 내게 은평구는 진짜 서울이 못 되었어요. 진짜 서울이 뭐냐 물어오면 대꾸할 말이 궁했으면서도 그렇게 여겼어요. 신촌은 그렇다 치고 교보문고만 나가도 광화문의 그 넓은 사거리며 우뚝우뚝한 빌딩 따위가 나를 주눅 들게 했어요. 나도 이런 곳에 살고 싶다. 이런 곳이 아니면 이런 곳 근처에서라도 살고 싶다. 뭐 그런 생각으로 은평구를 탈출했죠.

그런데 지금은 왜 은평구에서 살고 있느냐고 묻고 싶겠죠. 뻔하지 않아요? 그쪽처럼 나도 실패한 거죠.

나야 글을 쓰지는 않았죠. 증권회사에서 일했어요. 펀드매니저나 애널리스트 같은 건 아니었고, 그냥 사무원이었어요. 화려한 직업은 못 돼도 나름 괜찮았죠. 열심히 일했고, 매달 적금을 부었고, 대출받아 전셋집을 얻었고, 연애도 해봤고, 근사한 레스토랑에서 와인을 마시기도 했고, 이따금 적금통장을 열어보며 작은 행복을 느끼기도 하고, 그렇게 평범하면서도 착실하게 살아갔어요.

근데 세월이 흘러 서른을 넘기니까 점점 불안해지더라고요. 직장은 도무지 비전이 없었고, 비전은커녕 언제 망할지 모른다는 흉흉한 소문이나 들려왔고, 대출금은 아직도 남아 있었고, 적금을 붓고 또 부어도 서울에서 살 만한 집 한 채 구할 돈이 되기엔 까마득하게 멀었고, 친구들은 하나둘 결혼하기 시작했고요.

나도 결혼 말이 오간 상대는 있었어요. 끝내 웨딩드레스를 입진 않았지만요. 노처녀의 오기라고 오해할지 모르겠지만, 난 남자에 의지하지 않고 혼자 힘으로 돈을 벌고 싶었어요. 그렇다고 대단한 성공을 바란 것도 아니었어요. 집 한 채. 딱 한 채. 그 정도면 좋겠다고 생각했어요. 결혼을 해도 그다음에 하겠다고 마음먹었죠. 서울에 있는, 은평구가 아닌 진짜 서울에 있는, 내가 번 돈으로 산, 내 명의로 된 집을 갖고서 말이에요.

그래요. 아까, 어린 시절의 철없는 열등감 운운했던 그런 시절은 오래전에 지나간 것처럼 말했지만 실은 그게 아니었던 거예요. 그때까지도 나는 서울을 진짜와 가짜로 구분하고 있었어요. 어쩌면 지금도……. 다른 건 다 괜찮아도 내가 살 내 집만큼은 은평구가 아닌 진짜 서울에 있었으면 했어요. 그것만은 포기할 수 없었죠. 나이를 먹고 사회 경험을 쌓으면서 열등감도 상당 부분 털어냈지만 그 찌꺼기라고 할까, 뿌리라고 할까, 내가 내 손으로 파낼 수는 없는 그런 부분이 남아 있었던 거예요.

어쩌면 나이를 먹고 사회 경험을 쌓았기에 그 찌꺼기인지 뿌리인지가 더욱 굳건해졌는지도 모르겠네요. 증권회사에서 일한 것도 영향을 줬겠지요. 그 바닥이 워낙 큰돈이 오가는 곳이라서요. 나는 투자 업무는 하지 않았지만 돈의 흐름은 대강 볼 수 있었죠. 백 명의 사람이 백 년 동안 죽어라고 일해서 모아야 가능한 액수의 돈이 눈앞에서 획획 오가는 거예요. 하루에도 수십, 수백 번씩 말이에요. 소설가 앞에서 감히 비유를 하자면요, 작은 개천에서 송사리나 잡던 인간이 처음으로 바다에 나가 포경선이 고래 잡는 광경을 목격한 것 같은 그런 경험이었죠. 그 인간이 고래를 잡고 싶어졌다고, 하다못해 참치라도 한 마리 잡아보고 싶어졌다고 해서 그게 꼭 나무랄 일일까요. 나는 점점 더 가짜 서울이 아닌 진짜 서울, 송사리가 아닌 참치를 갈망하게 됐어요.

알죠, 가당치 않은 꿈이었죠. 부동산 경기가 죽고 집값이 무서울 정도로 떨어졌다는데도 나 같은 서민에게는 그놈의 집값이 목숨보다 비싼 것이었죠. 젊을 때야 성실히 살면 결국 어떻게 되겠지 하는 막연한 희망이라도 있었지만 서른을 넘기자 더 이상 그따위 거짓 희망으로 나 자신을 속일 수도 없었어요. 특단의 대책이 필요했죠.

때마침, 이라고 할까 내가 대책을 강구하고 있을 때 회사가 망했어요. 정확히 말하면 다른 회사에 먹힌 거였지만 직원 입장에서는 그게 그거죠. 회사를 합병하면 제일 먼저 하는 일이 뭐겠어요? 그놈의 구조조정이죠. 나는 그렇게 실업자가 되었어요. 기막히고 원통했지만 별수 없었죠. 한편으로는 차라리 잘되었다 싶기도 했고요. 그동안 주식 공부를 많이 했거든요. 주식 책을 잔뜩 사서 독파하고, 인터넷 주식 카페 같은 데 가입해서 자칭 고수라는 사람들의 지도를 받기도 하고, 모의 투자도 해봤어요. 내 딴에는 주식판에 뛰어들 준비를 착실하게 하고 있었던 거예요. 근데 증권회사 직원이라는 이유로 거래에 제약이 있다 보니 많이 답답했어요. 내가 할 수 있는 건 증권저축 투자뿐이었으니까요. 현금 대신 주식을 저축하는 방식으로 투자하는 거예요. 리스크는 적은데 수익성은 별로였어요. 투자액에도 제한이 있었고요. 내부자라 연봉의 50퍼센트 이내 금액만 투자할 수 있거든요. 도무지 비전이 안 보였죠.

그러던 차에 실직자가 되었으니 기회는 이때다 싶어서 본격적으로 주식판에 뛰어들었어요. 물론 처음부터 전업투자자를 꿈꾼 건 아니었지만요. 구직 활동을 하면서 주식은 틈틈이 했죠. 근데 그놈의 취직이 어찌나 어렵던지. 학력은 별로고 특별한 기술은 없고 그런 주제에 나이는 많고, 나이만큼 경력도 쌓인 나 같은 사람은 도무지 발붙일 데가 없었어요. 그나마 있는 자리는 조건이 너무 나빴고요. 시간이 흐르면서 점점 더 주식에 매달리게 되었죠.

뭐 그래도 처음에는 나쁘지 않았어요. 초심자의 운이었는지, 아니면 리스크 관리를 철저히 하며 보수적으로 돈을 운용한 덕인지, 수익률이 제법 나왔죠. 그렇게 계속 잘해나갔다면 지금 이 꼴이 되지는 않았을 텐데 그놈의 욕심이 문제였죠.

나는 주식을 해도 대박을 내겠다는 욕심은 없었거든요. 내가 원한 건 참치지 고래는 아니었으니까요. 증권사에서 일하며 주식 때문에 쪽박 찬 사람들 이야기를 지겹도록 듣기도 했고요. 근데 컴퓨터 앞에 가만히 앉아서 마우스 몇 번 클릭하는 것으로 매일 돈을 벌다 보니까 점점 돈에 대한 감각이 마비되는 거예요. 돈이, 돈이 아니라 그냥 숫자인 것만 같고, 숫자라면 내 마음대로 얼마든지 큰 숫자도 만들어낼 수 있을 것 같았어요. 세상에 가장 큰 숫자라는 건 없잖아요. 어떤 숫자든 그보다 큰 숫자를 만들 수 있잖아요. 그렇게 내 마음대로 할 수 있을 것만 같은 착각이 들었어요. 돈도 실물이고 진짜인데 그걸 잊어버린 거였죠. 병에 걸린 거였어요. 현실과 망상, 진짜와 가짜를 구별하지 못하는 끔찍한 병.

그다음 얘기는 듣지 않아도 알겠죠? 네, 실패했어요. 나는 리스크 관리를 거의 포기하다시피 한 채 공격적인 투자에 나섰고, 공격이라는 건 이길 수 있는 사람만 해야 하는 거라는 걸 깨닫게 되었죠. 가진 돈이 무섭게 줄어들어서 적금도 깨야 했고, 아무리 지출을 줄이려고 해도 최소한의 생활비는 써야 했고, 궁핍해질수록 대박이라는 헛된 망상에 집착했어요. 지금까지 잃은 돈이 얼마인데, 내가 이제라도 역전에 성공하려면 한 방에 대박을 내는 수밖에 없다, 뭐 그런 생각에 사로잡혀 있었죠. 오전 아홉시부터 오후 세시까지는 컴퓨터 앞에서 HTS(홈트레이딩시스템)를 들여다보며 꼼짝도 하지 않고, 심지어 밥도 안 먹고, 세시에 장이 끝나면 여섯시까지 시간외거래를 체크하고, 그다음에는 인터넷을 돌아다니며 정보를 모으고, 그러다 밤을 새우기도 하고, 장이 열리지 않는 주말이나 공휴일에는 불안하고 초조해서 신문 한 줄도 읽을 수가 없고…… 완전히 폐인이 되고 말았죠. 구직 활동도 하는 둥 마는 둥 했고요.

그렇게 살다가 겨우 정신을 차리고 보니 은평구더군요. 몇 번이나 집을 줄이며 이사를 했고, 그때마다 집값이 싼 곳을 찾다 보니까 고향으로 돌아온 거였어요. 지금은 반지하 월세방에서 살고 있답니다. 나 혼자서.

16

여자는 이야기를 마치고서 맥주 캔을 입으로 가져갔다. 내 캔은 이미 비어 있었고, 여자의 것도 그랬는지 여자가 실망한 표정으로 캔을 내려놓았다. 누가 제안하지도 않았는데 우리는 동시에 일어나 편의점으로 들어갔고, 다시 맥주 캔을 하나씩 들고 화단으로 돌아왔다. 코가 비뚤어지도록 마셔야 할 상황이고 분위기인지 몰랐지만, 우리는 그렇게 마실 생각이 없었고 형편도 되지 않았다. 서로 위로의 말을 나누고 눈물 한 방울을 찔끔 짜내야 했는지 몰랐지만 그러고 싶지도 않았다. 어쩌면 너 왜 그렇게 형편없이 살았니, 비난을 하고 서로의 따귀를 갈기는 게 합당한지 모르겠지만 그런 짓도 하고 싶지 않았다.

나는 그저 맥주를 마시고 싶었고, 여자도 그런 듯했고, 말은 필요 없었고, 맥주를 마시는 것 외에는 행동도 필요 없었고, 그다지 슬프거나 침울하지도 않았고, 그럴 필요도 없었고, 내일은 내일의 오리가 우리를 기다리고 있을 것이고, 따라서 우리는 취하지 않는 게 좋았으며, 그럴 필요가 없었으며, 그래서 우리는 필요를 느끼지 못하는 사람만이 속 깊은 곳을 박박 긁어서 끌어 올릴 수 있는 명랑한 웃음, 크히히히히 하는 그런 웃음을 동시에 흘렸고, 서로를 마주 보았고, 또 한 번 크히히히히 웃었고, 맥주를 다 마셨고, 필요한지 필요 없는지 헷갈리지만 그런 것 따위 아무래도 좋을 말을 서로에게 던졌다.

"내일 봐요."

"예, 내일 봐요."

그리고 우리는 헤어졌다.

17

다음 날 아침. 노인은 마침내, 정말로 마침내 예전과 달라진 모습을 보여주었다. 앉은 자세가 조금 달라진 것이었다. 늘 구부정하던 노인네가 웬일로 허리를 꼿꼿하게 세우고 정면을 노려보고 있었다. 노인이 자세를 바꾸고 싶어서 바꾼 게 아니라는 것은 그 험악한 표정과 시선만으로도 넉넉히 짐작할 수 있는 일이었다. 그러니까 노인은 맞은편에 앉아서 그의 표정과 시선을 마주하고 있는 사람 때문에 하는 수 없이 자세를 바꿔야만 했던 것이다.

열두어 살쯤 먹어 보이는 사내애였다. 꼬마는 자기보다 여섯 배는 더 오래 살았을 노인네가 그만큼 농축된 연륜을 바탕으로 쏟아내는 감정이 아무렇지도 않은지 태평한 얼굴이었다.

"엄마가 갖다 드리래요."

꼬마가 노인에게 웬 반찬통을 내밀었다. 노인의 거실 풍경이 또 한

번 달라지는 순간이었다. 원치 않은 변화 때문에 심기가 불편했는지 노인은 내게 눈길도 주지 않았고, 꼬마도 내가 안 보이는 것처럼 굴었다. 나는 바깥으로 밀려난 구경꾼이 되어서 두 사람이 하는 양을 지켜보았다.

"이딴 거 필요 없다. 가져가서 너희 식구들이나 처먹어라."

노인은 숫제 으르렁댔다.

"드시기 싫으면 버리시든지요. 알아서 하세요."

노인이 반찬통을 집더니 바닥에 거칠게 팽개쳤다. 반찬통이 퍽하고 깨지면서 시뻘건 김치가 쏟아졌다. 김칫국물이 내 발에까지 튀는 바람에 얼른 뒷걸음질을 쳤다. 소파와 노인의 옷에 국물이 튀었지만 노인은 닦으려고도 하지 않았다.

"가라. 다시는 오지 마라."

"저도 그러고 싶은데 엄마가 자꾸 가보라는 걸 어떡해요."

"네 부모에게 전해라. 난 이제 네놈들하고는 아무 상관도 없는 타인이라고."

"벌써 수십 번도 더 전했네요."

꼬마는 한숨을 푹 내쉬고 자리에서 일어섰다. 내가 현관 앞에 서 있었기 때문에 꼬마는 당연히 내 옆을 지나쳐야 했지만 그러면서도 내게는 시선을 주지 않았다. 뭐 이런 자식이 다 있는가 싶었지만 뭐라고 할 수도 없는 노릇이었다. 꼬마에게 존중받으려면 먼저 내가 어떤 사람인지 밝혀야 하는데 그것부터가 난감하다 못해 불가능에 가까운 일이었다. 나는 말없이 비켜섰고, 꼬마는 조용히 밖으로 나갔다.

문이 닫힌 다음 나는 소파로 다가갔다.

노인은 부들부들 떨고 있었다. 얼굴이 김칫국물처럼 시뻘건 게 저러다 혈압이 올라 쓰러지는 게 아닌가 염려될 정도였다. 도대체 무슨 영문인지 궁금했지만 물어볼 수도 없고, 노인도 입을 열려는 기색이 없어서 카메라와 필름만 집어 들고 몸을 돌렸다. 현관문을 열고 나서는데 느닷없이 노인의 고함이 뒤통수를 갈겼다.

"호순이!"

화들짝 놀라며 돌아보니 노인이 정면을 노려보는 자세 그대로, 그러니까 내게는 시선을 주지 않은 채 소리를 지르고 있었다.

"호순이를 잡아먹은 그놈을 꼭 찾아주시오!"

비통인지 고통인지, 아무튼 무언가가 가득 차서, 도저히 견딜 수 없을 정도로 가득 차서, 그걸 한꺼번에 토해낸 듯한 그런 외침이었다. 나는 황망히 예, 알겠습니다, 하고서 도망치듯이 집을 나섰다.

18

불광천으로 향하는데 저 앞에 꼬마가 보였다. 꼬마는 그 나이대 아이들이 다 그러듯이 통통 튀듯 걷고 있었다. 노래를 흥얼거리기도 하는 게 조금 전에 꽤 폭력적인 상황을 겪은 아이 같지가 않았다. 공교롭게도 꼬마는 불광천을 향해 걷고 있었고, 나는 어른이라서 당연히 그놈보다는 걸음이 훨씬 빨랐고, 꼬마를 따라잡는 것과 동시에 불광천에 도착했다.

여자가 벤치에 앉아서 나를 기다리고 있었다. 손을 흔드는 여자에게 나도 손을 흔들어주었다. 꼬마는 그제야 비로소 내게 관심이 생겼는지 나를 힐끔 보고 여자도 한 번 보더니 어깨를 으쓱하고 산책로로 걸어갔다. 여자에게 다가가자 여자가 물었다.

"쟤는 누구예요?"

"몰라요."

"같이 오는 것 같던데."

"같이 나오기는 했죠. 노인네 집에서."

방금 전의 일을 들려주자 여자는 눈을 동그랗게 떴다.

"그 영감탱이한테 가족이 있기는 하나 보네요."

"그러게 말이에요."

"그럼 그 꼬마는 영감탱이의 손자인 모양이죠?"

"그렇겠죠."

"근데 손자에게 왜 그랬을까요?"

"그러게 말입니다."

우리는 벤치에 나란히 앉아서 노인의 가정 사정을 추측해보았다. 자식들과 사이가 좋지 않다는 빤한 결론이 내려졌다. 문제는 그 정도와 이유였다. 겨우 열두 살이나 먹었을까 한, 한창 귀여울 나이의 손자를 그렇게 대하는 걸 보면 뭔가 대단한 사연이 있는 게 틀림없었다. 어쩌면 그 사연이 노인을 미치게 한 것은 아닐까. 자식들은 속을 썩이고, 마누라는 죽었는지 이혼했는지 옆에 없고, 고양이 한 마리에

정붙이고 살다가 그만 고양이도 잃어버리고, 고독과 증오에 지친 나머지 정신을 놓아버린 것이 아닐까.

매우 평범하고 상식적이고, 그래서 썰렁하기 그지없는 추측이었다. 우리는 금세 시들해져서 그만 일이나 하기로 했다. 어제처럼 여자가 일 미터쯤 앞서 나가며 먼저 사진을 찍었고 나는 뒤따라갔다.

신응교에 다다랐을 때였다. 여자가 갑자기 걸음을 멈췄다. 왜 그러나 하다가 뒤늦게 그녀의 어깨 너머로 꼬마를 발견했다. 꼬마는 노인이 붙인 전단지 앞에서 골똘히 생각에 잠겨 있었다. 여자가 나를 돌아보았고, 나도 여자를 보았고, 우리는 눈빛으로 다음 행동을 논의하고 결정했다. 우리가 살금살금 지나가는데 꼬마가 획 돌아섰다.

"저기요."

분명히 우리를 부르는 것이었지만 우리는 못 들은 척 걸음을 서둘렀다. 꼬마도 재우쳐 걸으며 우리를 쫓아왔다.

"저기요. 잠깐만요. 거기 앞에 가는 아저씨! 아줌마!"

나는 '아저씨'에 덤덤했지만 여자는 '아줌마'에 덤덤할 수가 없는 모양이었다. 하긴 결혼도 안 한 처녀니까. 여자가 걸음을 멈추고 꼬마를 확 째려보는 바람에 우리의 계획, 모르는 척한다, 는 실패하고 말았다. 여자를 탓하고 어쩌고 하기도 전에 꼬마가 쪼르르 달려왔다.

"아저씨, 아까 우리 할아버지 집에 있었죠?"

"그런데?"

"왜 있었어요?"

"그걸 왜 묻니?"

꼬마가 신응교 다리를 가리키며 말했다.

"저기 전단지 전화번호, 우리 할아버지 번호예요."

"아, 그러니?"

양심의 가책 때문에 노인의 가족을 찾아야 하는 게 아닌가 생각했던 건 잊어버리고, 나는 그만 식은땀을 흘리고 말았다. 어쩌면 식은땀이 아니라 더워서 흘리는 땀인지 모르겠지만 아무튼 나는 그렇게 느꼈다. 이렇게 들키는구나. 이렇게.

"혹시 우리 할아버지가 아저씨를 고용한 거예요? 아줌마도?"

아줌마 소리에 여자가 눈꼬리를 치켜 올렸다.

"누나라고 해라."

여자의 눈매가 매서웠지만 꼬마는 주눅 든 기색이 없었다.

"아, 그래요, 누나. 누나도 우리 할아버지가 고용한 거예요?"

"……그래, 왜?"

"저야말로 묻고 싶은데요? 할아버지가 두 분을 왜 고용한 거예요? 무슨 일을 시켜요?"

"그런 걸 네가 알아서 뭐해."

"우리 할아버지 일이니까요."

"네 할아버지한테 가서 여쭤보렴."

여자가 몸을 돌리며 내게 손짓을 했다. 우리는 거의 뛰다시피 걸었고, 꼬마는 정말 달리면서 쫓아왔다.

"무슨 일이에요? 예? 무슨 일인데 오만 원이나 주냐고요. 성공 보수는 또 뭐예요? 예? 왜 대답을 안 해요?"

어린아이가 오래 달릴 수 있는 날씨가 아니었다. 꼬마는 이윽고 뒤처졌다. 꼬마가 헐떡거리면서 하는 소리가 바람결에 실려 왔다.

"그러고 보니 호순이가 안 보였는데……."

19

꼬마를 완전히 따돌린 다음 여자에게 말했다.

"괜찮을까요?"

여자는 꼬마가 저 멀리 까만 점으로 보이는데도 목소리를 낮췄다.

"모르겠어요. 당황스러워서 일단 도망치기는 했는데……."

"저 녀석이 부모에게 우리 얘길 하면 어떻게 될까요?"

여자는 우울한 얼굴로 아무 말도 하지 않았다. 나도 굳이 대답을 재촉하지 않았다. 대답을 들을 필요가 없었고, 애당초 물어볼 것도 없는 질문이었다.

딱 한 가지 희망이 있다면 노인이 자식들과 사이가 좋지 않은 게 분명하다는 것이었다. 자식들이 노인의 정신 나간 짓을 알아차린다고 해도 본인이 어떻게 살든 우리랑 무슨 상관이람 하고 내버려둘 수도 있었다. 아니면 노인이 자식들의 만류에도 불구하고 정신 나간 짓을 계속할 수도 있었고. 희망치고는 참 인간미 없는 희망이었다. 미친 노인네가 앞으로도 계속 미친 짓을 할 수 있기를 바라다니.

부끄럽고도 참담했고, 그런 심리 상태가 육체에도 영향을 주어 우리는 어깨를 축 늘어뜨리고 걸었다. 부끄럽고도 참담했지만 돈은 필요했고, 그 절실한 필요성이 근육에도 영향을 주어 우리는 오리만 보이면 반사적으로 셔터를 눌러댔다. 고약한 상황이었다.

돈이 필요해서, 너무나 필요해서 어떻게든 일을 끝까지 마쳤다. 다섯시가 넘어 노인의 집으로 향할 때 내 귀에 옆에서 걷는 여자의 심장 뛰는 소리가 들리는 듯했다. 여자도 같은 소리가 들리는 눈치였다.

노인은 아침과 똑같은 모습으로 우리를 맞았다. 정말 똑같았다. 김칫국물이 묻은 옷을 그대로 입은 채 정면을 노려보고 있었다. 그 시선을 받아주고 있는 상대도 아침의 바로 그 꼬마였다. 꼬마도 노인처럼 아침의 그 옷차림, 흰 티셔츠에 반바지를 입은 모습에 대범한 건지 생각이 없는 건지 모르겠는 태평한 얼굴을 하고 있었다. 사람만 아침과 똑같은 게 아니라 심지어 거실 바닥에 뒹굴고 있는 반찬통과 김치도 그대로였다. 김칫국물이 말라붙은 것만이 유일하게 다른 점이었다. 김치 쉬는 냄새가 진동을 하고 있건만 노인도 꼬마도 치울 생각도 안 했다니 뭐 저런 것들이 있나. 심장이 콩콩 뛰는 와중에도 참으로 희한한 종자들이라는 생각이 들었다.

그래도 그들이 우리에게 보여준 반응은 아침과 달랐다. 꼬마가 먼저 알은척을 해준 것이었다.

"아저씨랑 누나 소리를 듣고 싶어 하는 아줌마네요. 앞으로 잘 부탁해요."

꼬마는 씩 웃으며 손까지 흔들었다. 무슨 소리인지 알 수가 없어 어안이 벙벙한 채 가만히 있는데 노인이 말했다.

"네가 정말 할 수 있겠냐?"

꼬마에게 하는 소리였다. 엄숙하다 못해 무섭기까지 한 음성이었지만 꼬마는 천연덕스럽게 대꾸했다.

"할 수 있다니까요."

"사진을 잘 찍어야 한다."

"잘 찍을게요."

"그놈을 발견하면 세상 끝까지 쫓아가서라도 잡아 와야 한다. 산 채로."

"잡아 올게요."

"날 속이면 안 된다."

"안 속여요."

"네 부모에게 말해서도 안 된다."

"말 안 해요. 할아버지나 이르지 마세요."

"약속해라. 반드시 호순이를 잡아먹은 그놈을 잡아 오겠다고. 네 부모에게 비밀을 지키겠다고."

"약속합니다."

꼬마가 오른손 새끼손가락을 노인에게 내밀었다. 노인이 그 손가락에 자기 손가락을 굳세게 걸고 위아래로 살짝 흔들었다. 나이 지긋한 양반이 어린애랑 뭐 하는 짓인가 싶었지만 끼어들 수가 없었다. 노인의 얼굴은 진지한 걸 넘어 삼엄하기까지 했고, 꼬마의 얼굴도 그와 같았다. 저들이 정말로 피를 물려주고 이어받은 할아버지와 손자 사이가 맞구나 싶었다.

노인이 손가락을 풀고 자세를 바로 했다.

"그럼 내일 아침부터 일해라."

"예, 그럼 내일 봬요."

꼬마가 튕기듯이 일어서더니 우리에게 눈을 찡긋하고는 현관 밖
으로 나갔다. 우리는 그제야 노인의 맞은편에 앉았다.

여자가 물었다.

"쟨 누구예요?"

노인은 말없이 손을 내밀었다. 여자가 짧게 한숨을 내쉬고는 가방
에서 사진을 꺼내 노인에게 건넸다. 나도 미리 여자의 가방에서 내
주머니로 옮겨두었던 사진을 노인 앞에 꺼내놓았다. 노인은 먼저 여
자의 사진을 들여다보았다. 대답을 듣는 걸 포기한 여자가 스마트폰
을 꺼냈을 때 노인이 불쑥 내뱉었다.

"저놈은 내가 새로 고용한 놈이야. 당신들 동료인 셈이지."

여자는 노인이 대답해준 게 뜻밖이었는지 눈을 휘둥그렇게 떴다.

"손자분인 것 같던데요."

내가 조심스럽게 말했더니 노인은 고개를 끄덕였다.

"법적으로는 손자가 맞지."

"법적으로……라는 게 무슨 뜻입니까?"

"사실은 내 손자가 아니란 말이지. 나하고는 아무 상관도 없는 남.
더 묻지 말게. 당신들이 알 바 아니니까. 당신들 두 사람만으로 그 오
리 놈을 찾을 수 있을까 걱정스럽던 참이라 세 번째 희망자를 고용했
을 뿐이야. 당신들은 그 정도만 알면 돼."

"아니 근데 아직 어린애가 아닙니까?"

"어린애지. 그래도 뭐 본인이 기어이 할 수 있다고 하니까. 어려도 사진은 찍을 수 있고, 몸이 날래니까 오리를 잡는 것도 가능하겠지. 방학 중이라 시간도 많고. 그 정도면 됐지."

"그럼 정말로 그 애와 함께 일해야 하는 건가요?"

"그렇지. 그게 왜?"

고용주인 내가 그렇게 결정했는데 피고용인 주제에 뭘 따지느냐는 투였다. 그야 뭐 고용주가 몇 명을 고용하든 피고용인이 상관할 일이 아니기는 했다. 사람이 많으면 많을수록 오리를 찾을 가능성이 높아질 터였다. 노인이 찾는 오리가 정말로 있다는 가정하에. 어쨌든 노인은 자신의 입장에서는 합리적으로 행동하고 있었다. 그 입장을 이미 받아들인, 받아들일 수밖에 없는 나로서는 감히 아무 말도 할 수가 없었다.

노인은 삼십 분도 넘게 사진을 살펴보고는 고개를 도리도리 흔들었다. 오늘따라 피곤하고 짜증스러운 표정이었다.

"오늘도 없군."

여자는 유감이네요, 하는 대신 조용히 고개를 수그렸다. 나도 똑같은 자세를 취했고, 하는 김에 두 손을 무릎 위에 공손히 모았다. 누가 보면 나이 지긋한 아버지가 자식들을 앉혀놓고 꾸지람이라도 하는 풍경으로 보였으리라. 노인은 정말 꾸짖듯이 언성을 높였다.

"성과가 없어도 너무 없어. 도대체 왜들 이 모양이야? 성실하게 일하고 있는 게 맞나? 난 당신들한테 매일 오만 원씩 지급하고 있다고.

성공 보수도 약속했고. 설마 아직도 내 말을 허언으로 생각하는 건 아니겠지? 천만 원을 주겠다고, 천만 원을! 돈을 갖고 싶다면 좀 더 제대로 하라고."

차라리 말해버릴까 하는 생각이 들었다. 어르신이 찾는 그런 오리는 이 세상에 존재하지 않는다고. 그런 건 어르신 머릿속에나 있는 거라고. 어르신은 미쳤다고. 입은 열리지 않았다. 열리지 않았는지, 열지 않았을 뿐인지, 그건 나도 정확하게 모르겠다. 비겁한 변명이지만 그런 말을 뱉어봐야 일자리만 날아갈 뿐, 정작 노인에게 아무런 영향도 줄 수 없을 거란 사실에 생각이 미쳤다.

노인은 우리의 무능에 불만을 품고 있으면서도 망설이지 않고 지갑을 꺼내어 돈을 주었다. 돈을 손에 쥐자 정말이지 다시는 입을 열 수 없을 것 같은 기분이 들었다. 나는 말없이 노인에게 고개를 숙인 뒤 여자와 함께 집을 나섰다.

20

다음 날 나는 걱정과 불안과 두려움이 뒤섞인 복잡한 심정으로 노인의 집에 갔다. 초인종을 누를 필요가 없다는 걸 아는 터라 곧장 문을 열고 안으로 들어갔는데, 아니나 다를까, 김치 냄새가 코를 찔렀다.

아니, 이건 찔렀다는 표현으로는 부족했다. 찔렀다, 도 상당히 능동석이고 공격적인 표현이지만 낮 최고기온이 십십오 도까지 오르는 무더위에 만 하루나 실온에 방치된 김치가 뿜어내는 악취란 능동적이거나 공격적이라기보다는 폭력적이고 그악스러웠다. 더구나 이 김치는 보통의 김치보다 젓갈을 많이 넣은 게 분명했다. 젓갈 썩는 냄새까지 섞인 바람에 반지하에 살면서 웬만한 악취에는 내성이 생긴 나도 숨을 쉬기가 힘들었다. 그리고…….

아, 세상에. 노인은 평소와 똑같은 모습으로 소파에 앉아 있었다. 구부정한 자세와 옷에 묻은 김칫국물까지 그대로였다. 한결같은 그 노인네가 김치 냄새보다 더 나를 질리게 했다. 이다지도 꿋꿋하게 초지일관하는 노인네가 있단 말인가. 이상했고, 으스스했고, 심지어 약간의 경외심까지 느꼈다. 보통 노인네가 아니었다.

노인은 나를 보자 말없이 카메라와 필름을 내밀었다. 카메라와 필름을 챙기고 돌아서다가 불현듯 이건 아니라는 생각이 들었다. 평범한 노인이 아니란 건 익히 알고 있었지만 그건 그쪽 사정이며, 나는 나대로 상식이라는 게 있었다. 보편타당한 상식이라는 자신이 있었기에 나는 카메라와 필름을 다시 내려놓았다.

"휴지와 걸레와 쓰레기봉투와 방향제가 어디 있는지 가르쳐주시지요."

노인은 멍한 표정을 지었다. 언제나 엄숙하거나 화내거나 혹은 비분강개한 얼굴만 보여주던 노인이 이런 표정도 지을 수 있다니 놀라웠다.

"그 네 가지 물건을 얻다 쓰려고?"

"청소부터 해야겠습니다."

"저 김치 때문에?"

아시긴 하네요, 소리가 목구멍까지 올라왔다.

"청소하기 힘드신 듯한데, 제가 하죠."

"그럴 필요 없어. 난 젊은일 파출부로 고용한 게 아니니까."

"압니다. 하지만 청소부터 해야겠습니다."

"나가서 사진이나 찍게."

"청소비는 받지 않겠습니다. 무료로 봉사해드리지요."

"나가게."

더 말해봐야 소용이 없을 듯했다. 언짢아하는 노인을 내버려두고 나는 집을 뒤졌다. 다용도실에서 걸레와 쓰레기봉투를 찾았고 욕실에서 휴지를 찾았다. 방향제는 찾지 못했다. 내가 걸레와 쓰레기봉투와 휴지를 들고 거실로 돌아오자 노인은 한숨을 쉬었다.

"그만두라니까."

"전 괜찮습니다."

"내가 괜찮지 않아. 그냥 놔두고 나가보게."

"언제까지 이렇게 내버려두시려고요? 제가 치운다고요. 치울 테니까 제발 가만 계세요!"

내가 왜 소리를 질렀는지 나도 모를 일이었다. 어쩌면 끔찍한 악취에 화가 났는지도 모르겠다. 노인이 답답해서 그랬을 수도 있겠다. 그러나 이것도 저것도 진짜 이유는 아닌 듯했다. 나는 화가 난 이유도 알지 못한 채 화가 났고, 화가 났다는 걸 인식하자 더욱 더 화가 났다. 머리끝까지 화가 치민 상태로 쓰레기봉투에 김치를 던져 넣고 바닥의 김칫국물을 닦았다. 이제는 노인이 뭐라고 해도 대꾸하지 않을 작정이었다. 노인과는 상관없이 김치를 치우기 전에는 이 분노를 어쩌지 못할 것 같았다. 나는 분풀이라도 하듯 거칠게 바닥을 닦았다. 다행히 노인은 더 이상 아무 말도 하지 않았다.

바닥을 다 닦은 다음 쓰레기봉투를 묶어서 현관 앞에 놔두고 현관문과 창문을 모두 열었다.

"날도 더운데 맨날 창문까지 다 닫아두시고, 답답하지도 않으세요? 하루에 두 시간 정도는 환기를 시키는 게 좋아요. 이따 닫으세요."

노인은 묵묵부답이었다. 내가 욕실에 들어가서 걸레를 빨고 손을 씻고 나왔을 때도, 카메라와 필름과 쓰레기봉투를 모두 챙겨서 문을 열고 나설 때까지도, 노인은 단 한마디도 하지 않았다. 침묵 때문인지 무엇 때문인지, 불같이 치솟던 분노는 수그러들었지만 어쩐지 나는 마음이 불편했다.

21

불광천에 나가보니 여자와 꼬마가 벤치에 앉아 있었다. 여자가 꼬마에게 카메라 조작법을 가르쳐주는 모양이었다. 꼬마는 장난감이라도 생긴 것처럼 신이 난 얼굴로 카메라를 들여다보고 돌려보고 셔터를 눌러대기도 하느라 정신이 없었다.

내가 다가가자 여자가 먼저, 그다음에 꼬마가 알은척을 해주었다.

여자는 피식 웃었다. 오늘도 이 허망한 짓거리를 한번 해보자고요, 안 하면 어쩔 거예요, 하는 것만 같았다. 꼬마는 방긋 웃으며 손을 흔들었다. 오늘 다 같이 신나게 놀아보아요, 돈도 벌고 좋잖아요, 하는 것 같았다. 나는 여자를 향해 웃어주고, 꼬마에게는 못마땅한 시선을 노골적으로 보냈다. 내 노골적인 시선에 꼬마는 진한 웃음으로 화답했다. 망할 놈의 꼬맹이.

"다 같이 다니는 게 편하기는 한데 사진은 다르게 나오게 찍어야 해. 일 미터 정도 간격을 두고 걷자. 사진을 찍을 때도 시간 간격을 두고. 오리 얼굴이 잘 나오도록 찍어. 안 그럼 할아버지가 뭐라고 하시니까. 필름은 이렇게 넣는 거야."

여자가 필름 팩을 찢어서 카메라에 장착해주었다. 꼬마는 오리는 놔두고 엉뚱한 나에게 카메라를 들이댔다. 내가 피할 틈도 없이 찰칵 하는 소리가 울렸다. 꼬마가 필름을 열심히 흔들자 영상이 나타났다. 꼬마는 진짜 사진이 찍혔다며 환성을 질렀다. 어이가 없었지만 꼬마가 신기해하는 것도 무리는 아니었다. 요즘 애들이 폴라로이드 카메라를 언제 만져봤겠나.

꼬마는 몇 번쯤 사진 찍는 연습을 더 하고서 일을 시작했다. 여자의 말대로 우리는 일 미터쯤 간격을 두고 걸었다. 여자가 앞장섰고, 그 뒤를 꼬마와 내가 따라갔다. 여자와 나 사이에 꼬마가 끼었기 때문에 마치 우리가 그 녀석을 보호하며 걷는 모양새였지만 물론 그건 아니었고, 여자가 숙련된 선배로서 녀석을 지도해주어야 했으므로 자연스럽게 그런 대오가 형성된 것이었다.

날은 오라지게 더웠다. 구름이 씨가 말랐는지 온통 파란색으로만 떠칠된 하늘이 머리 위에 버티고 있었다. 비 한 방울 내려 보내줄 기미조차 보이지 않는 하늘은 대신 햇볕만큼은 아낌없이 쏟아부어주었다. 한 시간쯤 걷자 꼬마가 별로 마음에 들지 않은 나도 그 자식이 걱정되었다. 다행히도 여자가 꼬마를 잘 챙겼다. 생수병을 들고 다니면서 수시로 물을 마시도록 했고, 꼬마도 의외로 체력이 좋은지 크게 힘들어하는 기색은 없었다. 어른도 견디기 힘든 더위와 땡볕에 참 용하다 싶었다.

용한 건 체력만이 아니었다. 녀석은 인내심도 있었다. 우리가 하는 일은 더위를 견디는 것만 빼면 힘들 건 없었지만 지루하기로 치자면 속에서 욕이 올라올 만큼 지루한 일이었다. 나는 녀석이 금방 지루해 할 거라고, 견디다 견디다 카메라를 던져버리고 울면서 집에 돌아갈 거라고, 그렇게 생각했다. 그러나 뜻밖에도 꼬마는 조금도 지루한 기색을 비치지 않고 열심히 걸었고 열심히 찍었다. 땀방울을 뚝뚝 흘리면서도 여느 아이들처럼 징징거리지도 않았다. 여자가 몇 번이나 힘들지 않으냐고 물었지만 꼬마는 그때마다 의연한 얼굴로 괜찮다고 대답했다. 대단한 인내심이었다. 보기보다 훨씬 어른스러운 녀석이었다.

꼬마가 있었기에 우리는 평소보다 천천히 걸었다. 겨우 디지털미디어시티역까지 왔을 때 점심시간이 되었다. 우리는 편의점에 가서 빵과 우유를 사 먹었다. 꼬마는 배가 무척 고팠는지 세 입 만에 빵을 먹어치우고 우유를 들이마셨다. 나와 여자는 아직 절반도 먹지 못한 참이었다. 꼬마는 더 먹을 게 없자 심심했는지 여자의 가방에서 오면서 찍은 사진들을 꺼내어 들여다보았다. 여자가 말했다.

"그걸로 점심이 되니?"

"그럼요. 되죠."

"뭐 좀 더 먹지 않을래? 누나가 사줄게."

"됐어요. 누나가 왜 남의 먹을 것까지 사줘요? 돈 아끼세요."

꼬마가 사진 위로 눈만 빼꼼 내밀어서 여자를 바라보았다.

"돈보다 더 중요한 것도 없잖아요. 안 그래요?"

22

우리는 땀을 많이 흘렸지만 더 많은 양의 물을 마셨기 때문에 자주 화장실에 가야 했다. 불광천은 지하철 6호선을 따라서 흘렀다. 아니다, 6호선이 들어서기 전부터 불광천이 있었으니 불광천을 따라 지하철 노선이 깔렸다고 하는 게 맞겠다.

아무튼 지하철역이 인근에 있어 대단히 편리했다. 우리는 디지털미디어시티역 화장실에서 볼일을 보고 세수도 했다. 역 구내에 에어컨은 없었지만 지하라는 것만으로도 충분히 시원했다. 방광을 비워 내 몸이 가벼워진 데다 세수까지 하고 났더니 햇빛이 쨍쨍한 저 지옥으로 다시 나가는 게 끔찍스러웠다. 우리는 무언으로 합의를 보고 한 구석에 있는 의자에 나란히 앉아서 땀을 식혔다.

그렇게 오래 걸은 것도 아니건만 어제보다 더 힘이 들었다. 요 며칠 더운 날씨에 계속 걸어 다녀 체력이 떨어진 모양이었다. 어쩌면 더위를 먹은 것인지도 몰랐다.

겨우 오 분이나 쉬었을까. 꼬마가 합의를 깼다.

"자, 그만 나가죠. 일해야죠."

"조금만 더 쉬고."

꼬마가 제멋대로 일어섰다.

"돈 벌어야 될 거 아녜요. 어서 나가요."

뭐 저런 자식이 다 있을꼬. 기가 막혔지만 틀린 말도 아니어서 다음번엔 십 분 이상 쉬기로 구두로 합의를 봐두자고, 필요하다면 문서 작성이라도 해두자고 결심하면서 몸을 일으켰다. 여자도 비칠비칠하면서 따라왔다.

계속 걸었고, 계속 찍었다. 월드컵공원에 도착했을 때는 생수 네 병이 모두 비어 있었다. 편의점에서 또 생수를 샀다. 꼬마는 이번에도 더치페이의 원칙을 지켰고, 여자도 충격을 받았는지 뭘 사주겠단 소리는 하지 않았다.

우리는 물을 마시면서 연못가를 거닐었다. 여자와 나는 겨우 세 장에서 그쳤지만 꼬마는 연못가를 한 바퀴 빙 돌며 열 장 이상이나 찍었다. 뭘 그렇게 열심이냐고 묻자 꼬마는 할아버지가 괜히 트집 잡고 돈 안 주면 어떡해요, 하고 상당히 심각한 얼굴로 대꾸했다. 혹시라도 돈을 못 받을까 봐 걱정이 어지간한 모양이었다.

응암역으로 돌아가는 길에 여자가 꼬마에게 물었다.

"넌 이 일을 왜 하는 거니?"

"누나랑 아저씨하고 같은 이유죠, 뭐."

"돈 벌려고?"

"그거 말고 다른 이유가 있겠어요?"

"돈 벌어서 뭐 하게? 게임기라도 사게?"

"아뇨."

"그럼 스마트폰 사게?"

"아뇨."

꼬마는 한심하다는 표정으로 여자를 바라보았다.

"누난 어린애가 돈을 벌면 꼭 게임기나 스마트폰을 살 거라 생각해
요?"

"그럼 네 나이에 돈 벌어서 뭐에 써?"

"돈 가진 사람이 할 수 있는 가장 즐거운 일을 할 거예요."

"그게 뭔데?"

"이 돈으로 뭘 할까 고민하는 거요."

이쯤에서 인정할 수밖에 없었다. 녀석은 걸작이었다. 상식을 벗어
난 그 노인네의 유전자가 두 세대를 내려가는 동안 기기묘묘한 변이
를 일으켜 이 자식이 탄생한 게 틀림없었다.

"누나는 이 일을 왜 하는데요? 돈 벌려고, 그런 뻔한 소리 빼고요."

"난 너처럼 즐거운 일을 할 처지는 못 되고, 그냥 먹고살려고 하는
거다."

여자는 조금 짜증이 난 것 같았다.

"멀쩡한 어른이 먹고살려고 이런 일을 해요?"

"누나는 멀쩡한 어른이 아니야."

"그럼요?"

여자가 한숨을 훅 내쉬더니 나를 돌아보았다.

"거기 소설가 양반, 내 대신 대답 좀 해주시죠."

"왜 나한테 떠넘겨요?"

"소설가잖아요."

말이 되기도, 안 되기도 했다. 나는 잠시 궁리하고서 입을 열었다.

"우리는 고양이를 잡아먹은 오리를 쫓는 어른들이야."

이 말이 꼬마에게 깊은 인상을 준 듯했다. 꼬마는 감탄한 것처럼 몇 번이나 고개를 끄덕거리더니 말했다.

"정말 멀쩡한 어른이 아니네요."

너도 멀쩡한 꼬마는 아니지. 나는 그 말을 속으로 삼켰다. 굳이 말할 필요도 없었다.

23

노인의 집에 들어서자마자 여자가 탄성을 질렀다. 와, 하는 걸로 봐서 어지간히 놀란 모양이었다. 꼬마도 그랬는지 입을 딱 벌렸다.

"할아버지가 김치를 치웠어요? 진짜요?"

노인은 평소처럼 소파에 앉아 있었지만 표정은 평소와 조금 달랐다. 그는 다소 겸연쩍은 듯 나를 흘끔거렸다.

"저 사람이 치웠다."

두 쌍의 시선, 여자와 꼬마의 시선이 한꺼번에 내게 날아왔다. 노인처럼 나도 어쩐지 겸연쩍었다. 대단한 일을 한 것도 아닌데 왜들 이러나 싶었고, 한편으로는 김치가 방치된 꼴을 보고도 아무것도 하지 않은 두 사람이 조금 괘씸하기도 했다. 정확히 말하면 여자보다는 꼬마가 더 괘씸했다. 여자야 남이라지만 꼬마는 노인의 손자가 아닌가. 이 녀석이 여느 꼬마들과 달리 심히 되바라졌다는 것은 이미 명명백백히 밝혀진 사실이었다. 그런 녀석이 할아버지를 챙길 줄은 모르는 건가.

나는 두 사람의 시선을 피해 소파로 가 앉았다. 노인에게 사진을 주자 노인은 겸연쩍은 기색을 싹 감추고 예의 엄숙한 얼굴로 사진을 들여다보았다. 여자와 꼬마도 내 옆에 앉아서 사진을 내밀었다. 노인이 사진을 들여다보는 동안 두 사람은 내게 끊임없이 시선을 보내왔다. 눈빛으로 나를 뚫을 기세였기에 결국 입을 열고 말았다.

"김치 냄새가 너무 심해서요."

아직도 공기 중에 김치 쉰내가 미미하게 남아 있었다. 환기를 해도 가구나 벽지에 밴 냄새까지 지워 없애지는 못했다. 내일은 집에서 방향제라도 챙겨 와야겠구나 생각했다.

노인은 사진 식별에 시간이 많이 걸렸다. 지루해진 꼬마가 티브이를 켰다. 처음으로 꼬마가 고맙게 느껴졌다. 여자도 스마트폰을 도로 가방에 넣고 티브이를 보았다. 티브이는 벽걸이형으로 우리 맞은편,

노인의 머리 위에 걸려 있었다. 셋이 고개를 들고 티브이를 보는 동안 노인은 고개를 숙이고 사진을 보았다. 남들 눈에는 가족 같긴 하지만 뭔가 이상한 가족으로 보일 법한 광경이었다.

거의 한 시간이나 지나서야 노인이 사진들을 모두 내려놓았다. 나는 그가 무슨 말을 할지 짐작이 갔고, 과연 짐작대로 말했다.

"오늘도 없군."

뒤이어 쏟아질 꾸지람을 각오했지만 노인은 의외로 딱 한마디만 덧붙였다.

"내일은 성과가 있기를 바라네."

노인이 지갑을 꺼내 여자와 나와 꼬마에게 차례대로 오만 원씩을 주었다. 여자와 나는 감히 노인의 눈을 마주 보지 못한 채 돈을 받았고, 꼬마는 싱글벙글하면서 받았다.

"그럼 내일 또 올게요."

꼬마가 신이 나서 달려 나간 다음, 여자와 나도 노인에게 인사를 하고 밖으로 나왔다. 꼬마는 벌써 엘리베이터를 타고 내려갔는지 보이지 않았다.

"왜 그랬어요?"

"뭘요?"

"모르는 척하지 마요."

"그냥 화가 났거든요."

"화가 나요?"

"예, 무척."

여자는 흐음, 하면서 고개를 끄덕였다. 알겠다는 건지 모르겠다는 건지 헷갈렸지만 물어보고 싶은 생각은 들지 않았다. 우리는 함께 엘리베이터를 타고 일층까지 내려간 다음 아파트 입구에서 헤어졌다.

24

정말 왜 그렇게 화가 났을까. 아무리 생각해도 알 수 없었다. 그저 노인이 그만두라고 하는 순간에 내 안에서 뭔가가 울컥 치솟았다고밖에 말할 수 없었다.

화가 나지 않았다면, 오히려 미안했다면, 그랬다면 고민하지 않아도 되었으리라. 사실 노인에게 미안하던 참이었고, 그 마음으로 김치를 치웠다면 충분히 말이 되었을 테니. 금치산자의 등짝을 후려쳐서 매일 오만 원씩 뜯어내는 게 미안해서 청소를 했다는 것은, 비록 위선의 냄새가 나기는 하지만, 누구나 납득할 만한 심리이고 행동이지 않겠는가. 그러나 아무리 되짚어봐도 그 순간에 내가 노인에게 죄책감을 느낀 건 아니었다. 동정심도 아니었다. 김치를 치울 때 나는 불순물 없는 순수한 분노로 충만해 있었다.

도대체 왜 그렇게 화가 났었단 말인가. 그게 그렇게 화낼 만한 일이었던가. 더구나 그 분노라는 것도 처음 치솟았을 때의 기세에 비하면 결말은 얼마나 싱거웠던가. 노인이 고맙다는 말조차 없이 가만히 있자 내 분노는 제풀에 수그러들었고, 뭔가 켕기는 짓이라도 한 것처럼 마음이 찜찜했었다.

나는 공연히 뒤숭숭해서 밤새 잠을 잘 이루지 못했다.

25

다음 날 아침. 잠을 설친 데다 기분도 좋지 않았기에 방향제를 챙기는 게 망설여졌다. 그러나 노인의 집에 배어든 김치 냄새를 떠올리자 방향제를 챙기지 않을 수 없었다. 라벤더 향이 나는, 흔하디흔한 방향제를 손에 들고 집을 나섰다. 어제처럼 정각 여덟시, 노인의 집에 도착해서는 어제처럼 초인종을 안 누르고 문을 열었다. 노인도 어제처럼 나를 기다리고 있을 거라 생각했지만 아니었다. 노인은 몹시 질린 표정으로 정면을 노려보고 있었고, 그 맞은편에는 여자가 앉아 있었다.

여자는 두 손에 셔츠와 바지와 속옷을 포개어 노인에게 들이미는 중이었다.

"갈아입으세요."

"뭐 하는 거요?"

"갈아입으시라고요."

여자는 단호했고, 노인은 그 단호함에 질린 듯했다. 노인은 겁먹은 얼굴로 나를 돌아보았다.

"이 사람이 지금 도대체 뭐 하는 겐가?"

그걸 나한테 물으면 어쩌란 말인가. 나야말로 약간 얼이 빠진 듯한 시선을 여자에게 보냈다.

"이 할아버지가 옷을 안 갈아입으시잖아요. 저렇게 더러운데."

그러고 보니 노인은 오늘도 김칫국물이 묻은 셔츠를 그대로 입고 있었다. 여자가 팍 인상을 썼다.

"더 이상은 못 참겠어요. 제발 옷 좀 갈아입으세요. 갈아입는 김에 바지와 속옷도 갈아입으시고요."

"내버려둬. 상관하지 말란 말이오. 내가 옷을 갈아입든 말든 당신이 무슨 상관이야?"

그러자 여자가 빽 고함을 쳤다.

"언제까지 이렇게 내버려두시려고요?"

나는 움찔했다. 내가 어제 노인에게 소리쳤던 그 말이었다. 토씨하나 다르지 않았다. 뜻밖의 광경에 놀랐던 가슴이 가라앉고, 대신 여자의 감정이 내 안으로 흘러들어왔다. 여자의 감정이자 내 감정이기도 했다. 감정을 공유하지 못하고 소외된 사람은 노인뿐이었다. 노인은 소외된 자의 풀죽은 얼굴로 웅얼거렸다.

"나는 댁을 가정부로 고용한 게 아니오."

"예, 가정부는 아니죠. 그래도 화가 나요. 화가 나서 못 견디겠어요."

"왜 화가 나?"

"모르겠어요. 모르겠어서 더 화가 나네요. 아무튼 저는 할아버지가 옷을 갈아입기 전에는 일을 나가지 않겠어요."

파업 선언이었다. 고용주는 일은 못해도 말은 그럭저럭 듣던 피고용인의 난데없는 파업 선언에 놀라고 당황한 듯했다. 나는 만국의 노동자여 단결하라, 라고 외칠 생각은 없었지만 어쨌든 그녀는 동료였고, 우리는 같은 처지의 노동자였다. 만국의 노동자는 내버려두고라도 우리 둘만이라도 단결해야 옳지 않은가.

"좋은 생각입니다. 저도 어르신이 옷을 갈아입기 전에는 나가지 않겠습니다."

"일을 하지 않으면 돈을 줄 수 없지. 아니, 두 사람은 해고야."

저 자본가의 상투적인 수단. 그 상투적이고도 강력한 수단에도 불구하고 노동자들은 이미 단결을 선언한 다음이었다. 나는 여자와 시선을 교환한 뒤 말했다.

"마음대로 하시죠. 이 날씨에 하루 종일 걸어 다니며 오리 사진을 찍어 오고 오리도 잡아 올 사람이 저희 말고 또 있다면 말이죠. 손자분이 있지만 그 아이 혼자서는 힘들 겁니다."

자본주의사회에서는 자본이 가장 강하다지만 노동력이 희소할 때는 노동력이 자본을 이기기도 하는 법이다. 노인의 시선이 내게 날아왔다가 여자에게 날아가고, 이쪽과 저쪽을 어지럽게 오가다가 결국에는 아래로 떨어졌다. 노인은 여자가 내민 옷을 받아들고 몸을 일으켰다. 절뚝거리며 안방으로 향하는 뒷모습이 영락없이 패자의 누추한 꼴이었기에 나는 승자의 심정으로 방향제를 분사했다. 치이이익. 소리는 좋지 않지만 냄새는 좋은 축포였다.

26

노인이 옷을 갈아입는 동안 나는 안방을 제외한 집 전체에 방향제를 뿌렸다. 기왕에 집 구석구석도 점검했다. 여자도 따라왔다.

어제에 이어 다시 봐도 이 집은 사람 사는 데 같지 않았다. 청소를 안 해서 창틀이며 전자레인지 등에 먼지가 뽀얗게 앉은 건 그렇다 치자. 가재도구에 손을 댄 흔적이 없는 건 대체 어떻게 해석해야 할까. 최근에 손을 댄 흔적이 없는 청소기, 냄비, 심지어 과도 한 자루까지 사용한 지 한참 된 것 같았다. 손댄 흔적이 있는 물건이라곤 폴라로이드 필름이 잔뜩 든 박스였다. 주방 한구석에 라면 박스보다 큰 박스가 있고 그 안에 필름이 가득 들어 있었다. 매일 어디서 필름을 조달하나 싶었는데 예전에 한꺼번에 주문해두었던 모양이었다.

필름 박스야 구태여 관리가 필요 없는 물건이고, 이 집에서 제대로 관리가 되고 있는 건 식탁 위에 놓인 사료 그릇 하나뿐이었다. 사료와 물을 동시에 담을 수 있도록 공간이 분리된, 가로로 길쭉하게 생긴, 호순이라는 고양이가 사용했을 게 틀림없는 파란색 용기. 그것만은 매일 닦고 있는지 얼굴이 비칠 정도로 깨끗했다.

여자가 물 한 방울 없이 완전히 건조 상태인 싱크대 앞에 섰다.

"설거짓거리가 없네요."

"설거지는 하고나 사는 걸까요?"

"그럴 리가 없죠."

여자가 뭘 모른다는 투로 말하더니 냉장고를 활짝 열었다. 일 리터 짜리 생수병 하나 말고는 안에 든 게 없었다. 냄새가 살짝 풍기지 않았다면 매장에 전시되어 있던 냉장고를 방금 옮겨놓았다고 해도 믿을 판이었다.

노인은 도대체 이런 데서 어떻게 생활하고 있었을까. 과연 생활이라는 걸 하기는 하는 걸까. 생활이란 말 그대로 살아서 활동한다는 뜻 아닌가. 우리는 사람이 살아서 활동한 흔적을 찾기 시작했고 마침내 다용도실의 세탁기 앞에서 그것을 발견했다. 벗어둔 빨랫감이 잔뜩 쌓여 있었던 것이다. 여름이라 쉰내가 풀풀 날리는 빨랫감을 보자 묘하게도 안심이 되었다. 노인도 사람은 사람이구나.

"아까 안방 서랍장에서 옷을 꺼낼 때 보니까 옷이 몇 벌 안 남았더라고요. 한동안 빨래를 안 한 모양이에요."

"그럼 끼니나 청소도……"

"빨래를 그만둘 때부터 함께 그만둔 게 아닐까요."

그때가 언제인지 짐작이 갔다. 호순이가 사라졌을 때였으리라. 고양이를 잡아먹은 오리야 설마 그럴 리가, 했지만 호순이라는 이름을 가진 고양이가 존재했었다는 건 사진에다 밥그릇에다 다용도실의 고양이용 사료 포대 같은 증거로 미루어 의심의 여지가 없었다.

호순이가 어쩌다가 노인의 곁을 떠났는지는 알 수 없다. 죽었거나 혹은 가출했거나. 어쨌든 노인은 그때부터 정신을 놓아버리고 생활도 포기한 것이 분명했다. 밥은 아마도 시켜서 먹었을 테고, 청소나 빨래는 아예 그만두었을 테고, 그러다 보니 한번 입은 옷을 좀처럼 갈아입지 않았을 테고, 김치도 썩을 때까지 내버려두었을 테고…….

노인은 대체 어쩔 심산이었을까. 생활을 포기하고 삶도 포기했던 걸까. 이승을 떠나 저승으로 가려고, 이쪽의 것을 모두 포기하고 저쪽으로 가려고, 그러기 전에 마지막 준비를 하려고 고양이를 잡아먹은 오리를 찾고 있었던 걸까.

그러나 노인도 사람은 사람이었다. 사람이 사람이기를 거부하는 시늉은 낼 수 있어도 마지막까지 거부할 수는 없는 노릇. 제아무리 저쪽으로 건너가려 해도 저쪽의 문턱을 넘기 전까지는 이쪽에 구질구질한 족적을 남기며 생을 부지할 수밖에 없다는 것을 저 냄새 나는 빨랫거리가 입증하고 있었다. 노인의 정신은 저쪽을 지향하면서도 이쪽의 구질구질한 족적에 얽매일 수밖에 없는 인간의 한계를 극복하진 못했을 테다. 어쩌면 그래서 미쳐버린 것인지도 모른다고, 나는 그렇게 생각했다.

27

노인이 옷을 갈아입고 나왔을 때 꼬마가 도착했다. 꼬마는 갑자기 향긋해진 공기와 새 옷을 입은 할아버지에 놀랐는지 연신 고개를 갸웃거렸다. 노인은 새 옷이 어색한지 아니면 손자 놈의 시선이 어색한지 헛기침을 몇 번이나 하고는 다들 빨리 나가보라고 말했다. 여자는 잠깐 기다리라고 말한 뒤 다용도실로 갔다. 여자가 무얼 하려는지 짐작이 가서 냉큼 뒤따라갔다. 아니나 다를까, 그녀는 세탁기의 전원을 켜고 빨랫거리를 그 안에 집어넣는 중이었다. 나는 여자를 도와 빨랫감을 몽땅 세탁기 안에 집어넣고 세제를 듬뿍 부었다.

다용도실에서 나오다가 하마터면 꼬마와 부딪칠 뻔했다. 꼬마는 다용도실 앞에서 주먹을 꼭 쥐고 서 있었다. 우리를 보는 눈빛이 왠지 서늘했다. 노인에게 빨래는 이따가 우리가 와서 널 테니 놔두라고 하고는 카메라와 필름을 챙겨서 불광천으로 나갔다. 꼬마는 입을 굳게 다문 채 우리를 따라왔다.

28

꼬마의 기분이 왜 좋지 않은지 나는 알 수 없었고, 당연히 여자도 알 수 없었다. 기분이 심히 좋지 않다는 것만은 분명했다. 일할 때 진지한 녀석임에는 틀림없지만 오늘은 어제보다 더해서 카메라와 오리와 오리를 찍은 사진 외에는 아무것에도 눈길을 주지 않았다. 여자가 몇 번을 불러도 대답하지 않았고, 내가 불렀을 때는 노골적으로 짜증난다는 표정을 짓기까지 했다. 나도 짜증이 났지만 뭐가 마음에 안 들어서 그러느냐고 윽박지를 수는 없었다. 고용주의 손자라서가 아니라, 그 고용주의 사정을 알고 있는 유일한 인물이라는 사실 때문이었다.

어쩌면 녀석은 우리가 알지 못하는, 감히 상상도 하지 못한 무언가를 알고 있기 때문에 심기가 불편해졌는지 모를 일이었다. 여자도 그렇게 생각했는지 몇 번 불러보고 대답이 없자 더는 녀석에게 말을 걸지 않았다.

꼬마가 마침내 입을 연 건 열두시를 넘겨 편의점에 들렀을 때였다. 꼬마는 제 돈 주고 산 빵과 우유를 모르는 사람이 던져주고 간 것처럼 만지작거리기만 하다가 불쑥 말했다.

"왜 그랬어요?"

뭘 왜 그랬느냐는 것인지 되물을 필요는 없었다. 나는 잠자코 빵을 씹었고, 늘 그랬듯이 여자가 나섰다.

"그냥 화가 나서."

"왜 화가 나요?"

"넌 화나지 않니? 너희 할아버지가 그러고 있는데?"

꼬마는 인상을 썼다.

"할아버지는 늘 자기 마음대로예요. 누가 뭐라고 해도 신경도 안 쓰고 고집불통이에요. 남에게 폐를 끼치는 것도 모르고, 미안한 것도 몰라요. 언제나 자기 고집만 부리며 살아요. 청소를 해주든 빨래를 해주든 그건 두 분 마음이겠지만 고맙다는 소리를 들을 생각일랑은 마세요."

"인사받을 생각 없어. 그냥 화가 나서 한 일이니까."

"그러니까 그게 왜 화가 나냐고요."

"그러니까 그게 왜 화가 나지 않으냔 말이다."

꼬마와 여자는 눈싸움을 시작했다. 내가 끼어들 차례였다.

"네 할아버지가 고양이를 잃어서 상심한 건 알겠지만 언제까지고 그렇게 살 수는 없단다. 그렇게 살아서는 안 돼. 아무리 소중한 것이라도 잊어야 할 건 잊어버려야지."

내가 듣기에도 어른 행세를 하는 말투였다. 그런 투의 말을 들었을 때 아이들이 대개 그러듯이 꼬마는 지긋지긋하다는 표정을 지었다.

"할아버진 호순이밖에 몰라요. 할아버진 우리 아빠도 잊었고 손자인 나도 잊었지만 호순이만은 잊을 수 없대요. 할아버지에게 진짜 가족은 호순이뿐이니까."

"도대체 호순이는 어디로 간 거야? 죽은 거야?"

"몰라요. 저도 호순이 없어진 걸 그저께 알았는데요, 뭐. 아직 죽을 나이까진 아니었는데, 아마 집을 나갔겠죠. 할아버지가 지겨워서 도망갔을지도요."

"호순인 언제부터 기르셨대?"

"한 삼 년 됐나, 길에서 고양이 새끼를 주워 오셨나 봐요."

"그럼 할아버지가 혼자 사신 지도 한 삼 년?"

"대충 그 정도요. 할머니가 돌아가신 게 그때쯤이었으니까."

"왜 혼자 사시는 거야? 너희 부모님은?"

꼬마가 픽 웃었다.

"우리 엄마 아빠더러 할아버지 모시고 살라고요? 말도 안 돼요. 엄마 아빠가 그렇게 맘먹는다 해도 할아버지가 절대로 그렇게는 안 하실걸요? 할아버지 성질이 얼마나 괴팍한데요. 엄마 아빠가 알아서 피하니까 망정이지, 만약 할아버지를 만나러 간다면 경찰이 출동하고 난리가 날걸요?"

여자가 물었다.

"너희 엄마 아빠가 뭘 어쩌셨는데 할아버지가 그렇게 화를 내셔?"

꼬마는 한숨을 내쉬었다. 그 작은 몸뚱이에서 나왔다고는 믿기 어려울 정도로 무거운 한숨이었다. 거의 평생을 글만 쓰며 살아온 나도 그 한숨 소리를 듣고서야 땅이 꺼지도록 어쩌고 하는 표현이 정말 실감 나는 표현이었구나 싶을 정도였다.

꼬마는 한 번에 열 살은 더 먹어버린 것 같은 얼굴로 여자와 나를 번갈아 쳐다보았다.

"듣고 싶으세요?"

우리는 동시에 고개를 끄덕였다.

"한심하고, 바보 같고, 짜증 나는 이야기인데도요?"

우리는 또 고개를 끄덕였다. 끄덕일 수밖에 없었다.

29

저도 자세한 사정을 아는 건 아니에요. 아직 어리니까. 그래도 대충은 알아요. 물론 어른들이 얘기해주지는 않았어요. 눈치로 알아차렸죠. 어른들은 의외로 부주의한 데가 있거든요. 애들 듣는 데서 아무 말이나 막 하는 어른들 참 많죠. 애들은 들어봐야 이해하지 못할 거라고 생각하는 모양인데, 웃기지도 않는다니까. 자기가 바보니까 남들도 다 바보인 줄 아는 모양이지, 흥.

할아버지는 예전에 뭘 수입해서 파는 사업을 하셨대요. 굉장히 바쁘셨대요. 할머니가 생전에 자주 그러셨는데, 사업할 때 할아버지가 집에 들어오는 날이 별로 없었대요. 그래도 돈은 꽤 버셨던가 봐요. 너희 할아버진 정말 열심히 돈을 벌었다, 자랑인지 한탄인지 그렇게 말씀하시고는 했죠.

근데 어느 날 할머니가 쓰러지셨어요. 며칠 전부터 머리가 아프고 헛구역질이 나긴 했는데, 뭐 별거 아니겠지, 하고 넘기셨대요. 뒤늦게 구급차에 실려 병원에 갔더니 뇌종양이라나 뭐라나. 큰 수술을 받고 오랫동안 누워 계셨어요. 그 일로 할아버지는 충격을 받으셨대요. 그렇게 열심이던 사업까지 우리 아빠에게 맡기고 할머니를 간병하셨어요. 할머니는 다행히 수술받고 항암 치료도 잘 견디셔서 목숨은 건졌지만 후유증이 남았어요. 재활 운동을 아주 오랫동안, 정말 이가 갈릴 정도로 지긋지긋하게 하셨대요. 할머니가 직접 들려주신 얘기예요. 고생한 보람이 있어서 일상생활은 그럭저럭 해낼 수 있게 되셨는데 그래도 온전치는 않으셨죠. 돌아가시기 전에도 할머니는 다른 할머니들보다 동작이 굼뜬 편이었어요. 글씨도 지렁이 기어가는 것처럼 쓰셨고.

할머니가 웬만큼 회복되고서 할아버지는 다시 사업판으로 돌아가시려 했어요. 근데 아빠가 문제였죠. 아빠가 구체적으로 뭘 어떻게 했는지는 잘 몰라요. 지분인지 경영권인지 하는 것 때문에 싸움이 난 모양인데. 할아버지가 저한테 그러신 적이 있어요. 네 애비가 날 배신했다. 아빠는 또 제게 그러신 적이 있어요. 너희 할아버진 욕심이 너무 많다. 할아버지는 제가 보는 앞에서 아빠에게 그러신 적이 있어요. 너는 돈이 뭔지도 모르고 덤벼드는 바보다. 결국 회사를 말아먹고 말 거다. 아빠도 제가 보는 앞에서 할아버지에게 그러셨죠. 돈만 보고 살아온 아버지 밑에서 자란 덕에 저도 돈밖에 눈에 안 들어옵니다. 제가 이렇게 된 것도 어머니가 저렇게 된 것도 모두 아버지 때문입니다.

회사 사람들이 찾아오고, 친척들이 몰려오고, 변호사 아저씨도 오고, 법정에 가네 어쩌네, 하여튼 한동안 되게 난리였어요. 그러다가 할머니가 어떻게 할아버지와 아빠를 설득해서 문제를 마무리 짓기는 한 모양이에요. 뭘 어떻게 했는지는 모르지만 그 결과는 알죠. 할아버지는 완전히 은퇴했고, 아빠는 사장님이 되었죠. 둘 다 행복한 것 같진 않았지만, 더 이상 싸우진 않게 되었으니 대강대강 만족하고, 뭐 그런 거죠.

그래도 그때까진 할아버지가 우리 엄마 아빨 원수처럼 보지는 않았어요. 엄마 아빠도 명절이면 저 데리고 할아버지 집에 인사 올리러 가곤 했거든요. 그때만 해도 할아버지는 그런 조그만 아파트가 아니라 강남의 커다란 고급 빌라에 살고 계셨어요. 근데 어느 해인가 설날에 할아버지 집에 가자고 해서 엄마 아빠를 따라나섰는데 엉뚱한 데로 가더라고요. 도착하고 보니까 고급 빌라가 아니라 평범한 아파트였어요. 저기 저 해치아파트는 아니고요. 다른 동네 다른 아파트였죠. 그리고 또 얼마 후에 할머니에게서 전화가 왔어요. 이사를 갔다고. 해치아파트로 이사 가신 거였죠. 저 아파트로 가신 이후부터 우리 엄마 아빠는 감히 할아버지를 찾아갈 수가 없었어요. 전화만 해도 죽일 놈 살릴 놈 난린데, 어휴 어떻게 가요.

자세한 사정은 모르지만 뻔하죠. 아빠가 다 말아먹은 거. 엄마도 거들었고요. 엄마도 언제부터인가 아빠 회사에서 일하고 있었거든요. 할아버지가 아빠에게 욕을 섞어가며 그런 말씀 하신 적 있어요. 그것 봐라. 그럴 줄 알았다. 돈을 좇을 때는 오직 돈만 봐야 하는데 넌 그럴 줄 모른다. 여기다 한눈팔고 저기다 한눈팔고, 그러다가 그 꼴이 되었다. 너는 돈을 좇는 척했지만 사실은 네 욕망을 좇은 거다. 뭘 좇는지도 모르고서 좇다가 그렇게 되었다.

해치아파트로 이사 오기 전 살던 아파트를 팔아서 그 돈을 우리 엄마 아빠에게 주신 거로 부모 자식 간 인연은 끝났대요. 할아버지가 그러셨죠. 이제 너희는 내 자식도 아니고 며느리도 아니다. 그때 이후로 우리 엄마 아빠가 할아버지를 만난 건 할머니 장례식 때뿐이었어요. 할머니는 해치아파트에서 살다가 돌아가셨죠. 장례식장에서 할아버지는 화내지 않았고, 엄마 아빠도 아무 소리도 안 했어요. 남남처럼 서로 모르는 척하다가 헤어졌죠.

할머니가 살아 계실 때 종종 통화했어요. 그때마다 할머니가 그러셨어요. 네가 엄마 아빠한테 말 잘해서 할아버지 만나러 오게 해. 그래도 가족이잖니, 진짜 피붙이. 피를 나눈 진짜 가족이 남이 될 수는 없는 거란다. 할머니도 참 딱하죠. 어린 손자한테 그런 소리를 하셔야 했다니.

근데 뭐 저라고 별수 있겠어요. 초등학교 들어가기 전부터 어른들이 싸우는 모습을 봐와서 안 싸우는 게 제일 편하다고 생각했어요. 할아버지 얘기를 하다 보니까 많이 생략했는데, 사실 우리 엄마 아빠는 친척 어른들하고도 많이 싸웠거든요. 잘은 모르지만 고소를 당한 적도 있는 모양이고. 그런 꼴을 지겹게 봐와서 그런지 전 지금도 엄마 아빠가 할아버지를 안 만나는 게 좋다고 생각해요. 엄마 아빠도 어차피 같은 생각이에요. 할아버지한테 생전 전화 한 통 하는 법 없고, 어쩌다가 한번 반찬 챙겨드릴 때도 저더러 갖다 드리라고 시키고. 그런 주제에 또 제 앞에서는 설교를 해요. 가족을 소중히 여겨야 한다. 엄마 아빠 말 잘 들어라. 할아버지도 별반 다를 거 없죠. 엄마 아빠야 그렇다 치고 저한테도 꽥꽥 소리 지르고 넌 내 손자 아니라고 하는걸요, 뭐. 물론 저도 할아버지를 진짜 할아버지라고 여기지 않지만요. 할머니에게는 죄송하지만 저는 엄마도 아빠도 할아버지도, 다 가족 같지가 않아요. 지겹고 짜증 나는 어른들일 뿐이죠.

30

꼬마의 말대로 한심하고, 바보 같고, 짜증 나는 이야기였다. 나는 듣는 것만으로도 자신이 한심한 바보가 된 듯해서 몹시 짜증이 났고, 여자도 마찬가지인 듯했다. 우리는 아무 말도 하지 않았고, 꼬마도 말없이 빵과 우유를 먹었다. 식사가 끝난 다음 가장 먼저 일어선 것은 꼬마였다.

"자, 그럼 이제 돈 벌어야죠?"

31

돈을 벌어야 했다. 어쨌거나 돈은 벌어야 했다. 그래서 우리는 불광천을 걸었고, 뙤약볕에 그을렸고, 땀을 줄줄 흘렸고, 흘린 것보다 많은 양의 물을 마셨고, 지하철역이 나올 때마다 화장실에 들렀고, 월드컵공원에 도착했고, 연못가에서 또 사진을 찍었고, 그놈의 오리들은 꽥꽥대지도 않고 느긋하게 물 위에 둥둥 떠 있었고, 우리는 오늘따라 기진맥진해서 응암역으로 되돌아갔다.

가는 길에 꼬마가 말했다.

"두 분은 그동안 얼마나 벌었어요?"

질문의 의도가 파악되지 않아서 나는 대답하지 않았다. 여자가 고개를 갸우뚱하면서 되물었다.

"그건 왜 묻는데?"

"별로 못 벌었죠? 하루에 오만 원씩 벌어봐야 누구 코에 붙이겠어요. 더구나 두 분은 어른인데. 돈 쓸 데도 많을 거 아니에요."

왠지 불길한 예감이 들었다. 꼬마가 되바라지다 못해 음흉해 보였다.

"돈 좀 벌어보지 않을래요? 좋은 생각이 있는데."

"뭔 소리야?"

"할아버지가 성공 보수를 준다고 했잖아요."

나는 걸음을 멈췄다. 여자도 제자리에 멈춰 서서 꼬마를 돌아보았다. 꼬마는 나와 여자 사이에서 어느 쪽에 붙어야 할지 모르겠다는 듯 두리번거렸다. 이윽고 꼬마가 우리에게 제게로 오라고 손짓했다. 나는 다가가지 않았고, 여자도 움직이지 않았다. 꼬마가 답답하다는 듯 발을 동동 굴렀다.

"할아버지는 노망이 난 거예요. 호순이를 잃은 충격으로 그렇게 된 모양인데, 그럼 일은 쉽잖아요. 할아버지한테 호순이를 잡아먹은 오리가 어떻게 생겼는지 물어보고 사진을 조작하는 거예요. 그다음에 사진하고 대충 비슷하게 생긴 오리를 찾아서 잡아 가는 거죠. 잡기 어려우면 오리 농장 같은 데서 돈 주고 사든지."

목에 뭐가 걸린 것 같아서 소리를 내기 힘들었다. 나는 다소 탁한 소리로 겨우 말했다.

"폴라로이드 카메라로 찍은 사진을 어떻게 조작해?"

"디지털카메라를 쓰겠다고 하면 되죠. 저 포토샵도 할 줄 알아요."

"똑똑하구나. 근데 애야, 너희 할아버지도 똑똑하시거든? 디지털카메라는 싫으시단다. 폴라로이드만 쓰라고 하셨어."

"그럼 일단 어떻게 생긴 오리인지 들어봐요. 비슷하게 생긴 오리를 찾으면 되죠. 없으면 만들면 되고. 오리가 달라봐야 뭐 얼마나 다르겠어요. 덩치가 크다? 큰놈을 찾으면 되죠. 털 색깔이 조금 다르다? 염색을 하든지 물감을 칠하든지 하면 되죠. 찾아보면 수는 있을 거예요. 그렇게 해요, 예? 천만 원이나 준다잖아요. 우리 셋이 똑같이 나눠요."

그 순간 내 두뇌는 참으로 쓸데없는 계산을 하고 있었다. 10,000,000 나누기 3은 3,333,333하고 나머지 1. 천만 원은 어떻게 해도 셋이 똑같이 나눌 수 있는 액수가 아니었다. 그야 뭐 일 원쯤은 누구 한 사람에게 양보할 수도 있는 거였지만.

여자도 생각에 잠긴 얼굴이었다. 나하고 똑같은 계산을 하고 있는 게 빤했다.

꼬마가 살살 꼬드기는 표정으로 눈웃음을 쳤다.

"두 분이 뭘 걱정하는지 알아요. 보통 사람이라면 안 속겠죠. 하지만 우리 할아버지는 정상이 아니잖아요. 틀림없이 속일 수 있어요. 혹시 의심하더라도 막 우기면 돼요. 셋이 우기면 어쩌겠어요. 할아버지도 깜빡 속고 말걸요."

삼인성호(三人成虎)란 말은 들어봤어도 삼인성압은 들어본 적이 없었다. 근데도 꼬마의 말은 참 그럴듯하게 들렸다. 정말로 우리 셋이서 우기면 없던 오리도 만들 수 있을지 몰랐다. 성공하기만 하면 삼백만 원이 넘는 돈이 들어오는 것이었다. 실패하더라도 크게 잃을 것은 없었다. 해고당하는 것뿐이다. 일당 오만 원을 못 받게 되면 곤란해지겠지만, 그래도 한번 시도해볼 만한 도박이 아닌가. 만약 삼백삼십삼만 원쯤을 벌 수 있다면야 한동안 생활비 걱정도 끝. 그럼 그사이에 새 글을 써서 출판에 도전해볼 수도 있겠고.

구미가 당기는 제안이었는데도, 침이 꼴깍 넘어갈 지경이었는데도, 그런데도 나는 선뜻 하겠다고 할 수 없었다. 왜였을까. 양심 때문에? 그놈의 양심이 또다시 자기 존재를 주장하고 나서서? 아니었다.

양심에 살짝 걸리는 일이기도 했지만 그놈의 존재는 그다지 뚜렷하지 않았다. 내 가슴속에서 점점 차오르는 것, 감당하기 어려운 존재감으로 나를 압박하다 못해 급기야 고개를 휘휘 젓게 만든 것, 그것은 다름 아닌 분노였다.

"안 돼!"

"왜 안 돼요?"

"화가 나니까."

꼬마가 뭐라고 하기도 전에 여자가 푸하하하 웃었다. 목젖을 드러낸 채 활짝 웃는, 그녀에게서 처음 보는 시원한 웃음이었다. 꼬마는 이 인간들이 왜 이러나, 당황한 듯했다. 여자는 계속 웃어댔고, 그 웃음소리에 자극받은 나도 웃기 시작했다. 잠시 후 여자가 너무 웃느라 찔끔 삐져나온 눈물을 손가락으로 훔치며 말했다.

"그래, 맞아. 나도 화가 나. 화가 나서 그런 짓은 못 하겠어."

우리는 계속 웃었다. 웃지 못하는 것은 꼬마뿐이었다.

32

왜 화가 나요? 뭐가 그렇게 화가 나요? 도대체 왜? 왜? 꼬마는 노인의 집에 가는 길에 끊임없이 종알댔다. 왜 화가 나는지 나는 설명할 말이 없었고, 여자도 없는 듯했다. 대꾸할 말이 없는 어른들이 으레 그렇듯 우리는 녀석의 대갈통을, 제 할아버지에게 사기를 치겠단 고약한 발상의 진원지라는 점에서 대갈통으로 불려 마땅할 녀석의 머리통을 한 대씩 갈겨주었다. 녀석은 입이 쑤욱 튀어나와서는 툴툴거렸다.

노인은 아침에 갈아입은 옷 그대로 소파에 앉아 있었다. 나와 여자는 사진부터 내어주고 다용도실로 가서 빨래를 건졌다. 노인은 사진을 들여다보고 꼬마가 티브이를 보는 동안 우리는 빨래를 널었다. 워낙 오랫동안 빨래를 하지 않아 빨래 건조대가 빼곡히 찼다.

빨래 널기를 마친 여자와 나는 약속이라도 한 것처럼 청소기와 밀대와 걸레를 찾았다. 내가 걸레를 빠는 사이 여자는 청소기를 돌렸다. 그다음에 내가 밀대로 바닥을 닦았다. 그사이 노인은 사진 외에는 아무것도 안 보인다는 듯 우리 쪽으로 시선을 주지 않았지만, 꼬마는 이따금 불만에 가득 찬 시선을 던져왔다.

내친김에 가구며 창틀에 앉은 먼지도 싹 제거하고 싶었지만 그 전에 노인이 사진을 내려놓았다. 노인은 우리 두 사람을 불러서 맞은편에 앉게 했다.

"오늘도 없군."

없는 게 당연하기에 우리는 실망하지 않았다. 노인은 잠시 간격을 둔 다음 언제나 하던 말끝에 꼬리를 하나 붙였다.

"내일은 성과가 있기를 바라네. 그리고……."

우리는 잠자코 기다렸다. 노인이 헛기침을 한 번 했다.

"식사들 하고 가시게."

우리가 눈을 둥그렇게 뜨자 노인이 변명이라도 하듯 덧붙였다.

"댁들이 집안일을 해주었으니까. 내가 시킨 건 아니지만 해준 건 사실이니까. 돈은 안 받겠다고 했으니 밥이라도 먹고 가야지. 거절은 말고. 댁들도 내 의사를 무시하고 집안일을 했으니 나도 댁들 의사를 무시해도 되겠지."

노인이 어디론가 전화를 걸었다. 통화 내용을 들어보니 초밥을 주문하는 모양이었다. 동네 초밥이 어련하랴만은 어쨌든 초밥 아닌가. 집안일 조금에 얻어먹는 대가로는 부담스러웠지만 물릴 수도 없는 노릇이었다. 우리는 다소 어색하게, 고맙다고, 그럼 잘 먹겠다고 미리 인사를 해두었다. 노인은 묵묵히 고개를 끄덕인 뒤 지갑을 꺼냈다. 여자와 나는 공손하게, 꼬마는 부루퉁한 얼굴로 노인이 주는 돈을 받았다.

초밥은 동네에서 시켜 먹는 것치고는 꽤 맛났다. 나와 여자는 송구한 마음에 조심조심 초밥을 집었고, 꼬마는 화풀이라도 하듯 와구와구 먹어댔다. 노인은 연어와 오징어와 새우 초밥을 하나씩 먹고는 더는 입맛이 당기지 않는다며 젓가락을 내려놓았다. 몇 번을 권해도 당신들이나 많이 먹으라고 하는 바람에 나와 여자는 더욱 송구해졌고, 꼬마는 더욱 화가 나서 큰 소리로 쩝쩝댔다.

우리가 먹는 동안 노인은 호순이 사진을 들여다보았지만 그건 어디까지나 시늉에 불과했다. 노인을 흘끔 볼 때마다 노인과 눈이 마주쳤고, 그러면 노인은 얼른 사진을 보는 척했다. 어쩐지 송구했으나, 초밥은 맛이 있었다. 오랜만에 먹어보는 초밥이었다.

33

뒷정리는 여자와 내가 했다. 노인은 이제 우리를 말릴 수 없겠다고 생각했는지 초밥을 샀으니까 됐다고 여겼는지 말리지 않았다. 꼬마는 인사도 없이 발소리를 쿵쾅거리며 돌아갔다. 뒷정리를 마치고 여자와 나도 노인의 집을 나섰다. 엘리베이터를 타고 일층으로 내려가는 도중에 여자가 제의했다.

"어디 가서 한잔하지 않을래요? 편의점 말고요. 계산은 더치페이."

"한잔하는 것도 좋고, 편의점 아닌 것도 좋고, 더치페이라는 것도 좋고, 다 좋은데요."

좋은 이유가 세 가지나 되었으므로 흥이 나야 할 텐데 그렇지가 않았다. 근처의 호프집에서 생맥주와 치킨 한 마리를 시켜서 여자와 마주 앉았을 때 나는 우중충한 얼굴이었고, 여자도 기분이 가라앉은 상태였다. 우리는 별다른 대화 없이 맥주를 마시고 닭을 뜯었다. 500cc 맥주가 내 배 속으로 들어왔고, 잠시 후에는 상당량이 오줌으로 배출되었다. 몸 밖으로 달아난 양을 보충하려 다시 500cc를 들이켜는데 여자가 불쑥 내뱉었다.

"왜 화가 났을까요?"

"글쎄요."

나는 딱히 할 말이 없었다. 여자도 무슨 신통한 대답을 기대한 건 아닌 듯했다. 우리는 다시 침묵 속에서 맥주를 마시고 닭을 뜯었다.

나는 자주 화장실을 들락거렸고, 여자도 자주 들락거렸다. 내가 세 번, 여자가 네 번인가 다녀왔을 때 우리는 취해 있었다. 인사불성까지는 아니지만 전두엽 기능이 약간 저하될 정도였다. 아마 그래서였을 것이다. 우리는 둘 다 할 말 못할 말 가리지 않게 되었다. 전두엽 기능이 저하되면 충동을 억제하기 힘들다고 어디선가 읽은 적이 있었다.

여자가 먼저 해서는 안 될 말을 입에 담았다.

"저기요, 나 있잖아요. 사실은 그 꼬맹이가 사기를 치자고 제안했을 때 조금 솔깃했어요. 아니, 엄청 솔깃했어요. 왜 솔깃했는지 알아요? 성공만 하면 삼백만 원 넘게 버는 거잖아요. 그 돈으로 대선 테마주를 사면 어떨까 싶었어요. 잘하면 정말 대박 날지도 모른다고 생각했죠. 어때요? 한심하죠?"

나는 주식은 하지 않고 할 돈도 없지만 신문은 읽는지라 최근 대선과 관련한 정치 테마주에 작전 세력이 개입해서 분탕질을 치고 있다는 기사를 읽은 적이 있었다.

"한심하네요. 근데 나도 한심한 생각을 했어요. 삼백만 원만 있으면 당분간 생활비 걱정은 덜 테고, 그럼 새 글을 써서 출판사에 보내볼 수 있지 않을까 싶었죠. 바로 며칠 전에 출판사로부터 퇴짜를 맞은 주제에, 작가 생명 따위 애저녁에 끝장났다는 걸 알고 있으면서 말이죠. 어때요? 한심하죠?"

"한심하네요."

우리는 서로를 물끄러미 바라보았고, 이윽고 누가 먼저랄 것 없이 웃음을 터뜨렸다. 크히히히. 한심한 놈과 한심한 년이 한심한 이야기를 하면서 할 수 있는 일은 웃는 것밖에 없었고, 그게 또 의외로 기분이 좋았다. 우리는 경쟁하듯이 크히히히, 크히히히 웃어댔다.

여자가 웃음을 입에 걸고 흥얼거리듯 말했다.

"진짜 있을까요? 그 오리 말이에요. 영감탱이의 고양이를 잡아먹은 오리."

"있을지도 모르죠. 노인네가 그렇게 열심히 찾는 걸 보면 진짜 있는지도 몰라요. 불광천에 오리가 정말 많잖아요. 그중에 고양이 애호증이 있는 별난 입맛의 오리가 한 마리쯤 있다고 해서 말이 안 되는 것도 아니잖아요?"

"그러네요. 있을지도 모르겠네요. 하긴 영감탱이가 살짝 노망기가 든 것 같기는 해도 완전히 맛이 간 건 아니잖아요. 오리 어쩌고 하는 소리만 빼면 제법 논리적이고 머리도 좋은 사람인 것 같아요. 고양이도 있긴 있었고요. 고양이 호순이, 그런 고양이가 있었던 건 사실이잖아요. 고양이 사진도 보았고, 사료 그릇도 보았고, 꼬마 녀석도 그 사실을 증언했고요. 그러니까 호순이를 잡아먹은 오리가 있는지 어떻게 알아요."

고양이가 있었으니 그 고양이를 잡아먹은 오리도 있을 수 있다는 주장은 조금도 논리적이지 않았다. 고양이와 오리는 서로의 존재를 입증해주는 관계가 아니었다. 그러나 논리를 따져야 할 내 두뇌는 알코올 위에 둥둥 떠서 흔들리느라 정신이 없었다.

"그거 정말 말 되네요. 고양이가 있었으니 오리도 있을 수 있죠. 오리가 있음 안 된다는 법은 없는 거죠."

"그렇죠, 그렇죠. 내 말이 바로 그 말이에요."

여자는 연신 고개를 끄덕여댔다. 어찌나 열심히 끄덕여대는지 목뼈가 물렁물렁해진 게 아닌가 싶을 정도였다.

"저기요, 거긴 소설가잖아요."

"예, 그런데요?"

"소설을 한 편 쓰면 어때요?"

"무슨 소설을요?"

"고양이를 잡아먹은 오리에 대한 이야기. 그 오리를 쫓는 사람들의 이야기."

여자는 남의 일처럼 말했다. 나도 어쩐지 남의 일만 같았다. 직접 겪었고, 겪고 있는 중인 현실의 이야기가 아니라 현실 저편, 상상의 세계에서나 있을 법한, 소설의 소재가 될 수 있을 것 같은 그런 이야기로 들렸다.

나는 고개를 끄덕이려다가 멈칫했다. 가만있자, 상상의 세계에 있는 것이라고 해서 다 소설의 소재가 될 수 있을까. 그런 것으로 소설을 쓰면 소설이 될까. 확신이 들지 않았다.

"소설로 써봐요. 고양이를 잡아먹은 오리가 실제로 있고, 그 오리를 쫓는 사람들이 있고, 그 사람들이 결국 오리를 잡아내고야 마는 이야기. 고양이가 있으니까 고양이를 잡아먹은 오리도 있는 그런 이야기."

"글쎄요. 그런 게 소설이 될 수 있는지 모르겠네요. 사람들은 그따위 소설은 말도 안 되는 이야기라고 비웃을 거예요."

"말도 안 될 건 또 뭐예요? 아니, 말이 안 되면 안 될 게 뭐예요? 소설이잖아요. 소설이라는 건 원래 지어낸 거잖아요. 말이 안 되는 거잖아요. 죄다 거짓부렁이잖아요."

"부디 문학 애호가나 비평가들 앞에서 그런 소릴랑 하지 않기를 바라요. 봉변당할지도 몰라요. 뭐, 어떤 사람들은 그런 소리에 박수를 쳐줄지도 모르지만."

"에이 뭐예요, 소설은 진짜 있을 법한 이야기여야만 한다는 거예요?"

"꼭 그런 건 아니지만······."

"써봐요. 한번 써보라고요. 당신이 쓰면 내가 책 살게요. 난 그런 이야기를 읽고 싶어요. 고양이는 있지만 고양이를 잡아먹은 오리는 있으면 안 되는 이야기가 아니라, 고양이가 있으니까 고양이를 잡아먹은 오리도 있을 수 있는 이야기가 읽고 싶어요. 정말이에요. 책 사줄게요. 왕창 사줄게요. 왕창, 왕창."

여자는 '왕창' 소리를 몇 번이나 되풀이했다. 나는 잠자코 듣기만 할 생각이었지만 그놈의 '왕창' 소리가 자그마치 서른세 번이나 반복되자 더 이상 참을 수가 없었다.

"그만 좀 해요. 책 사줄 돈도 없으면서. 그리고 내가 그런 이야기를 쓴다고 해도 책을 내는 건 불가능해요."

여자가 반쯤 맛이 간 얼굴로 나를 뚫어져라 쳐다보았다.

"왜 불가능해요, 소설가라면서?"

"소설가가 출판에 대한 특권이라도 가진 존재인 것 같아요? 설령 그런 특권이 있다 해도 난 해당되지 않네요. 말했잖아요. 내 작가 생명은 벌써 오래전에 끝장났다고."

"그래도 글은 쓰고 싶댔으면서. 아까도 그랬잖아요. 새 글을 써서 출판사에 보내봤으면, 했다고."

"말은 그랬지만……."

"난 출판계가 어떻게 돌아가는지 몰라요. 당신이 어떤 수준의 작가인지도 모르고요. 하지만 누군가 고양이를 잡아먹은 오리에 대해 써야 한다면, 결국 당신이 쓸 수밖에 없지 않겠어요? 써야만 하지 않겠어요?"

"어째서요?"

"왜냐하면, 왜냐하면…… 누군가는 써야만 하니까요. 왜냐하면, 왜냐하면…… 누군가는 꼭 그 일을 해야만 하니까요. 고양이는 있지만 고양이를 잡아먹은 오리는 있을 수 없고 있어서도 안 된다, 세상 모두가 그렇게 생각하더라도 누군가는 아니라고 해야 하니까요. 그렇게 생각하지 않아요? 예? 그렇게 생각하지 않냐고요오오오……."

여자의 목이 흔들흔들했다. 급기야 그녀가 테이블 위에 철퍼덕 엎어졌다. 중얼대는 소리가 들려왔다.

"세상 모든 게 통째로 진짜거나 통째로 가짜였으면 좋겠어. 화투장 뒤집듯이 뒤집으면 한꺼번에 진짜도 됐다, 가짜도 됐다……. 그러면 어떤 게 진짜고 어떤 게 가짠지 헷갈리지 않을 텐데……."

혼잣말 같기도 하고 나 들으란 말 같기도 했다. 어쩌면 이도 저도 아니고, 그저 여자의 전두엽이 마비된 바람에 고삐 풀린 언어중추가 제멋대로 헛소리를 흘린 것인지도 몰랐다. 취한 건 나도 마찬가지였기에 내가 대답을 했는지 말았는지, 뭐라고 했는지 어떤 표정으로 침묵했는지, 나 또한 알 수가 없다.

34

까짓 맥주, 하고 무시했는데 하룻밤 자고 일어나도 몸이 개운하지 않았다. 속이 더부룩하고 머리가 지끈거렸다. 제법 술이 센 편이라 자부해왔기에 진지하게 몸 상태를 고민했다. 더위를 먹긴 먹은 모양이었다.

입맛이 없었지만 억지로라도 한술 뜨고서 노인의 집으로 향했다. 노인은 새 옷차림으로 나를 기다리고 있었다. 베란다 문을 열어 환기도 시키는 중이었다. 여자와 꼬마도 웬일로 나를 기다리고 있었다. 여자도 나처럼 숙취에 찌든 얼굴이었고, 꼬마는 어제처럼 심통 난 표정이었다. 우리는 카메라와 필름을 챙겨 불광천으로 나갔다. 노인은 무뚝뚝한 얼굴로 우리의 뒷모습을 바라보다가 내가 고개를 돌리자 얼른 시선을 피했다.

하늘은 파랗기만 했다. 치가 떨릴 지경이었다. 저놈의 하늘을 쭉 찢어 비 대신 피라도 뚝뚝 떨어지게 하고 싶었다. 과격한 망상이지만, 햇볕의 기세도 워낙 과격해서 죄책감이 들지는 않았다.

여자가 가방에서 양산을 꺼냈다. 자기가 쓰려는 건 아니었는지 그걸 꼬마에게 내밀었다. 꼬마는 멀뚱히 바라보기만 했다.

"매일 이렇게 햇볕을 쬐다가는 큰일 나겠어. 이걸 쓰렴."

"양산은 여자나 쓰는 거잖아요."

"일사병 걸리는 데 남자 여자가 따로 있다니? 얼른 써."

여자는 숙취가 덜 풀려 매우 불편한 얼굴이었고, 그런 얼굴로 인상을 쓰니 꽤나 험악했다. 꼬마가 고집을 부리면 폭력도 불사할 기세였다. 어지간한 꼬마도 기가 죽었는지 잠자코 양산을 받아 썼다. 여자가 이번에는 가방에서 우산을 꺼냈다.

"그쪽도 써요. 양산이 두 개밖에 없어서 우산을 가져왔어요. 설마 창피하다고 거절하진 않겠죠?"

나도 꼬마처럼 잠자코 우산을 받았다. 여자는 자기 몫의 양산을 꺼내 쓰고는 걸음을 옮겼다.

언제나처럼 여자가 앞장서고 그 뒤를 일 미터 간격으로 꼬마와 내가 따라갔다. 여자는 엷은 핑크빛 양산을, 꼬마는 흰 양산을, 나는 검은 우산을 쓰고 걸었다. 핑크빛 양산과 흰 양산과 검은 우산이 일 미터 간격으로 나란히 걸어가는 모습이 남들에게 어떻게 보였는지 모르겠다. 우산으로 햇볕을 가리니까 더위도 참을 만했다. 왜 진작 우산 쓸 생각을 못 했을까. 꼬마도 처음에는 불만스러운 표정이었지만 막상 차양 효과를 체험하고선 마음에 들었는지 양산을 빙글빙글 돌리며 장난을 쳤다. 여자는 앞장서서 걷다가 이따금 뒤를 돌아보고는 피식 웃었다.

35

꼬마가 또 쓸데없는 소리를 하지나 않을까 염려했는데 다행히 조용했다. 뒤늦게 양심의 가책을 느꼈는지, 우리를 설득할 방법이 없을 거라고 여겨서 포기했는지 모를 일이었다. 어쨌든 입을 다물고 있으니까 그 되바라진 녀석도 약간, 아주 약간 귀엽게 보였다. 양산을 쓰고 있어서 그래 보였는지도 모르겠다.

우리는 습관적으로 무성의하게 오리들을 찍었다. 꼬마도 성공 보수를 포기했기 때문인지 별로 열의를 보이지 않았다. 우리가 오리들에게 무관심한 것처럼 오리들도 우리에게 관심이 없었다. 매일 나타나서 사진만 찍어대지, 정작 과자 하나 던져주지 않는 우리 따위에게 관심이 생길 리 만무했다. 서운한 일이 아닌데도 약간 서운했다. 이 일을 며칠만 더 계속했다가는 고만고만한 오리 얼굴을 낱낱이 식별할 수 있는 신묘한 재주가 생길지도 모르겠다, 하는 황당한 생각도 들었다. 그때 가서도 오리들이 우리에게 관심을 보이지 않는다면 심각하게 서운할 것 같았다.

점심을 먹을 때 여자가 꼬마에게 물었다.

"부모님은 너 이러고 다니는 거 아시니?"

꼬마는 별걸 다 묻는다는 얼굴이면서도 제격 대답했다.

"당연히 모르죠. 얘기했을 리가 없잖아요."

"부모님이 뭐라고 안 그러셔? 하루 종일 밖에 나와 있는데."

고양이를 잡아먹은 오리 125

"엄마 아빠는 제가 학원 간 줄 알아요. 방학이잖아요."

"학원 안 가잖아. 들킬 텐데?"

"괜찮아요. 다 수가 있어요."

저녁이 되어 노인의 집으로 돌아갔다. 노인은 초밥을 시켜놓고 우리를 기다리고 있었다. 노인이 정나미가 떨어질 정도로 퉁명스럽게 말했다.

"먹고들 가게."

딱 그 한마디뿐이었다. 대꾸할 말이 마땅치 않아서 우리는 각자의 입을 대꾸하는 데 쓰는 대신 먹는 데 사용했다. 노인은 먹는 둥 마는 둥 사진을 들여다보았다. 오늘도 당연히 범압은 찍지 못했다. 노인은 오늘도 없군, 하고서 짧게 한숨을 내쉴 뿐 우리를 비난하지는 않았다.

식사가 끝나자 노인이 돈을 주었다. 여자와 나는 돈을 챙기고 뒷정리를 했다. 꼬마는 먼저 일어설 듯하다가 난데없이 혀를 차더니 우리를 거들었다. 뒷정리라고 해봐야 초밥이 들었던 종이 상자와 나무젓가락 등을 버리고 종지를 닦는 정도에 그쳤으므로 세 사람이나 달라붙을 만한 일은 못 되었다. 그래도 꼬마는 쓰레기봉투 입구를 벌리는 일이라도 거들었고, 덕택에 일은 순식간에 끝났다. 노인은 우리가 하는 양을 묵묵히 지켜보기만 했다.

노인에게 인사를 하고서 셋이 함께 밖으로 나갔다. 엘리베이터를 기다리며 여자가 꼬마에게 물었다.

"너 어디 살아?"

"그건 왜요?"

"시간도 늦었는데 혼자 가도 괜찮은가 해서."

"지금까지 혼자서 잘만 갔었네요. 새삼스레 웬 걱정."

"너 그거 아니? 넌 말하는 게 무지하게 밉상이야."

"어쩌라고요."

여자가 꼬마의 왼쪽 뺨을 콕 집어서 잡아당겼다. 어린애라서 볼에 탄력이 있었다. 나도 오른쪽 뺨을 잡아당겼다. 꼬마는 이 양반들이 돌았나 하는 표정이었지만 아파트 앞에서 헤어질 때는 인사를 잊지 않았다.

"내일 봐요!"

여자와 나는 꼬마의 뒷모습에 대고 손을 흔들었다.

36

그렇게 하루하루가 지나갔다. 노인은 매일 옷을 갈아입었고, 환기도 빠뜨리지 않았다. 우리는 매일 불광천에 나가서 오리 사진을 찍었고, 저녁에는 노인의 집에서 함께 밥을 먹었다. 노인은 초밥에 한이 맺혔는지 번번이 초밥만 시켰다. 매일 오만 원씩이 우리의 지갑에 들어왔고, 그 대가는 아니지만 우리는 세탁기를 돌리고 빨래를 널고 청소를 했으며 쓰레기를 버렸다. 노인은 고맙다고 하지는 않았지만 초밥은 매일 시켜주었다. 제발 다른 걸 먹자고 해도 무조건 초밥이었다. 정말 초밥에 한이 맺혔는지, 그게 집안일을 해주는 사람들에 대한 가장 적절한 보답이라고 여겼는지는 알 수 없는 노릇이었다.

어쨌든 우리는 매일 같은 걸 먹었고, 노인의 먹는 양도 점차 늘어갔다. 노인이 사진을 들여다보는 시간은 줄어들었고, 언제부터인가 오늘도 없군, 하는 소리를 하지 않게 되었다. 우리도 후렴을 달지 않는 노인을 더는 이상하게 여기지 않게 되었다.

서로에게 익숙해졌던 것일까. 매일 함께 불광천을 걷고 오리 사진을 찍고 노인의 집에서 밥을 먹고 집안일을 하는 게 어느덧 당연한 일상이 되었으니 익숙해졌다고 할 수도 있겠다. 익숙해졌다는 것에서 더 나아가서 서로에게 친밀감을 느끼기 시작했다고 말할 수 있으려나. 우리는 또 언제부터인가 스스럼없이 대화를 나누고 농담을 지껄이기도 했다. 노인은 여전히 말수가 적었지만 묻는 말에는 대답을 했고, 늘 딱딱하게 굳은 얼굴을 하고 있었지만 우리를 귀찮아하는 기색은 내비치지 않았다.

우리는 서로에게 친밀감을 느끼게 되었던 것일까. 가족이나 혹은 그에 준하는 관계를 형성하게 되었다고 할 수 있을까. 매일 얼굴을 보고 같이 일을 하고 밥을 먹고 집안일을 나누는 사이라면 가족이나 혹은 그에 준하는 관계라고 할 수 있는 걸까. 우리는 정말 그렇게 느낀 것일까.

아니었다. 여러 번 생각해봤지만 그건 결코 아니었다. 우리의 관계는 거기까지 미치지 못했으며, 우리의 의식도 그 정도에 못 미쳤다. 우리는 같이 일을 하고 밥을 먹고 티브이를 보고 농담을 나누면서도 이름은 밝히지 않았다. 노인은 노인이었고 여자는 여자였고 꼬마는 꼬마였으며 나는 그냥 나였다. 우리가 서로를 부르는 방식은 이봐요나 저기요나 아저씨나 할아버지였다. 아무도 이름을 부르지 않았다. 이름을 묻지도 않았다. 우리는 잘 알고 있었다. 우리가 결코 가족이나 혹은 그에 준하는 관계를 형성할 수 없다는 것을. 그렇다고 예전의 그 삭막한 사이로 돌아갈 수도 없었다. 억지로 좋아졌다가 억지로 싫어졌다가, 사람 사이라는 게 그렇게 떡 주무르듯 할 수 있는 게 아니지 않은가.

이 애매한 관계를 뭐라고 정의하면 좋을까. 굳이 말하자면 우리는 고양이를 잡아먹은 오리를 쫓는 사람들이었다. 고용주와 피고용인이었고, 선배이자 동료였다. 그 사건이 일어나기 전까지는.

37

어떤 사건이든 조짐을 앞세우기 마련이듯, 그 사건에도 조짐은 있었다. 뭐 그렇다고 대단한 건 아니었다. 그저 예사롭기 그지없는 일이었고, 어찌 보면 조짐이라는 표현 자체가 호들갑이 아닐까 싶게 별것 아닌 수위의 것이었다.

노인의 집에서 다 함께 저녁을 들고 있을 때였다. 이제는 초밥도 지겨워서 제발 다른 것도 좀 먹어보자고 통사정을 한 끝에 주문한 중국 음식이었다. 어른들은 밥 종류를, 꼬마는 꼬마답게 짜장면을 택했다. 녀석이 짜장면을 맛나게 먹고 있을 때 녀석의 주머니에서 벨이 울렸다.

꼬마는 전화기를 꺼내 보더니 낯을 찌푸리고서 베란다로 나갔다. 베란다 문까지 닫는 것으로 봐서 우리에게 통화하는 소리를 들려주고 싶지 않은 모양이었다. 꼬마에게는 안된 일이지만, 이 아파트는 방음이 잘되지 않아서 통화하는 소리가 거의 고스란히 들렸다.

"친구네야. 아, 친구네라니까. 좀 빠질 수도 있지. 뭘 그런 걸 가지고 난리야. 뭐? 누구인지는 알아서 뭐하게? 아, 됐어. 됐다니까. 끊어."

꼬마는 처음 자리를 뜰 때보다 더욱 찌푸린, 거의 구겨지다시피 한 얼굴로 돌아왔다. 우리의 관계는 어디까지나 애매함을 바탕에 깔고 형성되었기에 나는 무슨 일인지 묻지 않았고, 노인과 여자도 모르는 척했다. 꼬마는 입맛이 달아났는지 먹다 남은 짜장면을 몇 번 찔러보더니 슬그머니 젓가락을 내려놓았다. 다 큰 어른이라도 신경이 쓰일 법한데 하물며 어린애였다. 안쓰럽기도 하고 궁금하기도 해서 무슨 일인지 물어볼까 말까 고민하는데 여자가 먼저 나섰다.

"누군데?"

꼬마는 짐짓 아무렇지도 않은 투로 대답했다.

"엄마요."

"엄마가 어디 있냐고 물어보신 거야?"

"학원에서 연락이 간 모양이에요. 우리 학원이 애들을 그다지 관리하지 않는 데라 마음 놓고 있었는데 뒤통수 맞았네. 친구네라고 둘러댔어요."

"집에 가면 혼나겠다. 일도 그만둬야 되는 거 아니야?"

"괜찮아요. 대충 거짓말 지어내면 돼요. 학원 안 가겠다고 시위를 할 수도 있고. 우리 일은 절대 얘기 안 할 테니까 걱정 마세요."

꼬마가 하도 자신만만하게 말해서 여자는 크게 걱정하는 기색은 아니었다. 나도 걱정이 되지는 않았다. 꼬마가 영악하고 교활하다는 것쯤 익히 아는 사실이었다. 녀석이라면 정말로 제 부모를 구워삶을 수도 있겠다고, 그렇게만 생각하고 말았다. 노인은 우리가 하는 소리를 다 들었을 터인데도 침묵을 지켰다.

38

그런 일이 있은 다음 날 아침.

비가 왔다. 놀랍게도 비가 왔다. 빗소리에 잠이 깼으면서도 이게 꿈인가 생시인가 싶었다. 창문을 열자 빗방울이 거세게 들이쳤다. 보통 비가 아니라 폭우였다. 두두두, 땅을 두드리는 빗줄기 소리가 통쾌했다.

가뭄이 심하다고 언론에서도 매일같이 걱정스러운 뉴스를 내보내던 때였다. 날마다 땡볕에 시달리던 나에게도, 가뭄 때문에 근심이 많던 농민들에게도 고맙고 반가운 단비였다. 무척 고맙고 반가운 나머지 씻는 것도 잊고 노인에게 전화부터 걸었다. 비가 오는데 어떡하나고 묻자 노인은 할 수 없다고, 오늘은 쉬라는 대답이 돌아왔다. 당연한 대답이었지만 그렇게 고마울 수가 없었다. 비도 고맙고, 노인도 고마워서 콧노래가 절로 나왔다.

샤워를 하고 밥을 먹은 다음 모처럼 느긋하게 컴퓨터 앞에 앉아서 웹서핑을 즐겼다. 일기예보로는 하루 종일 비가 내린다고 했다. 내일은 그친다고 했지만 그건 그것대로 괜찮았다. 계속 쉴 수는 없지 않은가. 그동안 일당을 꼬박꼬박 받아 챙겼지만 월세를 겨우 냈을 뿐 살림이 핀 건 아니었다. 일이 계속돼야 돈도 계속 벌 것이었다. 몇 달 더 일해서 돈이 웬만큼 모이면 다시 글 쓰는 데 전념할 수 있지 않을까.

말하자면 나는 은연중 이 일이 언제까지고 계속될 거라고 믿었던 것인데, 아무 근거 없는 낙관은 아니었다. 노인은 여전히 오리를 잡고 싶어 했고, 언젠가 그만두겠다는 얘기는 한마디도 비친 적이 없었으며, 당연히 오리를 잡는 날은 오지 않을 터였다. 이 일은 어쩌면 몇 달이 아니라 몇 년씩 이어질 수도 있었다.

그렇듯 낙관적인 기분에 젖은 채 오전을 보냈다. 할 일이 없다 보니 컴퓨터나 붙잡고 앉아 있는데 문득 그런 생각이 들었다. 뭐라도 써볼까.

병이었다. 작가의 지병. 시간은 남아돌고 할 일은 없고 온 세상이 흘러 흘러 어딘가로 가는데 나 혼자 한 발짝 물러서서 둥둥 흘러가는 것들을 지켜보고 있다는 것을 자각하는 순간 병이 시작되는 것이다. 흘러가는 것들을 문장으로 낚아 올리고 싶은 병. 신통한 게 낚일 리 없다는 걸 빤히 알면서도 시도하게 되는 병. 육체의 질병은 육체가 생명을 다하는 순간 끝이 나지만 이 병은 생명이 끝난 작가에게서도 떨어지지 않는다는 점에서 고약하기 이를 데 없는 불치요, 난치였다.

오리를 쫓는 동안 나는 거의 글을 쓰지 않았다. 몇 줄 끄적이다가 말았을 뿐이었다. 체력이 달린 건 아니었다. 폭염 속에서 하루 종일 걸어 다니는 게 짐작보다 힘들기는 했지만 글 한 줄 못 쓸 고역은 아니었다. 체력보다는 정신력이 달렸다고 할까. 작가 생명이 끝났다는 것이야 이미 알고 있었던 사실. 고양이를 잡아먹은 오리를 쫓고 있다는 괴상망측한 상황이 알게 모르게 나를 지치게 만들었을까.

고양이를 잡아먹은 오리라. 나는 어느새 워드프로그램을 실행시키고 키보드 위에 손을 얹고 있었다. 정말로 써볼까. 돼먹지 않은 이야기라도 써볼까. 무언가 써야 할 것 같고, 쓰고 싶기도 했는데 손은 움직이지 않았다. 이걸 어떻게 해야 하나. 도대체 어떻게 해야 하나. 나는 멍하니 모니터를 바라보기만 했다. 그때 전화벨이 울렸다.

처음 보는 발신번호였다. 광고 전화려니 싶어 받지 않으려는데 줄기차게 울어댔다. 그 집념에 져서 전화를 받았다. 대출을 받으라 하면 당장 끊어야지. 한데 뜻밖의 목소리가 건너왔다.

"나예요. 지금 어디 있어요?"

여자였다. 전화번호를 알려준 적이 없었기에 깜짝 놀랐다.

"내 번호는 어떻게 알았어요?"

"지금 그게 중요한 게 아니에요. 어디예요?"

몹시도 절박한 목소리였다.

"집에 있어요. 무슨 일 생겼어요?"

"불광천으로 나와요. 급해요. 신응교와 와산교 사이예요. 어서 와줘요. 어서요."

"아니 도대체 무슨 일이기에……."

그 순간 전화기 너머에서 고함이 들려왔다.

"여기다! 여기서 그놈이 호순이를 잡아먹었어! 잡아먹었다고!"

노인이었다. 바로 옆에서 소리를 지르는 것처럼, 노인은 그렇게 외치고 있었다. 나는 더 이상 무슨 일인지 묻지 않고 밖으로 뛰쳐나갔다.

39

급한 외중에도 우산은 챙겨 나왔지만 우산이고 뭐고 소용이 없었다. 너무나 그악스럽게 퍼부어대는 빗줄기에다 바람까지 불어서 순식간에 옷을 입은 채 샤워한 꼴이 되었다. 그동안 비가 오기를 갈망했고, 아까만 해도 비가 와서 참 다행이라고 생각했었지만 막상 밖에 나와 비를 맞아보니 끔찍스러웠다. 먹구름이 하늘을 뒤덮고 있어 대낮인데도 어두컴컴했다. 장대비가 시야를 가려 몇 미터 앞도 분간하기 어려웠다. 가물었던 동안 쟁이고 쟁인 수증기가 불광천 상공에서 모조리 비로 쏟아지는 듯했다. 나는 거추장스럽기만 한 우산을 던져버리고 불광천으로 달려갔다.

불광천은 저게 정말 그 보잘것없던 개천이 맞는가 싶게 불어나 있었다. 겨우 정강이까지 오던 수위가 둔덕을 넘보고 있었고, 물살은 급류가 되어 격렬하게 흐르고 있었다. 사람은 하나도 보이지 않았고, 오리들도 모두 어딘가로 숨은 듯했다.

신응교를 지났을 때 저 앞에 사람 그림자 같은 게 보였다. 누군가 외치는 소리도 들려왔다.

"제발 그만 좀 하세요! 그만 좀 하시라고요."

모르는 남자 목소리였다. 모르는 남자여도 그가 굉장히 화가 났다는 건 알 수 있었다. 가까이 가보니 웬 양복 차림의 남자가 우산을 옆에 팽개쳐둔 채 와산교를 향하고 있었다. 와산교 쪽에는 노인이 우산도 없이, 심지어 팽개쳐둔 우산도 없이, 그런 것은 처음부터 필요가 없었다는 듯 온몸으로 비를 맞으며 서 있었다. 그를 지탱해주고 있는 건 지팡이 한 자루뿐이었지만 그것만으로 충분한 듯 그는 비바람에 흔들리는 기색이 없었다. 여자와 꼬마는 노인의 뒤편에 있었다.

노인과 남자 사이, 이쪽과 저쪽의 거리는 불과 오십 센티미터가 될까 말까 했다. 그런데도 남자는 아득한 저 너머를 향해 외치는 것처럼 목소리를 높였다.

"제발 정신 좀 차리세요! 저도 지겹습니다. 지긋지긋해서 못 견디겠다고요. 이게 도대체 뭡니까. 대체 뭐 하는 짓입니까."

남자처럼, 노인도 있는 힘을 다해 고함을 질렀다.

"그놈이 호순이를 잡아먹었다니까! 그냥 죽인 것도 아니고 잡아먹었단 말이다. 내가 보는 앞에서. 바로 이 자리에서."

이 사람들이 왜 이러는 걸까. 이 빗속에서 왜 이토록 처절하게 언성을 높이는 걸까. 감히 물어볼 수가 없었고, 물어볼 필요조차 없다는 생각도 들었다. 뭔가가 조금씩 이해되기 시작했다.

나는 여자와 꼬마에게 다가갔다. 여자는 우산을 쓰고 있었지만 이런 빗속에서는 무용지물이었다. 둘 다 흠뻑 젖은 채 떨고 있었는데 추워서 떠는 것 같지는 않았다. 여자는 가늘게 떨었고, 꼬마는 부들부들 경련에 가깝게 떨었다. 여자는 우는 얼굴이 아니었지만 꼬마는 우는 것처럼 보였다. 두 뺨으로 줄줄 흐르는 게 빗물인지 눈물인지 알 수 없었지만 일그러진 표정과 소리도 지르지 못한 채 맥없이 벌어진 입이 우는 아이의 그것이었다.

여자가 노인 쪽을 가리켰다.

"저 사람들 말려야 해요. 저러다 일 나겠어요."

그렇지 않아도 말릴 참이었다. 싸우는 건 그렇다 치더라도 왜 하필이면 이 빗속에서. 그것도 물이 불어나 위험한 개천가에서. 남자는 괜찮을지 몰라도 노인은 아니었다. 이렇게 비를 맞다가는 폐렴이라도 걸려서 죽을지도 모를 일이었다. 나는 노인에게 다가가 지팡이를 짚지 않은 왼손을 낚아챘다.

"어르신, 집으로 돌아가시죠. 비가 많이 옵니다."

노인은 대답하지 않았다. 나를 돌아보지도 않았다. 다만 내 손을 거칠게 뿌리쳤다. 다시 손을 잡았지만 빗물 때문에 제대로 움켜잡을 수가 없었다. 노인이 다시금 급류처럼 격렬한 동작으로 내 손을 뿌리쳤다. 나는 아예 노인의 두 어깨를 감싸 안았다.

"집으로 가세요. 무슨 일인지 모르지만 가서 얘기하세요. 이러다 큰일 나십니다. 거기, 선생님. 저 아이 아버지 되시죠? 애 데리고 같이 가시죠."

노인은 반응이 없었지만 남자는 반응을 보였다. 남자가 못마땅한 눈으로 나를 노려보았다. 어둠과 빗속에서도, 오히려 어둠과 빗속이 었기 때문에 더더욱 번갯불처럼 번쩍거리는 눈빛이었다. 찌를 듯 날카로운 남자의 눈빛은 언젠가 보았던 노인의 그것과 빼닮았다. 그는 역시나 노인의 아들이었다.

남자가 이번에는 노인의 어깨 너머에 대고 소리를 질렀다.

"이리 와! 어서! 집에 가자."

노인이 고함을 쳤다.

"그래, 꺼져라. 꺼져서 두 번 다시 내 앞에 나타나지 마라."

"안 와요. 오라고 싹싹 빌어도 안 옵니다. 어서 오라니까. 뭐 하고 있어."

꼬마를 보면서 나는 상황에 어울리지 않게도 희극적인 기분에 사로잡혔다. 꼬마가 여느 아이들처럼 겁먹은 모습으로 여자의 품에 안겨 있었던 것이다. 되바라지고 영악하고 교활한 녀석이 여느 아이들처럼 굴다니. 웃기면서도 슬픈, 서글프면서도 우스운, 정말 희극다운 희극을 보는 기분이었다.

꼬마는 악을 썼다.

"안 가! 안 갈 거야."

"야 이 자식아! 빨리 이리 와."

"안 간다고."

남자가 크고 거친 걸음으로 꼬마에게 다가갔다. 여자가 반사적으로 뒷걸음쳤다. 남자는 여자를 째려보면서 꼬마의 한 팔을 확 휘어잡았다. 저러다 팔이라도 부러질라 내심 걱정이 되는 순간에 꼬마가 비명을 질렀다. 아아악, 아아악. 남자는 정말 팔이 부러진 것처럼 고통스러워하는 아이를 질질 끌어댔다. 꼬마는 제힘으로 아버지를 당할 수 없자 아예 바닥에 주저앉았다.

"안 가. 지금 가면 다시는 여기 못 오게 할 거잖아."

"이런 데를 뭐하러 와? 오리 잡으러? 너 미쳤어? 정말 너까지 미친 거야, 응? 이 망할 자식아!"

남자가 우악스럽게 꼬마를 일으켜 세우더니 따귀를 갈겼다. 꼬마는 억 소리를 뱉으며 바닥에 엎어졌다. 나는 노인의 존재를 잊고 남자에게 달려들었다. 당신 지금 뭐 하는 거냐고 고함을 치고 싶었는데 목구멍이 말라붙어서 소리가 나오지 않았다. 빗속에서 목구멍이 말라붙다니 이치에 맞지 않을 수 있겠지만 실제로 그랬다. 나는 아무 말도 못하고 그저 씩씩대면서 남자의 멱살을 쥐고 흔들었다. 남자는 건장한 체격이었지만 나이는 나보다 훨씬 많아 보였다. 그는 갑작스러운 공격에 당황한 듯했다. 어, 어. 바보 같은 감탄사만 뱉고 있는 남자를 보고 있자니 진짜 바보를 상대하는 것 같아 그를 확 밀쳐버렸다. 남자는 맥없이 나동그라졌다.

꼬마는 어느새 여자가 일으켜 세운 다음이었다. 크게 다치지는 않은 모양이었지만 입술이 터져서 피가 흐르고 있었다. 여자가 꼬마를 품에 안고서 남자에게 소리를 질렀다.

"왜 애를 때려! 말로 하지, 왜 때리는 거냐고."

나만 빼고 거기 있는 사람 모두가 악, 악, 소리를 질러댔다. 비통한 외침이었다. 나도 뭔가 외치고 싶은데 도무지 목이 트이지 않았다. 빗소리는 격렬했고, 물살은 사나웠다.

문득 노인에 생각이 미쳤다. 꼬마에 신경 쓰느라 노인을 잠시 잊고 있었다. 불길한 느낌에 고개를 돌려 노인을 찾았다. 노인은 개천을 물끄러미 바라보고 있었다. 손자가 얻어맞고 아들이 나동그라진 모습이 전혀 눈에 들어오지 않았다는 듯, 쩌렁쩌렁한 고함이 당신의 귓가에는 닿지 않았다는 듯, 노인은 오직 불어난 개천만을 응시하고 있었다.

남자가 땅바닥을 쳤다.

"이게 도대체 뭡니까! 아버지 때문에 다 이 모양이잖아요. 늙으려면 곱게 늙을 것이지 노망이 나가지고. 젊어서 어머니 속 썩인 거로 모자라서 자식 속까지 뒤집어놓으려고 작정을 하셨죠. 세상에 있지도 않은 오리를 잡겠다고 사람들을 고용하고, 손자까지 홀리고, 도대체 뭡니까. 뭐냐고요. 대답 좀 해보세요. 아버지. 아버지. 아버지이이이!"

남자는 목 놓아 아버지를 외쳤다. 바위 같고 태산 같던 노인이 그 소리에 흔들렸다. 정말로 흔들린 것이었다. 어깨가 흔들렸고, 머리가 흔들렸고, 눈빛이 흔들렸다. 목소리도 떨렸다.

"나는, 나는, 그저 그놈을…… 우리 호순이를 잡아먹은 놈을, 그놈을 잡으려고……."

"정신 차리세요. 그딴 오리는 없다고요."

"아니야. 있었어. 그놈이 분명히 있었어. 저기 저 자리에……."

노인이 떨리는 손으로 지팡이를 들어 둔덕 쪽을 가리켰다. 급류가 삼켜버려 둔덕은 보이지 않았고 무성하던 풀숲도 물속에 잠겼다. 나는 맨 처음 노인의 이야기를 들으며 상상했던 광경을 다시 떠올렸다.

풀숲에서 가만히 몸을 감추고 엎드린 고양이. 두루미만 한 오리. 핏방울이 뚝뚝 떨어지는 부리. 그 부리 사이에서 죽어가는 고양이. 노인을 향한 오리의 싸늘한 눈빛. 내가 잡아먹었다. 그래서 네가 어찌할 셈이냐? 뭘 어떻게 할 수 있겠느냐…….

노인이 느닷없이 외쳤다. 비명과도 같은 외침이었다.

"있다! 저기 있어! 저놈이야!"

퍼뜩 정신을 차리고 보니 급류 위로 무언가가 떠내려가고 있었다. 그게 오리였을까. 크기가 꼭 오리만 했다. 하지만 빗줄기가 너무 거셌고 물살이 너무도 세차고 급하게 흘러서 제대로 분간할 수가 없었다. 제대로 볼 수 있었다면, 그래 오리가 아니라 오리처럼 보이는 엉뚱한 물체라는 걸 확인했다면, 그랬다면 나는 노인을 막을 수 있었을까. 노인을 붙잡고 저건 오리가 아니라고, 어르신이 잘못 본 거라고 납득시킬 수 있었을까.

노인은 지팡이를 쥔 채 개천으로 몸을 던졌다.

풍덩. 소리는 들리지 않았다. 빗소리 때문이었으리라. 노인의 비명도 들리지 않았다. 노인은 분명코 비명을 지르지 않았으리라. 더 이상 비명을 지를 필요가 없었을 테니.

급류는 순식간에 노인을 삼켜버렸다.

40

나는 달렸다.

달리고 또 달렸다. 두 다리 동물이 낼 수 있는 최대한의 속도로 달렸다. 우사인 볼트만큼 빠르진 않겠지만 그보다 더 절박하고 격렬하게 달린 것만은 사실이었다. 그러나 개천도 달리고 있었다. 제아무리 최대 속도를 내본들 급류를 따라잡기는 어려웠다. 노인은 급류에 휩쓸려가며 떠올랐다가 가라앉았다가를 반복했다. 그러다가 어느 순간 보이지 않았다.

119에 신고를 해야 했지만 그땐 그런 판단을 할 겨를도 정신도 없었다. 나는 죽어라고 달렸고, 여자와 꼬마와 노인의 아들도 숨이 턱에 차도록 달렸다. 일단 달리기 시작하자 아무 생각이 없어졌다. 노인을 구할 수 있을 것인가. 이상하게 들리겠지만 그 순간에는 그게 중요한 문제가 아니었다. 구할 수 있든 없든 나는 달려야 했고, 여자와 꼬마와 노인의 아들도 그렇게 생각하는 게 분명했다. 누군가 소리를 질렀다. 빗소리 때문에 잘 들리지 않았다. 잠시 후에야 그게 내가 외친 소리라는 걸 깨달았다. 조금 전만 해도 말라붙은 것 같던 목구멍이 어느새 비명에 가까운 소리를 꽥꽥 질러대고 있었다.

"홍제천! 홍제천!"

아, 그렇다. 불광천은 마포 망원지구에서 홍제천과 합류한다. 저 물이 그 물이고 그 물이 저 물이고, 저것과 그것이 결국 하나가 되어 어느 게 저것이고 그것인지 분간할 수도 없고 그럴 필요도 없게 되는 그런 지점, 그 지점은 수심이 꽤 깊었다. 더군다나 거기서부터 한강까지는 불과 몇 킬로미터 되지 않았다.

그제야, 그제야 비로소 노인을 구할 수 있을 것인가 하는 문제가 묵직하게 가슴을 짓눌렀다. 노인이 용케 저 사나운 급류를 견딘다 해도 홍제천과 합류하는 지점까지 쓸려가면 끝장이었다. 한강까지 가버린다면 더 말할 것도 없었다.

허파가 빵빵하게 부풀어 올랐다. 금방이라도 뻥 터져버릴 것 같았다. 허리에 힘이 풀리고 다리도 무거웠다. 죽기 살기로 달려도 노인을 구하기에는 이미 늦었으리란 생각도 나를 지치게 했다.

그래도 달려야 했다. 우리는 달려야만 했고, 허리고 다리고 가슴이고가 어떻든 간에 달리고 또 달렸다. 우리는 멈추지 않았다.

노인을 홍제천과 합류하는 지점까지 쓸려가도록 내버려두어서는 안 되었기에. 이 물과 저 물이 몸을 합쳐 서로 경계를 허물어뜨린 뒤 다시 노인을 끌고 한강으로 우당탕탕 흘러가도록 놔둘 수는 없었기에. 그가 그렇게 허망하게 죽어서는 안 되었기에. 결코.

문득 날카로운 외침이 들렸다.

"저기!"

누구의 외침인지는 알 길 없었다. 어쩌면 나였을지 모르지만 나이건 다른 사람이건 중요하지 않았다. 저 앞 징검다리 사이에 뭔가가 걸려 있는 걸 발견했기 때문이었다.

지팡이.

그리고 지팡이를 꽉 붙잡고 있는 두 손.

노인은 그 난폭한 급류 속에서도 지팡이를 놓치지 않았다. 그리하여 징검다리 사이에 지팡이를 걸치는 데 성공한 것이었다. 아니, 지팡이가 우연히 징검다리에 턱 걸려주었다고 하는 편이 정황상 정확할 터였다.

아무튼 돌과 돌 사이에 지팡이는 절묘하게 걸쳐졌고, 노인은 그 덕에 더 이상 쓸려 내려가지 않았고, 황급히 달려간 나와 노인의 아들이 격류와 사투를 벌인 끝에 노인을 건져냈고, 그때 노인은 숨이 넘어가기 직전이었고, 응급처치를 배운 적이 있다는 여자가 인공호흡을 했고, 물을 웩 토하면서 노인이 정신을 차렸고, 꼬마가 부른 구급차가 도착했고, 이 날씨에 개천에 나간 우리는 구급대원에게 정신병자 취급을 당했고, 어쨌든 더 늦기 전에 병원에 도착했고, 그리고.

노인은 살아남았다.

41

노인의 상태는 위중하지는 않았지만 그래도 당분간 입원 치료가 필요했다. 물을 많이 먹은 데다 워낙 고령이었다. 의사는 허파로 들어간 물 때문에 폐렴에 걸릴지도 모른다고 했다. 노인의 아들은 난감한 것인지 심각한 것인지, 이를테면 울고 싶다와 화가 난다의 중간쯤 되는 표정으로 의사의 말을 들었다.

노인은 구급차를 타기 전에 이미 의식을 되찾았지만 내내 입을 다물고 있었다. 의사가 묻는 말에 짧게 몇 마디 대답했을 뿐이었다.

여자가 내 전화번호를 알아낼 수 있었던 건 노인의 전화기에 내 번호가 저장돼 있었기 때문이었다. 우리는 면접 전에 딱 한 차례 통화했을 뿐이지만 노인은 꼼꼼하게 번호를 관리했던 모양이었다. 하긴 고용주와 피고용인의 관계니까 전화번호 정도는 관리해야 했겠지. 내 번호만 아니라 여자의 번호도 저장되어 있었다고 했다. 우리의 번호는 '남자', '여자'라는 이름으로 저장되어 있었다고, 꼬마가 들려주었다.

노인이 불광천에 나간 것은 갑자기 들이닥친 아들 때문이었다. 아들은 꼬마가 왜 학원을 빠지는지, 매일 어디를 그렇게 돌아다니는지 물어봐도 자꾸 거짓말이나 늘어놓는 게 걱정되고 의심스러워서 아버지를 찾아갔다. 꼬마의 방에서 발견된 돈다발이 결정적인 계기였다. 꼬마가 우리와 한 약속을 어긴 것은 아니었다. 꼬마는 일에 대해 아무것도 발설하지 않았지만 아들은 그 녀석에게 돈을 줄 사람은 자기 아버지밖에 없다고 여겼다. 그는 의심과 불안과 분노로 아버지를 찾아갔던 걸까. 아니 어쩌면, 아버지가 손자에게 용돈을 듬뿍 주었다고, 그러니까 적어도 손자에게만은 마음을 열기로 한 것인지 모른다고, 나름대로 기쁨과 희망을 가지고 찾아갔을 수도 있었다.

그러나 노인은 그런 아들의 기쁨과 희망에 조금도 보답할 생각이 없었다. 아들이 손자에게 용돈을 주었느냐고 캐묻자 노인은 처음에는 모른 척 뻗대기만 하다가 결국 성질을 이기지 못하고 오리를 찾고 있다고 소리를 질러버렸다. 그 자리에는 꼬마도 있었다. 할아버지와 아빠의 재회가 아무래도 불안해서 기어이 따라나섰다가 그 상황을 전부 목격했다.

"죽고 싶어서 환장을 한 겁니까?"

아들이 도끼눈을 뜨고 쏘아붙여도 노인은 묵묵부답이었다. 아들을 쳐다보기도 싫다는 듯 눈을 꼭 감아버렸다. 우리는 아들이 노인을 자극할까 염려스러웠다. 침상 옆에 꼭 붙어서 임전에 대비하고 있는 우리 때문이었는지, 거의 죽다 살아난 아버지에게 차마 화를 낼 수가 없어서인지 아들은 응급실 밖으로 나가버렸다.

우리는 별로 하고 싶은 말도 없었고 해야 할 말도 없었기에 조용히 기다렸다. 침묵이 어색하지는 않았다. 오히려 자연스러웠다. 더할 나위 없이 훌륭한 소통의 형태였다.

그 얼마 후에야 우리는 깨달았다. 우리가 우리라는 것을. 고양이를 잡아먹은 오리를 쫓는 사람과 그에게 고용된 사람들, 그러니까 너와 나가 결합하여 우리가 되었다는 것을. 누가 먼저 깨달았는지 굳이 따질 필요는 없었다. 우리는 눈빛만으로 서로의 깨달음을 깨달았다. 깨달음에 깨달음이 더해지자 침묵이 깨졌다.

"저기……."

언제나 그랬듯이 여자가 먼저 입을 열었다. 노인을 향해서.

"무사하셔서 다행이에요."

뒤이어 나도 말했다.

"큰일 날 뻔하셨습니다."

눈을 꼭 감고 있던 노인이 그제야 눈을 뜨고서 우리를 보았다. 지치고 피로한 나머지 잠시 허공을 방황하기는 했지만 곧 노인의 눈길이 여자의 눈에 가 닿았다. 그녀의 눈두덩에 짧게 머물렀던 눈길이 내게로 건너왔다. 노인이 눈에 띌 듯 말 듯 고갯짓을 했다.

꼬마가 말했다. 우리 모두를 향해서.

"다들 고마워요."

간략했지만 우리는 말뜻을 제대로 알아들었다. 나와 여자에게는 할아버지를 구해줘서 고맙다는 말이었고, 할아버지에게는 살아줘서 고맙다는 말이었다.

여자와 나는 고개를 흔들었다. 꼬마는 훌쩍훌쩍 울기 시작했다. 여자가 아이를 꼭 안았고, 나는 녀석의 어깨를 토닥였다. 노인은 그런 우리를 물끄러미 바라보았다.

이윽고 꼬마가 울음을 그쳤다. 헤어져야 할 시간이었다. 우리는 이별을 직감했고, 순순히 받아들였다. 잠시에 불과한 이별이기 때문이었다. 그리고 우리는 또 다른 무엇인가를 직감했다. 침묵 속에서, 언어로 오염되지 않은 순수한 예감이 우리를 사로잡았다.

아직 끝나지 않았다.

노인이 나지막하게 말했다.

"내, 다시 연락하지."

우리는 고개를 끄덕인 뒤 밖으로 나왔다.

42

노인이 입원한 뒤로 날씨가 오락가락했다. 하루는 폭염이 땅을 달구었고, 하루는 폭우가 땅을 식혔다.

나는 그동안 돼먹잖은 글을 쓰겠답시고 끙끙 앓았다. 고양이를 잡아먹은 오리를 쫓는 사람들에 대한 이야기였다. 글은 잘 풀리지 않았다. 소재가 황당한 건 두 번째 애로 사항이었고, 주제를 잡기가 어렵다는 점은 세 번째 애로 사항이었다. 첫째가는 문제는 원래부터 내가 글을 잘 못 쓴다는 점이었다. 글을 잘 못 쓰는 놈이 황당무계한 소재로 글을 시작하긴 했는데 대체 뭘 얘기하고 싶어 하는 건지 스스로도 종잡을 수 없다면, 이건 뭐 글의 종말이 어떻게 될지 뻔할 '뻔' 자였다. 뻔한 운명의 글을 나는 끝내 놓지 못했다. 어쩐지 놓을 수가 없었다. 반드시 써내야 한다는 강박이 나를 몰아붙이고 있었다.

왜 그런 강박적 사고에 시달렸느냐고 물으면 할 말이 없다. 나도 그 원인을 발본색원하여 갈기갈기 찢어버리고 싶은 심경이었지만 정신분석은 내 전공이 아니었다. 내 전공, 내가 할 수 있는 일은 실패의 증거가 될 것이 뻔한 글을 끼적거리는 것뿐이었고, 따라서 나는 글을 쓰는 것 말고는 그 강박적 사고에 대처할 방도가 없었다.

불광천에는 나가지 않았다. 당연히 오리 사진도 찍지 않았다. 찍고 싶다 한들 찍을 수도 없었다. 카메라와 필름은 모두 노인의 집에 있었다.

노인으로부터는 연락이 없었다. 여자와 꼬마도 무소식이었다. 고용주와 동료들이 뭐 하고 있는지 모르지만 딱히 걱정이 되지도 않았다. 노인은 조만간 쾌차할 것이고, 그가 부르기만 하면 나와 동료들은 다시 집합할 것이다. 그리고 우리는 다시 모험을 시작하리라.

그렇다. 그때 이미 나는 우리가 하는 일, 수많은 오리들 중에서 고양이를 잡아먹은 놈 하나를 콕 집어내는 일을 모험으로 생각하고 있었다. 수많은 가짜 속에서 진짜를 찾아내는 일은 도전이고 투쟁일 수밖에 없다. 수많은 진짜 속에서 가짜를 찾아내는 일 또한 도전이고 투쟁일 수밖에 없다. 도전이고 투쟁일 수밖에 없는 것은 또한 모험일 수밖에 없다.

노인이 입원하고 정확히 일주일 뒤.

마침내 연락이 왔다.

43

"집으로 와주게나."

정확히 오전 일곱시 사십오분이었다. 노인의 목소리는 예전보다 기력이 쇠한 듯했지만 말투는 예전과 같았다. 용건만 간단히, 그러고서 전화를 끊은 것도 노인다웠다.

해가 쨍쨍한 날이었다. 나는 부랴부랴 씻고 옷을 갈아입은 다음 노인의 집으로 갔다. 정확히 여덟시 사분에 도착했고, 정확히 네 명이 나를 기다리고 있었다. 노인과 여자와 꼬마, 그리고 노인의 아들.

네 사람은 탁자를 사이에 두고 소파에 마주 앉아 있었다. 농담으로라도 정겨운 광경이랄 수는 없었다. 노인이 왼편 소파 한가운데에 앉고, 여자와 꼬마가 그 좌우에 앉았다. 아들은 세 사람 맞은편에 앉아 홀로 우거지상을 하고 있었다. 삼 대 일의 대치. 비약하면, 소수에 대한 다수의 폭력이라는 생각이 문득 들었다. 나는 그 폭력에 기꺼이 가세했다.

한편을 먹기로 한 세 사람이 조금씩 옆으로 물러앉으며 내게 자리를 내주었다. 나는 여자 옆에 앉았다. 사 대 일의 대치가 되자 아들은 이 상황이 난감하다 못해 혐오스러운 모양이었다. 그 표정이 꼭, 알에서 막 기어 나온 새끼 바퀴벌레가 엄마 바퀴벌레 옆으로 모여드는 광경을 목도한 듯했다.

노인이 아들을 지그시 노려보며 말했다.

"다 왔군. 그럼 이제 이야기를 시작해보자."

아들은 야멸치게 대꾸했다.

"전 할 얘기 없습니다."

"네가 할 얘기가 없다면 나야 반갑지. 시간 낭비하지 않아도 되니. 당장 가."

"무슨 말씀이세요! 저더러 그냥 가라니요. 그럴 수는 없습니다."

할 얘기도 없으면서 갈 수도 없다니. 나는 진심으로 그의 신세가 딱했다. 여자가 같은 마음인지 쯧쯧 혀를 찼고, 꼬마는 쯧쯧 소리에 맞춰 고개를 도리도리 흔들었다.

노인은 소파에 등을 기대고 구부정히 앉아 있었지만 눈빛은 날카로웠다. 화가 난 것 같지는 않았다. 그의 두 눈은 분노 아닌 다른 무언가로 단련돼 빛을 발하고 있었다.

"네가 뭐래든 난 이 일을 계속한다."

"고양이를 잡아먹은 오리를 잡겠다고요? 그 미친 짓거리를 또 하시겠다는 말입니까?"

"한다. 이 사람들도."

노인은 말을 끊고 우리를 둘러보았다. 우리는 그와 눈을 마주치며 고개를 끄덕끄덕했다.

"이 사람들도 한다. 네가 아무리 말려도 소용없다."

"경찰에 신고하겠습니다."

"뭐라고 신고할 테냐?"

"이 사람들이 아버지에게 사기를 치고 있다고요. 세상에 있지도 않은 오리가 있다고 노인을 속여서 돈을 갈취하고 있다고요."

"신고하고 싶으면 해라. 그럼 난 경찰서에 가서 모든 건 내 의지고, 내가 시킨 일이고, 이 사람들은 내가 시키는 대로 했을 뿐이라고 말하지. 사실 그대로니 켕길 것 없다."

"아버지."

"말해."

아들이 노인을 향해 있는 힘껏 눈을 부라렸다. 그는 그대로 안간힘을 쓰고 있었다. 파르르 떠는 주먹, 딱딱하게 굳은 어깨, 험상궂게 일그러진 얼굴……이 그의 내면을 증명했다.

반면 노인은 평온했다. 쏘는 듯 강렬한 눈빛이 창끝처럼 예리했지만 안간힘과는 다른 차원에서 오는 눈빛이었다. 아들은 아버지를 노려보고 노려보다가 결국 두 손바닥으로 자신의 얼굴을 덮어버렸다. 시선을 피할 수도 없고, 고개를 떨굴 수도 없는 사람이 하는 짓이었다. 그가 두 손으로 덮어버리고 싶은 것은 자기 얼굴이기보다 그를 상대하고 있는 아버지와 이 상황 자체일지도 몰랐다. 둘 다 손으로 덮을 수 있는 게 아니었으므로 그는 분노를 표출하거나 좌절감을 드러내고 있다기보다 단지 무력한 사람으로밖에 보이지 않았다.

"아버지는 금치산자예요."

"네가 그렇게 생각한다면 할 수 없지. 법원에 날 금치산자로 지정해달라고 청구해라. 물론 나도 가만있지는 않을 게다. 변호사를 고용해야겠지. 네 덕분에 재산을 말아먹기는 했지만 그 정도 돈은 있다. 유능한 변호사도 여럿 알고 있고. 법정에서 보자꾸나."

"그나마 남은 돈을 미친 짓거리에 탕진하고 싶으신 겁니까?"

"너한테 탕진하는 건 괜찮고?"

아들이 움찔했다. 노인은 말없이 그를 바라보다가 덧붙였다.

"네가 왜 이러는지 안다. 돈 때문이지. 넌 날 걱정하는 게 아니고 내 돈을 걱정하지. 회사가 어떻게 돌아가는지 안 봐도 뻔하다."

노인의 일침에 아들이 얼굴을 덮고 있던 손을 치웠다. 그러나 그의 시선은 노인이 아니라 우리를 향했다.

"당신들은 양심도 없습니까? 정신 나간 노인네한테서 돈을 뜯어내면서 켕기지도 않아요?"

탕! 노인이 탁자를 내려쳤다. 그가 오늘 처음으로 보여준 격렬한 몸짓이었다.

"이 사람들은 내가 시키는 대로 할 뿐이다. 그리고 네가 비난하는 사람들 중에는 네 아들도 있다."

"예, 압니다. 그래서 저도 미치고 팔짝 뛸 지경입니다."

"미치든 팔짝 뛰든 네 마음대로 해라. 우리도 우리 좋을 대로 할 테니. 서로 상관하지 말자꾸나."

아들이 벌떡 일어섰다.

"좋습니다. 마음대로들 하세요. 하지만 저 녀석은 데려가겠습니다. 아버지 말씀대로 저 녀석은 제 아들이니까요."

꼬마는 몸을 웅크리며 제 아버지를 외면했다. 아직 어리지만 충분히 완강한 몸짓이었다.

"네 자식이라고 네 마음대로 해도 되는 것은 아니다."

"아버지가 그런 말씀을 하십니까? 다른 사람도 아닌 아버지가?"

두 의문의 문장은 두 개의 비수와 같았다. 노인이 두 눈을 감았다. 두 손으로 얼굴을 덮지 않았다는 점에서 아들보다는 의연했지만 타격을 입은 건 매한가지였다. 아들은 반격에 성공하자 담대히 한 번 웃고는 꼬마에게 손을 뻗쳤다.

그렇다면. 내가 일어섰다. 여자도 동시에 일어섰다. 부모 자식 간의 일에 타인이 간섭해서는 안 되겠지만 적어도 폭력은 용납하지 않을 작정이었다. 아들은 우리의 기세에 주춤했다. 그의 손이 꼬마의 멱살 바로 앞에서 멈추었다. 그 손이 어떻게 움직이는가에 따라서 나는 그에게 달려들 수도 있었다. 여자의 눈도 그런 각오로 빛났다. 아들은 우리 눈치를 보고, 우리는 그를 쏘아보고, 노인은 침통한 얼굴로 말이 없고, 꼬마는 숨이 끊어진 것처럼 꼼짝도 하지 않았다. 시간이 흘렀다. 채 일 분도 되지 않을 시간이 흘렀을 뿐이지만 그 시간의 경과는 우리 모두를 짓누르기에 충분한 무게를 지니고 있었다. 다들 동작을 멈춘 상태에서 노인이 홀연 이를 악물며 자리를 떨치고 일어섰고, 그 결연한 몸짓에 호응하는 것처럼 꼬마가 튀어 올랐다.

튀어 올랐다는 표현이 과장되게 들릴지도 모르겠다. 그러나 그때 내게는 꼬마가 정말 꽉 눌러두었던 스프링마냥 튀어 오른 것처럼 보였다. 한없이 작아지고 싶은 몸짓으로 웅크리고 있던 녀석이 갑자기 일어섰기 때문이었다. 극적인 몸짓이었고, 극적인 만큼 효과적이었다. 팽팽한 거실의 공기가 녀석의 돌출 행동을 틈타 느슨해졌다. 우리는 모두 녀석을 주목했다.

"알았어요. 갈게요. 간다고요."

꼬마는 제 아버지에게 그렇게 툭 내뱉고는 우리를 향해 어깨를 으쓱해 보였다. 뭐 어쩔 수 없잖아요. 그런 의미를 내포한 몸짓이었다. 미국인처럼 자연스러워 그 와중에도 이놈 미국 드라마 좀 봤구나, 하는 너무나도 무의미해서 되레 웃음이 날 듯한 생각이 들었다.

꼬마는 우리를 위해 희생한 걸까. 가지 않겠다고 버티면 우리가 제 편을 들어줄 테고, 그러면 제 아버지와 마찰을 빚고 말 테고, 최악의 경우 경찰이 출동하는 험악한 사태가 벌어질 수도 있다고 판단해 제 의지를 스스로 꺾어버렸을까. 꼬마와 그 아버지가 사이좋은 부자가 아니라는 건 분명했다. 꼬마가 걱정하는 대상은 제 아버지가 아니라 우리인 것도 분명했다.

기실은 어쩔 수 없다는 체념에 지나지 않았을지도 모르겠다. 어깨를 으쓱해 보인 것만 봐도 그랬다. 아무렴 어때. 나는 할 말이 없었고, 여자와 노인도 마찬가지였다. 남도 아닌 아버지가 아들을 데려가겠다고 하는 상황인데 어쩌려고. 그 아들이 아직 초등학생인데. 폭력을 용납하지 않는 것 말고 우리가 도대체 뭘 할 수 있는데?

뭘 어떻게 할 수 있는 게 없어서 나는 어깨를 으쓱했다. 뒤이어 여자가 으쓱했고, 놀랍게도 노인도 그렇게 했다. 세 쌍의 어깨가 으쓱으쓱 올라갔다 내려온 다음 순간 느닷없는 웃음소리가 침묵으로 굳어 있던 공기를 흔들어놓았다. 아하하. 꼬마가 웃은 것이었다.

그 웃음으로 충분했다. 인사말 같은 건 필요 없었다. 꼬마는 우리를 스쳐 현관으로 향했고, 우리는 눈으로만 꼬마를 배웅했다. 아들은 언짢은 듯 우리를 째려보았지만 우리는 신경 쓰지 않았다. 정작 그는 우리보다 자기 아들을 째려보고 싶었는지도 모르겠다. 눈동자가 확 뚫어지도록 째려봐주고 싶었는데 왠지 그럴 수가 없어서 대신 우리에게 화풀이한 건지도 모를 일이었다. 어쩜 그는 상황을 주도하고 해결한 것이 자기가 아니라 아직 어린 아들놈이라는 사실에 화가 치민 게 아니었을까. 그도 아니면 그저 좀 '삐친' 것일지도.

뭐, 확실한 근거가 있는 추정은 아니었다. 그저 내 느낌이 그랬다는 것뿐. 그러나 소설가의 감은 의외로 맵고, 사람의 심중을 들여다볼 때는 다마스커스 검(劍)만큼 예리한 측면이 있는 법이다. 내 비록 삼류 작가요, 그나마 작가 생명이란 것도 끝장이 났다지만 예전 가락이 조금은 남아 있었으니까.

그렇기에 나는 꼬마가 뒤도 안 돌아보고 현관을 나서는 모습을 지켜보면서도 슬프지는 않았다. 녀석은 정말 나이답지 않게 영악하고 교활하고 되바라진, 부모 속을 숯으로 만드는 데 특출한 재능을 발휘할 그런 꼬맹이였다. 그런 녀석과 헤어질 때 느껴야 하는 감정은 슬픔이 아니라 기대감이었다. 녀석의 앞날에 대한 기대감, 그리고 언젠가 녀석이 돌아오고야 말 것이라는 기대감이었다.

이윽고 문이 닫히고 우리 세 사람만 남았다.

44

"자, 나가서 일을 하지."

나는 노인의 상태가 궁금했다. 퇴원을 했으니 염려할 정도의 상황은 지나갔겠지만 소상히 알아서 나쁠 건 없다는 생각이었다. 죽다 살아난 게 불과 일주일 전 아닌가. 그러나 노인은 용태를 묻는 말은 고사하고 관찰의 시선도 단호히 거부했다.

"똑똑히 봤어. 우리 호순이를 잡아먹은 놈. 아들놈은 날더러 미쳐서 그랬다지만, 천만에, 내 두 눈으로 분명코 그놈을 봤다고. 그래 물에 뛰어든 게야. 급류 때문에 놈을 놓쳤지만 그놈의 낯짝이 확실해. 잠깐이나마 가까이서 봤으니 그놈인 줄 알아볼 수 있었지. 놈은 내게서 멀어지면서도 날 비웃었어. 비웃음이 분명해. 내가 놈을 어찌하지 못하리라는 걸 알고서 비웃는 그런 비웃음이었어. 놈은 내가 호순이를 잃고 얼마나 비통해했는지 다 알면서도 날 비웃은 거야. 고의로. 의도적으로."

노인이 두 주먹을 부르르 떨었다. 거기에 난들 무슨 소리를 더 보탤 수 있겠는가. 여자도 할 말이 없었는지 묵묵히 카메라와 필름을 챙겼다. 노인이 겉보기에는 그나마 멀쩡해 보이는 게 다행이라면 다행이었다. 창문을 열어 환기를 시키고 있는 것도 고무적이었다. 우리는 그 정도로 만족하기로 하고 불광천으로 나갔다.

폭우가 오락가락한 덕분에 더위가 약간 꺾였지만 그야말로 약간일 뿐이었다. 여자가 양산과 우산을 챙겨 온 덕에 태양의 폭력으로부터 우리의 가여운 피부를 방어할 수 있었다. 우리는 다시 예전처럼 일 미터 간격을 두고 나란히 걸어가며 오리 사진을 찍었다. 오리들은 일주일 만에 돌아온 우리에게 아무 관심도 보이지 않았다. 꼬마는 어디 갔느냐고 갸우뚱하는 오리도 당연히 없었다. 나는 무심한 오리들이 상당히 괘씸했다. 망할 것들. 이만하면 너희도 슬슬 우리에게 정이 붙을 때가 되었을 텐데? 그렇게 따져 묻고 싶은 심정이었다.

여자가 내 심정을 대변해주었다.

"저 오리들은 한결같네요."

"그러게요."

"나 이제 저놈들에게 조금 정이 든 것 같아요."

"나도요."

꾸준히 오리 사진을 찍어왔지만 오리 얼굴을 알아보는 신통방통한 재주는 터득하지 못했다. 그래도 그동안의 시간이 영 헛된 것만은 아니어서 나는 놈들의 생태라고 할까 행동 양식이라고 할까, 아무튼 그런 것을 조금 알게 되었다.

놈들은 먹이를 구하는 활동에 적극적이지 않았다. 대부분의 오리는 그냥 물 위에 둥둥 떠 있거나 바위 위에서 날갯죽지에 부리를 묻고 잠을 잘 뿐이었다. 물속에서 자맥질을 하는 놈들도 있었지만 그다지 열심인 것 같지는 않았다. 먹이를 구하려는 건지 다만 심심해서 노니는 것인지 알 수 없었다.

아무래도 놈들은 사람에게 길들여진 것 같았다. 징검다리 앞뒤로 몰려 있는 오리들이 그 증거였다. 놈들은 징검다리에서 멀리 있다가도 사람이 다리를 건너면 부랴부랴 헤엄쳐왔다. 꽥꽥 소리를 지르는 놈들도 있었다. 이봐, 거기 가는 양반. 먹을 거 하나 던져주지그래, 꽥꽥.

놈들이 귀여웠는지 아니면 위협적이었는지 사람들은 종종 과자를 던져주곤 했다. 어떻게 보면 훈훈하고 어떻게 보면 위태로운 광경이었다. 인간과 자연의 교감이라는 점에서 훈훈함으로 포장할 수는 있겠지만 과자 따위를 던져주는 행위를 교감 어쩌고 하기에는 뭔가 개운치 않았다. 위태로워 보인 건 사람과 오리의 거리가 너무 가까웠기 때문이었다. 징검다리에 서서 과자를 던져주는 사람들과 그걸 받아먹는 오리들 사이의 거리가 채 몇십 센티미터도 되지 않았으니까. 사람이 과자를 던져주기도 전에 손에 든 과자를 채가는 오리도 있었다.

거꾸로 사람이 손만 뻗으면 오리의 모가지를 확 비틀어버릴 수도 있는 거리였다. 만약 식당에서 파는 오리고기에 만족하지 못하고 야생 오리를 먹고 싶어 하는 사람이라면 여기 불광천을 사냥터로 삼아도 될 듯했다.

근데 저놈들이 정말 야생 오리일까.

불현듯 그런 의문이 들었다. 야생 오리라면 다른 건 다 제쳐두고라도 먹을 건 제 스스로 마련해야 하지 않은가. 놈들이라고 전적으로 과자에 의존하는 건 아닐 테지만, 내가 보지 못하는 곳에서 부지런히 먹이를 찾고 있을 수도 있겠지만, 어쩐지 석연치가 않았다. 놈들은 정말 야생 오리일까.

불광천이 너무 좁은 게 문제인지도 몰랐다. 폭이 불과 몇 미터밖에 되지 않는 개천이라 사람들이 바글거리고 오리들도 바글거리고, 바글거리는 것들끼리 한데 섞여 더욱 심하게 바글거리고, 인간과 조류가 함께 바글바글하다 보니 어쩔 수 없이 서로에게 영향을 주게 되고, 물론 대부분의 경우 사람이 영향을 끼치는 쪽이고 오리가 받는 쪽이지만 간혹 예외도 생길 수 있는 것이고……. 그러니까.

노인도 예외적인 존재, 그러나 이 불광천에서는 그다지 특이하다고도 할 것까지는 없는, 불광천이라는 한정된 공간 안에서 결국 언젠가는 생겨날 수밖에 없는 그런 존재가 아닐까.

나는 그따위 잡다한 생각을 하느라 오전 시간을 다 보내버리고 말았다.

45

"어떻게 하면 좋을까요?"

내가 잡생각에 푹 빠진 건 당면한 문제를 회피하고 싶었기 때문인지도 몰랐다. 그 사실을 나는 점심시간에 편의점 앞에서 여자로부터 그 같은 질문을 받고서야 깨달았다.

나는 아무 말도 하지 못하고 물끄러미 여자를 바라보았다. 여자는 늘 마시던 맥주 대신 포도맛 탄산음료 캔을 사서 따지는 않은 채 손으로 만지작거리고만 있었다. 심란해 보였고, 직장 동료가 심란해하니까 덩달아 나도 심란했다.

"다 그만둘까요?"

나는 반사적으로 고개를 흔들었고, 뒤이어 그게 거부의 몸짓이라는 걸 깨달았다. 여자도 놀랐지만 사실은 그녀보다 내가 더 놀랐다. 나는 놀란 상태 그대로 지껄였다.

"우리가 일을 그만두면 그 어르신이 어떻게 되겠어요?"

그러자 양심이 콕콕 쑤셨다.

"솔직히 돈도 필요하고……."

여자는 고개를 끄덕끄덕했다.

"그건 그렇죠. 우리 둘 다 알거지 신세니까. 취직이라도 되면 또 모르겠는데 기약은 없고, 당장 돈은 필요하고. 아주 죽겠네요."

여자가 한숨을 푹 내쉬더니 내게 눈길을 던졌다.

"그쪽은 좋겠네요. 프리랜서라서."

"프리랜서란 자유로운 거다, 몰라요?"

"그래도 언제든 일은 할 수 있잖아요. 나 같은 사람은 일자리를 얻기 전에는 아무것도 할 수가 없다고요."

"내 작가 생명은 끝났다니까요."

"그건 그쪽 생각이고, 실제로 어떻게 될지는 모르는 거잖아요. 아직 젊은 사람이 왜 그렇게 부정적이에요? 글을 써봐요."

"고양이를 잡아먹은 오리를 쫓는 사람들의 이야기?"

이미 그런 글을 쓰고 있다는 사실은 감추고 짐짓 농담하듯 말했다. 여자는 진지하게 되받았다.

"혹시 또 알아요? 원고를 받아주는 출판사가 있을지. 베스트셀러가 될지도 모르고."

"저기요. 우리 둘 다 헛된 망상으로 인생을 망친 사람들 아니었던가요?"

톡 쏘아붙이니까 그제야 여자도 실실 '쪼갰다'. 감추었던 속을 톡 까놓고 드러내 보이는 그런 웃음.

"그렇겠죠. 망상이겠죠. 근데 우리는 그렇다 치고 할아버지는 어떡해요? 그냥 내버려둘 수도 없잖아요."

그게 문제였다. 애당초 내가 노인의 호출에 즉각 응한 것은 돈이 필요해서였지만 그를 내버려둘 수 없기 때문이기도 했다. 병원에서 깨달은 것처럼 우리는 이미 우리였다. 우리가 너와 나로 분열하는 것은 쉽고 간단한 일이지만 너와 나가 우리로 결합하는 건 쉽지도 간단하지도 않았다. 쉽지도 간단하지도 않은 일이 이미 이루어졌는데 그걸 원래대로 되돌린다는 것은 설령 그게 쉽고 간단하다 하더라도 실행하기에는 저어되는 일이었다.

"우리가."

나는 일부러 그렇게 운을 뗐다. 여자가 내 눈을 똑바로 보았다. 부정의 기미가 전혀 없었기에 나는 편하게 말을 이었다.

"우리가 그 어르신을 도와줘야 해요. 왜냐하면…… 우리는 돈을 받았으니까요. 그동안 받은 일당만 해도 상당한 액수잖아요. 새삼스러운 얘기지만 매일 돈을 받으면서 마음이 편하지는 않았잖아요. 그렇다고 우리가 일당을 받아 마땅한 노동을 했다고 할 수도 없고."

장황해지려는 말을 여자가 요약했다.

"신세를 졌다, 이거군요."

"예, 그거예요. 그 어르신 아니었으면 나는 진즉에 살던 집에서 쫓겨났을 거예요."

"나도 그래요. 굳이 말하자면 부채 의식 같은 거겠죠. 그런 의식은 나도 있어요. 그래서 오늘도 나온 거예요. ……그렇다고 돈 욕심이 없었다는 건 아니고요."

"그리고 그 어르신은……."

여자는 고개를 갸우뚱하며 내 말을 기다렸다. 이어질 말을 고대한다는 표정이었다. 내 말을 아주 소중하게 귀에 담아주겠다니 고마웠지만 나는 얼른 말을 이을 수가 없었다.

원래 내가 하려던 말은 노인이 불쌍하다는 것이었다. 그가 젊은 시절에 어떻게 살았고, 어쩌다 부자 관계를 망쳤는지는 알 수 없었다. 실은 그는 나쁜 아버지, 그냥 나쁜 것도 아니고 천벌을 받아 마땅한 아버지인지도 몰랐다. 그러나 천벌을 내리는 건 하늘의 일이고 하늘에 빌어야 할 사람도 피해를 입었을지도 모르는 피해 당사자로서 그 아들이 할 일이었다. 우리에게 그는 매일 오만 원이라는 거금을 하사한 고마운 어르신이었고, 그에게 우리는 매일 등짝을 쳐가며 거금 오만 원을 뜯어가는 고약한 것들이었다. 노인이 어떻게 생각하든 그게 사실이었다. 더구나 그가 그런 매일을 보낸 것은 고양이를 잡아먹은 오리를 잡기 위해서가 아니었던가. 내가, 아니 우리가 그에게 죄책감과 함께 연민을 품었다고 그게 이상한 일일까.

그러나 나는 전에 노인에게 무척 화가 났을 때처럼 내 연민을 무작정 정당화할 수는 없었다. 노인은 정말 불쌍한 사람일까. 설령 그가 불쌍한 사람이라고 해도 내가, 혹은 우리가 그를 동정할 자격이 있는 걸까. 나는 시시하다면 시시하고, 중요하다면 중요하다고도 할 수 있는 문제에 봉착했다.

또 하나, 그의 눈빛. 언제나 사람을 아프게 찔러오던, 하지만 언제부터인가 그 끝이 조금 무뎌졌던 그 눈빛. 더하여 그가 오늘 우리에게 들려준 말.

"놈은 내가 호순이를 잃고 얼마나 비통해했는지 다 알면서도 날 비웃은 거야. 고의로. 의도적으로."

오리가 사람을 비웃을 수는 없다는 상식은 이 경우에 아무런 의미도 없다. 노인의 머릿속에서 그것은 상식 이상의 진실이다. 내 머릿속에서도 그가 비웃음을 당하는 광경이 마치 사실인 것처럼 재구성되었다.

급류에 몸을 맡겼을 뿐 결코 물속으로 곤두박질치지는 않는 오리. 여유 있게 둥둥 떠가는 오리를 향해 한사코 손을 내뻗는 노인. 노인은 물에 잠겼다 떠올랐다를 반복하고, 그때마다 오리는 조금씩 멀어져간다. 오리의 눈빛만은 멀어져가면서도 결코 멀어지지 않는다. 그것은 이미 노인의 두 눈에, 그리고 가슴에 박혀 있다. 노인을 전율케 하면서 이렇게 말한다.

네가 나를 찾았구나. 기어이 찾았구나. 근데 그게 뭐 어쨌다는 것이냐. 네가 도대체 뭘 어떻게 할 수 있다는 것이냐…….

노인은 오리에게 희롱당한 사람이었다. 희롱당해서 분노한 사람이었다. 분노해서 어떻게든 오리를 잡으려고 하는 사람이었다. 자기 스스로 할 수 없다면 남에게 시켜서라도 하고야 말 사람이었다. 실제로 그렇게 하고 있는 사람이었다. 그를 불쌍하다고 여겨도 될까. 오리에게 고양이를 잃고 희롱까지 당했으니 불쌍하다고 할 수는 있겠다. 그러나 내가, 혹은 우리가 그를 불쌍하다고 규정하는 순간 그 측은지심은 그가 결국 미치광이라는 함의를 갖게 된다. 그가 미치광이든 아니든 적어도 나, 혹은 우리가 그를 그렇게 취급해서는 안 된다. 그건 부당한, 아주 부당한 일이다.

왜냐하면……. 그러니까, 왜냐하면.

나는 부지불식간에 내뱉었다.

"우리는 같은 배를 타고 있어요."

"운명 공동체라고요?"

여자가 농담하듯 말했지만 나는 농담할 기분이 아니었다. 부지불식간에 내뱉은 한마디가 무의식의 뜻채에 걸려 나온 진실의 파편인 경우도 있으니까. 나는 파편을 그러모아 형태를 짜 맞췄다. 측은한 것도 맞고 미치광이인 것도 부분적으로 맞다 할 수는 있지만, 그러나 그런 방향으로 규정지어져서는 안 되는 노인이라는 존재가 내 안에서 비로소 뚜렷한 무언가로 형태를 갖추기 시작했다.

"『모비 딕』읽어봤어요?"

"읽어봤는데, 왜요?"

여자는 그렇게 되묻고서는 스스로 대답했다.

"아, 피쿼드호……. 당신 말은 우리가 다 함께 피쿼드호를 타고 흰 고래를 쫓고 있다는 거?"

"그래요. 그리고 노인은 에이해브 선장."

"비약이 좀……. 너무 거창하지 않나요?"

"그런가……? 암튼 그런 생각이 들었어요. 우리는 이미 피쿼드호에 승선해 항구를 떠났고, 하여 에이해브 선장이 이끄는 대로 항해할 수밖에 없다……."

"이 황당무계한 상황에 고전문학을 갖다 붙이다니, 소설가라 그런가, 감성이 특이하군요."

야유조였다. 나는 실소했고 여자는 정색했다.

"에이해브 선장은 나중에 죽잖아요."

"그렇죠"

나는 고개를 끄덕였다. 한 번으로는 부족하다 싶어서 한 번 더 고개를 끄덕였다.

"그 어르신이 에이해브 선장처럼 되게 놔둬선 안 되죠. 우리가 도와야죠."

46

돕는 건 좋은 일이다. 그러나 어떻게?

구체적인 방법을 궁리하려니 뇌가 그만 작동을 멈췄다. 내 두뇌의 성능이 시원치 않아 여자에게 도움을 청했지만 안타깝게도 그녀의 두뇌도 신통치 않았다. 우리는 삼십 분 가까이 논의했으나 너나 나나 똑같은 멍청이라는, 동질성은 발견했으되 유대감까지 이끌어내지는 못한 결론에 다다랐다. 머리를 쓰는 일이 안 되는 인간은 몸을 쓸 수밖에 없다는 법칙에 의거, 우리는 논의고 뭐고 집어치우고 다시 걷기로 했다.

예전에 늘 그랬던 것처럼 월드컵공원까지 가서 잠시 쉰 다음 노인의 집으로 돌아갔다. 노인도 예전에 늘 그랬던 것처럼 사진부터 요구했고, 우리도 예전에 늘 그랬던 것처럼 그가 사진을 보는 동안 집안일을 했다. 노인이 입원해 있을 때 누구도 집을 관리해주지 않아 여기저기 먼지가 쌓여 엉망이었다. 청소기를 민 다음 걸레로 구석구석 꼼꼼하게 닦았다. 빨랫감은 겉옷과 속옷 한 벌씩이 전부라 좀 더 쌓이면 세탁기를 돌리기로 했다. 설거짓거리는 컵 하나뿐이었다. 냉장고는 생수 몇 병 말고는 텅 비어 있었다. 노인이 음식을 시켜 먹는다는 건 알고 있었지만 병원에서 막 퇴원하고도 이렇게 살고 있다니 마음이 좋지 않았다. 여자도 그랬는지 냉장고 안을 들여다보는 표정이 어두웠다.

일을 다 마치고 나니 노인은 벌써 전화기를 들고 대기하고 있었다. 나는 삼선짜장을, 여자는 볶음밥을, 노인은 탕수육을 택했다. 음식이 배달되어 오기 전에 노인은 잠깐 쉬어가는 투로 "오늘도 없군" 하고 말했다. 말투에서 우리를 배려하는 조심스러움이 느껴졌다. 행간에 진하게 묻어나는 아쉬움까지는 미처 수습하지 못했지만. 나는 그 아쉬움이란 것이 예전보다 더욱 진해져서 거의 찐득찐득할 지경이라는 걸 놓치지 않았다. 여자도 그랬는지 조심스럽게 노인의 눈치를 살폈다.

"저기요, 우리가 끝내 오리를 못 찾으면 어떻게 하실 거예요?"

"그런 걱정은 안 해. 그 오리가 불광천에 있다는 걸 내 두 눈으로 확인했으니까."

"그래도 우리가 놈을 꼭 잡을 수 있다는 보장은 없잖아요."

"당신들은 해내고 말 거야. 믿어."

노인은 과장을 좀 보태서 상당히 초롱초롱한 눈으로 우리를 지그시 바라보았다. 에이해브 선장이라도 자기를 따라 고래와 싸워준 선원들에게 이런 눈빛을 보내주지는 못했을 것이었다. 우리는 부담스러웠다. 지나치게 부담스러워서 음식이 배달되어 온 다음에도 젓가락을 놀리기가 영 거북했다.

겨우겨우 그릇을 비우고 우리는 그 집을 나섰다. 일당 오만 원을 챙긴 거야 말할 것도 없었다. 우리는 선장님의 기대감과 그가 하사하신 일당에 감격한 나머지 적당한 인사말도 하지 못하고 어색한 눈인사만 교환한 뒤 아파트 앞에서 헤어졌다.

집에 가서 나는 『모비 딕』을 찾아보았다. 내가 소장하고 있는 『모비 딕』은 흔히들 읽는 축약판이 아닌 완역판이었다. 내가 퍽이나 잘났다는 소리는 아니고, 그저 책이 무식하게 두껍고 무거웠다는 얘기다. 표지를 가리면 전화번호부로 착각할 만한 두께요, 하중이었다. 자기 전에 한 번 죽 읽어볼 생각이었는데 그러다가는 밤을 새우고도 모자랄 지경이라 대충 훑어보기만 했다.

완역판에는 화자인 이슈마엘이 중얼중얼하는 대목이 많았다. 그런 대목은 건너뛰고 에이해브 선장이 등장하는 부분만 찾아 읽었다. 삼분의 일쯤 설렁설렁 읽어가던 중 나도 모르게 책장 넘기기를 중단했다. 에이해브 선장이 고래를 쫓는 이유를 선원들에게 토로하는 장면에서였다.

스타벅도 소리를 질렀다. "그놈은 맹목적인 본능에 사로잡혀 선장을 친 겁니다. 미친 짓이에요. 짐승에게 원한을 갖다니……, 선장 벌받을 일입니다."

"좀 더 듣게. 좀 더 차분히 들으라고. 알겠나? 눈에 보이는 것은 모두가 판지로 만든 가면이야. 그러나 어떤 일이라도…… 의심할 수 없는 이 생의 행동 속에서는 말야. 그 엉터리 가면 뒤에서 무언가 알 수는 없지만 엉터리가 아닌 것이 고개를 쳐드는 법이야. 만일 사람을 때려주고 싶다면 그 가면을 찢어버리게. 죄수는 벽을 때려 부수지 않으면 밖으로 나갈 수 없네. 내게는 저 흰고래가 바로 벽일세. 바싹 가까이 다가와 있네. 그야 저편에는 아무것도 없다고 생각하는 수도 있지. 그러나 그게 뭐란 말인가? 그놈이 나를 마구 휘두르며 덤벼들고 있어. 그 바닥을 알 수 없는 게 나는 미워 견딜 수가 없는 거야. 그래서 흰고래란 놈이 심부름꾼이건 두목이건 나는 이 미움을 그놈에게 풀고 싶은 거야."*

나는 책을 덮고 벌렁 드러누웠다. 노인은 정말 에이해브 선장일까. 그런 것도 같고 아닌 것도 같았다. 미쳤다는 점에서는 두 양반이 얼추 쌍벽을 이룰 지경이었지만 구체적인 양태는 달랐다.

그러나 어찌 되었건 노인의 최후가 에이해브와 비슷할 것이라는 사실은 자명했다. 물론 노인이 불광천에 배를 띄우고 오리를 쫓다가 배와 함께 최후를 맞을 거라는 얘기는 아니었다. 불광천은 배를 띄울 수 있을 만큼 깊은 하천이 아니고, 오리도 배를 타고 쫓아갈 수 있는 상대가 아니지 않은가. 날개 달린 놈을 배를 타고 쫓아가서 뭘 어쩐단 말인가!

* 『모비 딕』(동서문화사, 2007, 222쪽)

에이해브의 최후는 운명에 패배한 자의 최후, 그러니까 비극적인 영웅의 말로라고 할 수 있다. 고대 그리스신화의 전통을 충실히 계승했다고 할까.

노인이 오리를 쫓는 일을 운명으로 삼았고, 그것에 도전하고 있다는 사실을 생각해보면 그의 패배 또한 불 보듯 훤한 것이었다. 단지 그 점에서 노인과 에이해브는 다르지 않았다. 그러나 비슷할 뿐 같지도 않았다. 노인은 노인이었고 에이해브는 에이해브였다.

그럼 도대체 노인을 어떻게 구할 것인가. 그가 싸우지 않게 하려면 싸움을 그만두게 하는 수밖에 없었고, 그건 당연히 불가능했다. 원수와 싸우기로 한 사람은 말릴 수 있어도 운명과 싸우기로 한 사람은 말릴 수 없다. 운명이란, 그리고 그것을 자각한다는 것이란 그런 것이다. 운명을 자각한 사람은 투쟁하거나 체념하거나 둘 중 하나일 수밖에 없고, 양쪽 다 말리거나 그만두게 할 수는 없는 것이다. 그 그만두게 할 수 없다는 점, 도저히 그럴 수가 없다는 점, 심지어 스스로도 자기를 그만두게 할 수 없다는 점 때문에 운명을 운명이라고 하는 건지도 몰랐다.

나는 그렇게 노인을 돕는 문제에 별 도움이 안 되는 잡생각이나 하다가 어느 결에 잠이 들었다. 꿈속에서 흘러가는 물길을 본 성싶은데 왠지 그 형태가 분명치 않았다. 거대한 바다 같기도 하고 조그만 개천 같기도 했다. 동일한 물길이 그렇게 극단적인 두 가지 양태로 모습을 바꾼다는 건 어불성설이지만 꿈속의 현상인 걸 난들 어쩌나. 어쨌든 그 물길은 피쿼드호를 삼켜버린 바다 같기도 했고, 불광천 같기도 했다. 어쩌면 홍제천이나 한강일 수도 있었고, 그 전부인지도 모를 일이었다.

47

팔월도 끝나고 마침내 구월이 왔다. 달력을 넘기며 "너 이놈 구월, 정말 반갑다!" 하고 소리까지 질렀지만 분하게도 구월의 날씨는 나를 배신했다. 늦더위가 계속된 것이었다. 팔월의 폭염에 비하면 별것 아니라 하겠지만 그거야 하루 종일 에어컨 빵빵하게 틀어놓은 사무실에서 일하는 족속들에게나 해당하는 얘기일 뿐, 땡볕 아래 온종일 걸어야 하는 내게는 구월의 늦더위도 폭염이라고 할 만했다.

유일한 직장 동료인 여자도 늦더위에 분개했다. 팔월에는 양산을 쓰고 묵묵히 버틸지언정 화를 내지는 않던 그녀도 구월이 되자 매우 무례한 시선으로 하늘을 쏘아보며 불경한 말을 입에 담았다.

"저놈의 하늘이 미쳤나."

하늘은 여자의 말을 침묵으로 긍정했다. 하긴 구월 초인데 낮 최고 기온이 삼십삼 도까지 올라갔으니 변명할 말이 없었으리라.

하늘은 미쳤고, 우리를 이 하늘 아래로 쫓아 보낸 노인도 여전히 미친 상태였고, 미친 것들 사이에 낀 우리도 미치기 일보 직전이었고, 그래도 일은 해야 했고, 남들이야 미치건 말건 오리들은 언제나처럼 여유가 넘쳤다. 우리는 화풀이하듯 셔터를 마구 눌렀다. 언제부터인가 우리를 힐끔거리는 시선들이 느껴졌는데, 특히 신응교 밑을 지나갈 때 그랬다. 신응교 밑은 노인들의 사랑방이나 다름없어서 항상 노인들로 북적거렸고, 노인들 중에는 시간이 넘쳐나서 호기심도 넘쳐나는 사람이 꼭 있게 마련인지라, 우리는 결국 한 할머니에게 '붙잡히고' 말았다.

신응교 밑을 지나가던 우리를, 정확히 말하면 우리 중 여자를 한 할머니가 말 그대로 꽉 붙잡았다. 두 손으로 여자의 팔을 움켜쥔 것이었다. 여자는 화들짝 놀라며 할머니를 바라보았고, 할머니는 그네들이 보통 그렇듯 허물없는 태도로 말을 건넸다.

"사진작가들이신가? 아님 무슨 학자들이신가? 새를 연구하는?"

"예?"

"아니, 만날 나와서 오리 사진을 찍는 것 같길래."

우리는 서로를 보며 쓴웃음을 지었다. 멀쩡한 어른들이 하루 종일 오리 사진이나 찍고 있으니, 그것도 하루 이틀도 아니고 한 달째 거의 매일 이러고 있으니 눈에 띄지 않으려야 띄지 않을 수 없었으리라. 사람, 개, 비둘기, 오리 들, 불광천을 북적이게 하는 그것들 속에 우리도 어느새 녹아들어 그 모든 것들과 함께 불광천의 일상적인 풍경이 된 것이었다.

"사진작가? 조류학자?"

할머니는 우리가 정체를 실토하기 전에는 보내주지 않을 기세였다. 사진작가도 아니고 조류학자도 아닌 우리는 당연히 곤혹스러웠다. 대충 그런 거죠 뭐, 하하하, 웃음으로 얼버무리는데 할머니 옆으로 뭐가 쏜살같이 지나갔다. 하도 갑작스러운 등장이었고, 그게 또 금세 기둥 뒤로 숨어버리는 바람에 식별이 불가능했는데 할머니가 그것의 정체를 속 시원하게 밝혀주었다.

"아유, 저놈의 꽹이 새끼."

고양이였나. 그러고 보니 휙 스쳐 지나갔던 생물체가 얼핏 고양이와 유사했던 듯도 했다. 그 할머니, 연세답지 않게 눈도 참 밝구나 싶었다.

여기 불광천은 산책 나온 개가 많은 곳이라 고양이는 거의 볼 수가 없었다. 사람도 개도 뜸한 시간에 한두 마리쯤 보일 때가 있지만 사람의 기척이 느껴진다 싶으면 휙 달아나고는 해서 가까이서 마주치기는 어려웠다.

"요기 쥐가 나오거든. 도둑꽹이들이 쥐 잡아먹으러 가끔 어슬렁거리더라고. 비둘기나 오리도 잡아먹을지 누가 알아? 아유, 망할 놈의 도둑꽹이 새끼들."

할머니는 고양이 애호가, 자칭 '애묘인'임을 강조하는 사람들이 매우 언짢게 여길 만한 명칭을 거푸 발설했다. 나는 애묘인이 아니므로 굳이 '길고양이'로 정정해주지 않았다. 애묘인이었다 한들 그 상황에서는 그럴 여유가 없었다. 고양이만큼 느닷없이 등장한 깨달음에 뒤통수가 뻐근했기 때문이었다.

여자를 돌아보니 그녀는 입을 헤벌리고서 할머니의 말을 흘려듣고 있었다. 나와 똑같은 깨달음을 얻은 게 분명했다. 우리는 할머니에게 대충 둘러대고는 신응교를 빠져나왔다. 신응교에서 멀어지자 누가 먼저랄 것도 없이 말했다.

"고양이가 있었죠."

"그래요, 호순이."

"할아버지가 오리를 쫓는 건 호순이 때문이잖아요. 결국 모든 문제의 원인은 호순이였다고요. 그럼 호순이를 찾아주면 되는 거잖아요."

"그러게 말입니다. 우리가 그동안 왜 그 생각을 못했을까요?"

"그러니까요. 우리 정말 멍청하네요."

우리는 그동안 고양이보다는 고양이를 잡아먹은 오리에만 집중했다. 고양이를 잡아먹은 오리는 실제로 존재하지 않는다는 그 비실재성 때문에 역설적으로 묵직한 존재감으로 다가왔고, 우리의 별 볼 일 없는 두뇌는 한번 사로잡힌 실재성에서 헤어나지를 못했다. 진짜보다 더 강력한 힘으로 우리를 사로잡은 가짜라니. 새삼스레 한숨이 나왔다.

"호순이가 어떻게 되었다고 했죠? 그 꼬마 녀석이 뭐라고 했던 것 같은데?"

"걔도 잘 모른다고 했어요. 집을 나간 모양이라고 했었죠."

"그러니까 호순이가 죽은 건 아니네요. 사체를 확인한 사람도 없는 거고."

"그야 그렇죠."

걸어가면서 곰곰이 생각해보았다. 호순이가 죽지 않고 살아 있다면 이 근처에서 발견할 가능성이 높았다. 고양이의 습성을 잘 아는 건 아니지만 어느 정도의 행동 범위, 그러니까 자기 영역 같은 것이 있어 그 밖으로 나가는 경우는 거의 없다는 얘기를 어디선가 들은 적이 있었다. 야생 고양이도 아니고 사람이 기르던 고양이니 가출을 했어도 결국 집 근처에서 맴돌고 있지 않을까.

그런 생각을 여자에게 들려주자 여자는 그럴듯하다는 표정으로 고개를 끄덕였다.

"그건 그래요. 하지만 호순이를 어떻게 찾죠?"

"전단지를 붙이는 게 어떨까요? 여기 불광천에 다리 많잖아요. 다리 기둥마다 하나씩 붙이는 거예요. 아, 사진을 첨부하면 더 좋겠네요."

"사진은 할아버지한테 말하면 한 장 얻을 수 있겠죠. 근데 우리가 호순이를 찾으려고 한다는 걸 알면 할아버지가 가만 안 있을 텐데요?"

"그건 걱정할 필요가 없을 것 같은데요? 어르신은 몸도 불편하고 해서 바깥출입을 거의 않잖아요. 날도 아직 이렇게 더운데 뭐하러 불광천까지 나오겠어요? 어르신이 전단지를 볼 가능성은 거의 없어요."

올여름이 시작된 이후 처음으로 더위가 고마웠다. 심지어 노인의 몸이 불편하다는 것까지 고마웠다. 아, 후자의 경우엔 윤리적인 문제가 있는지라 고맙다고 생각한 즉시 취소하고 사과의 말을 덧붙였다. 물론 마음속으로.

여자는 걱정스러운 표정이었다.

"호순이를 찾을 수 있다면야 그게 최선이겠죠. 하지만 찾을 수 없다면? 혹시 호순이가 이미 죽었다면? 그럼 어떡해요?"

"그건······. 일단 호순이를 찾는 일부터 시작하고 생각해보자고요. 정 방법이 없으면 어디서 호순이 닮은 고양이를 찾아올 수도 있잖아요."

"그 비슷한 생각을 예전에도 했다가 그만두기로 한 거 기억 안 나요?"

"아, 그래요. 그 어르신이 호순이를 다른 고양이랑 착각하지는 않겠죠. 내 말은 정 방법이 없을 때 최후의 방법으로 그런 수도 써볼 수 있다는 거예요. 우선은 호순이부터 찾아보자고요. 혹시 또 모르잖아요. 고양이를 좋아하는 사람이 호순이를 데려다가 잘 길러주고 있을지."

"그래요. 언제까지고 있지도 않은 오리를 쫓아다닐 수도 없고, 호순이를 찾는 게 최선이겠네요. 그럼 오늘 당장 할아버지에게 호순이 사진을 얻어서 전단지를 만들죠. 아, 이참에 동물 병원에도 가봐요. 개를 기르는 친구한테 들었는데, 동물 병원에서 길 잃은 동물을 보호해주는 경우가 더러 있대요."

"좋은 생각입니다."

우리는 그렇게 결정하고 다시 길을 걸었다. 마침내 에이해브 선장을 구해낼 방법을 찾았다는 생각에 걸음걸음이 아주 가뿐했다.

48

"호순이 사진을 한 장 얻었으면 좋겠는데요."

내가 그렇게 운을 떼자 노인은 살짝 인상을 썼다. 우리는 그동안 호순이에게 아무런 관심도 보인 바가 없었다. 노인이 호순이 사진을 보여줘도 보는 시늉만 했을 뿐이었다. 이제 와서 새삼스레 사진을 달라고 하니 노인이 인상을 쓰는 것도 무리는 아니었다.

나도 인상을 썼다. 노인이 아니라 내 옆에 앉은 여자에게.

사진 달라는 말은 당신이 하는 게 좋겠어요, 라며 여자가 등을 떠밀었기 때문이었다. 여자는 당신은 소설가잖아요, 라는 말도 안 되는 이유까지 덧붙였다. 그녀는 아무래도 소설가라는 종자들을 하루에도 백 번씩 거짓부렁으로 남을 속이지 않으면 장이 꼬이는 것으로 여기는 모양이었다. 어처구니없는 오해였는데, 더욱 어처구니없는 건 내가 딱히 반박할 말을 찾지 못했다는 것이었다. 내 두뇌 어딘가에도 소설가는 거짓부렁을 남들보다 잘하고, 또 잘해야 마땅하다는, 거참 아리송하기도 하고 오묘하기도 한 의식이 숨어 있었던 것 같다.

어쨌든 나는 노인의 집에 돌아오자마자 오리 사진부터 꺼내주고는 운을 떼어보았고, 노인은 인상을 쓰며 침묵했고, 내가 침을 한 번 꼴깍 삼키자 여자도 그렇게 하는 통에 꼴깍꼴깍 소리가 났다. 뒤이어 노인이 헛기침을 한 번 했고, 그러고도 한 삼 분쯤 지난 후에야 자리에서 일어났다.

안방으로 들어간 노인은 호순이 사진을 한 다발이나 들고 돌아왔다.

"사진은 뭐에 쓰려고?"

"무작정 오리 사진만 찍는 것보다는 호순이 사진을 활용하는 게 더 효과적일 것 같아서요. 불광천에 다니는 사람들에게 호순이 사진을 보여주는 거죠. 혹시 이런 고양이가 오리에게 잡아먹히는 광경을 보지 못했느냐고……."

"내가 전에도 말하지 않았는가? 그 참극이 벌어졌을 때……."

노인은 잠시 고통스러운 표정을 지은 다음에야 말을 이었다.

"그때 주위에는 나 말고 아무도 없었다네."

"그래도 혹시 모르지 않습니까. 어르신은 그때 말씀하신 것처럼 참극이 벌어지는 바람에 경황이 없으셨을 것 아니에요. 주위에 사람이 있었는데도 깨닫지 못하셨을 수도 있죠."

노인은 그도 그렇다는 듯 말없이 고개를 끄덕였다.

"하긴 목격자를 찾을 수 있다면 오리를 잡는 데도 도움이 될 터이니…… 잘 나온 사진으로 한 장 골라 가게나. 단, 아주 주는 건 아니니 명심하고. 호순이가 죽고 없으니 이 사진들이 호순이 대신이야. 내 보물이라고. 목격자를 찾고 나면 꼭 돌려줘야 하네."

"복사를 하고 원본은 돌려드리겠습니다."

"아, 거 좋은 생각이구먼. 그럼 그렇게 하게나."

노인이 오리 사진을 보는 동안 우리는 고양이 사진을 보았다. 노인은 오리에게 비웃음을 당한 일 때문인지 전에 없이 진지하고 열렬한 태도로 사진을 보았고, 우리도 되도록 호순이의 얼굴이며 전체적인 생김새가 잘 드러나는 사진을 고르느라 열심이었다. 누가 보았다면 이 인간들이 동물애호가이긴 한데 좀 맛이 간 것 같다고 여길 법한 광경이었다.

사진을 고르며 슬그머니 물었다.

"호순이가 세 살이었다고 하셨던가요?"

"그랬지. 세 살배기였지."

"암컷인가요, 수컷인가요?"

"암컷."

"여느 고양이와 다른 특징 같은 건 없었나요? 몸 어디에 흉터가 있다든가, 특이한 버릇이라든가……."

노인은 이상하다는 듯 나를 쏘아보았지만 대답은 해주었다.

"흉터 하나 없었지. 다친 적도, 수술받은 적도 없었으니까. 건강했지, 암. 특이한 버릇이라면…… 참치를 유난히 좋아했다는 점을 들 수 있겠네만. 사료하고 참치를 같이 주면 참치만 먹을 정도로. 사람을 잘 따랐고. 고양이는 원래 경계심이 강해서 낯선 사람을 잘 따르지 않는데 호순이는 사람에게 해코지당한 적이 없어 그런지 누구에게나 살갑게 굴었어. 호순아, 하고 부르면 야아옹 대답하거나 달려오는 것도 특이했던 점이지. 개와 달리 고양이는 자기 이름에 반응하는 경우가 거의 없거든. 미물이지만 참 영특한 녀석이었지."

말을 하다 보니 호순이의 생전—죽었는지 살았는지 모르지만 노인에게는 죽은 고양이니까—모습이 떠오르는지 노인이 눈시울을 붉혔다. 나는 호순이에 대해 좀 더 묻고 싶었지만 노인이 울기라도 할까 봐, 또 의심을 살까 봐 그쯤에서 중단했다.

한참 후에야 우리는 사진 한 장을 골라냈다. 호순이가 옆으로 누운 채 고개를 들고 있는 모습을 조금 멀리서 찍은 사진이었다. 다소 멀

긴 했어도 얼굴은 제대로 알아볼 만큼 또렷했고 털 빛깔이나 몸통이
나 꼬리 등의 특징도 분명히 알아볼 수 있었다.

사진은 여자가 자기 가방에 보관했다. 그런 다음 우리는 집안일을
했다. 세탁기는 아침에 돌려놓고 나온 참이었다. 여자는 빨래를 널고
나는 청소를 했다. 일을 마친 여자가 냉장고를 열어 보더니 한숨을
쉬었다. 오늘은 생수가 딱 한 통 들어 있었다. 그 외에는 정말 먼지 한
톨도 없었다. 내 속이 다 허전했다. 여자도 그런 모양이었다.

"안 되겠어요. 내일부터는 내가 장을 봐와서 요리를 해야겠어요."

"어르신이 허락할까요?"

"허락 안 해도 할 거예요. 언제까지나 배달 음식만 먹을 수는 없잖
아요. 할아버지 건강도 문제지만 우리도 문제예요. 매번 시켜 먹는
거, 질리지도 않아요?"

실은 나도 공짜로 얻어먹는 건데도 더 이상 먹고 싶지 않을 정도로
질리기는 했다. 배달이 가능한 음식이라고 해야 메뉴가 워낙 한정돼
있는 데다, 그나마도 너무 맵거나 너무 짜거나 너무 기름지거나 혹은
이게 음식인지 화학조미료 덩어리인지 알 수가 없거나, 심지어 그 모
든 것일 때도 있었다. 노인의 호의라는 건 알았지만 호의를 계속 받
아들이기에는 내 소화기관이 좀 연약했다.

"그래주면 나야 고맙죠. 어르신도 속으로는 고마워하실 겁니다."

거실로 돌아가자 노인이 중화요리를 시켰다. 초밥에 한 맺힌 듯했
던 것도 옛날 일이고, 요즘은 거의가 중국요리로 때우는 중이었다. 나
는 내일부터는 제대로 된 음식을 먹을 수 있으리라 스스로를 달래가

며 기름기 자르르한 볶음밥을 꾸역꾸역 밀어 넣었다.

돌아가는 길에 여자가 말했다.

"사진은 내가 복사할게요. 전단지는 그쪽이 만들어요. 몇 장이면 될까요?"

"다리마다 하나씩 붙이려면 한 오십 장? 그쯤은 돼야 하지 않겠어요?"

"불광천에 다리가 그렇게 많지는 않은데요."

"넉넉잡아서요."

"그럼 나도 넉넉하게 복사하는 게 좋겠군요. 내일 봐요."

우리는 서로에게 싱긋 웃어주고 아파트 앞에서 헤어졌다.

49

컴퓨터가 있어서 전단지를 만드는 건 쉬웠다. 사진을 붙일 칸부터 만들고 그 밑에 이렇게 적었다.

〈고양이를 찾습니다. 이름: 호순이. 성별: 암컷. 나이: 세 살. 한 달 전쯤 불광천에서 잃어버렸습니다. 생김새는 위의 사진과 같습니다. 이름을 부르면 대답하거나 달려옵니다. 호순이를 보셨거나 혹시 보호 중인 분이 계시면 꼭 연락 주십시오. 사례하겠습니다. 연락처는 010-XXX-XXXX입니다.〉

사례 여부에 대한 문구는 넣을까 말까 한참을 고민하다가 결국 넣었다. 설마 고양이 한 마리 찾아주고 벤츠 한 대 뽑아달라는 사람은 없을 테고, 소소한 선물 정도면 충분하겠거니 생각해서였다. 사례한다는 말이 들어가야 사람들이 관심을 보이리라는 계산도 있었다.

프린터로 전단지를 인쇄했다. A4 용지로 정확히 오십 장을 인쇄했더니 이게 은근히 두꺼워서 주머니나 품속에는 넣을 수가 없었다. 내 평생 프리랜서로 일해왔지만 그 흔한 서류가방 하나 마련하지 못한지라 하는 수 없이 집에 굴러다니는 쇼핑백에 전단지를 넣어 노인의 집으로 갔다. 혹시 노인이 쇼핑백 안의 물건에 흥미를 보일지 모른다 싶어 쇼핑백은 현관 밖에 놔두고 몸만 쏙 들어갔다.

여자가 먼저 와서 기다리고 있었다. 기다리는 게 심심했는지 어쨌는지 그녀는 노인과 입씨름하며 시간을 보내는 중이었다.

"언제까지고 배달 음식만 드실 수는 없잖아요."

"여긴 내 집이야."

"그래서요?"

"요리를 해도 내가 해. 당신이 왜 해?"

"알았어요. 그럼 할아버지가 하세요. 당장요. 자요."

여자가 커다란 비닐봉투를 소파 앞 탁자에 내려놓았다. 어제 말한 대로 장을 봐온 모양이었다. 노인은 불퉁한 표정이었다. 아침 일찍 장을 봐온, 그것도 자기 돈을 쓴 성의를 생각해볼 때 노인의 반응은 고집스러움을 넘어 무례하기까지 한 것이었다.

여자가 팔짱을 끼고 고압적인 자세로 노인을 내려다보았다.

"하시라니까요. 어서요."

"하든지 말든지 내 맘이지."

"하실 마음 없으시잖아요? 그보다, 요리를 할 줄은 아세요? 아무것도 못 만드시는 거 아녜요?"

노인은 비닐봉투를 묵묵히 바라보았다. 나는 그가 답답하기도 하고 안쓰럽기도 했다. 답답함은 여자의 성의를 선뜻 받아들이지 못하는 데서, 안쓰러움은 성의를 강요당하고 있는 데서 비롯했다. 노인의 고집스러움과 무례함이나 성의를 강요하고 있는 여자의 배짱이나 거기서 거기라고 생각됐지만, 나는 잠시 잠깐 갈등의 과정을 거친 다음 여자의 편을 들었다. 누누이 말한 대로 그녀는 나의 유일한 직장 동료이고, 고용주의 기를 꺾으려면 노동자들끼리 단결해야 하는 법이니까. 나의 투철한 동료 의식이 배달 음식에 시달린 소화기관의 호소로 더욱 투철해졌다는 것은 두말할 필요도 없으리라.

"냉장고에 넣어둘게요."

나는 그렇게 말하고서 비닐봉투를 들고 냉장고로 갔다. 비닐봉투 안은 아주 풍성했다. 쌀, 잡곡, 고등어, 시금치, 브로콜리, 양배추, 사과, 우유…… 탄수화물, 단백질, 지방, 무기질, 비타민. 5대 영양소를 총망라했으니 아주 풍성하다는 표현이 과장이 아니었다. 쌀과 잡곡만 따로 놔두고 나머지는 냉동실과 냉장실에 나누어 넣었다. 거실로 돌아와 보니 여자가 이번에는 웬 종이 쪼가리로 노인을 압박하고 있었다.

"받으세요."

"이걸 왜?"

"오늘 장 봐온 것들 영수증이에요. 아무렴 제가 할아버지한테 양식 거리를 공짜로 제공하겠어요? 돈은 이따가 저녁에 일당 줄 때 같이 주세요."

압박하는 품새였고 말투였지만 속내는 배려였다. 노인도 그제야 조금 편해졌는지 숨통이 트였다는 표정으로 영수증을 받아 들었다.

카메라와 필름을 챙겨 밖으로 나왔다. 쇼핑백은 현관 밖에서 얌전히 날 기다리고 있었다. 엘리베이터를 타고 내려가며 여자는 전단지를, 나는 그녀가 복사해온 사진들을 살펴보았다.

"전단지 붙이기 전에 동물 병원부터 가보죠. 혹시 모르니까."

"그래요. 근데 이 근처에 동물 병원이 어디 있죠?"

"검색해볼게요."

여자가 스마트폰을 꺼내 화면을 톡톡 두드렸다. 포털사이트에서 지역 정보를 검색하자 근방의 동물 병원들 상호와 위치가 지도에 표시되었다. 아직도 피처폰이나 쓰고 있는 나는 IT 혁명이라는 게 이런 것이구나 하고, 내심 몇 년은 뒤처진 감탄을 하고 말았다.

"가장 가까운 데는 새절역 부근이네요. 거기부터 가보죠."

새절역이라면 불광천에서 금방이었다. 오늘도 해가 쨍쨍했기에 우리는 각각 양산과 우산을 쓰고 불광천 산책로를 따라 걸어갔다.

50

"이런 고양이는 모르겠는데요."

동물 병원마다 돌아오는 대답이 그런 식이었다. 이런 고양이는 모릅니다, 이런 고양이는 못 봤네요, 아니, 이 고양이는……! 죄송합니다, 잘못 봤네요, 역시 모르겠습니다.

마지막으로 들른 동물 병원 수의사의 반응이 가장 거슬렸다. 호순이요? 호랑이의 호에서 따온 건가요? 하하하, 호랑이나 고양이나 같은 고양잇과 동물이기는 하지만, 하하하. 예? 못 봤느냐고요? 예, 못 봤습니다, 하하하.

그놈의 수의사는 우리가 나갈 때까지 계속 웃어댔다. 심지어 손님들까지 따라 웃었다. 남이야 고양이를 호순이라 부르든 타이거라 부르든 무슨 상관이냐고 쏘아붙이는 대신 우리는 이런 고양이를 발견하시면 꼭 연락 주십시오, 하고 허리를 굽실거리며 호순이 사진과 연락처를 남겼다. 아쉬운 건 우리 쪽이었다.

동물 병원을 여섯 군데나 들렀더니 그새 점심때가 되었다. 불광천 근처 편의점으로 향했다. 편의점 앞 탁자에서 빵과 우유를 하나씩 먹으며 대화를 나눴다.

"결국 전단지를 붙이는 수밖에 없겠네요."

"그러게요. 근데……."

여자가 그늘진 표정으로 말끝을 흐렸다. 나는 그녀가 삼켜버린 말이 짐작이 갔다. 내 두뇌 성능이 다소 떨어지긴 해도 깡통도 아니었다.

"어르신이 동물 병원을 돌아다닌 적은 없는 모양이네요."

"그러게 말이에요. 호순이를 찾으러 다녔다면 기억하는 병원이 한 군데쯤 있었을 텐데……."

"호순이가 가출한 게 아니라 죽은 건 아닐까요?"

그것참 어두운 전망이었다. 여자는 숫제 어둠에 갇힌 것 같은 표정이었고, 거울을 본 건 아니지만 나도 똑같은 표정이었을 게 분명했다.

어쩌면 호순이는 노인이 보는 앞에서 명이 끊어졌을지도 몰랐다. 세상의 모든 세 살짜리 젊고 건강한 고양이가 다 죽지 않고 생존해 있는 건 아닐 테니까. 죽음이란 원래 나이 불문, 원인 불명, 그렇게 속수무책으로 다가오기도 하는 거니까. 노인은 호순이의 죽음을 받아들일 수 없었고, 그래서 불광천에서 늘 보던 오리가 호순이를 잡아먹었다는 이야기를 지어내 현실에서 도피한 것이 아닐까.

그럼 왜 하필 오리였을까. 오리보다는 개가 더 그럴싸하지 않나. 개가 고양이를 물어 죽이는 일이라면 흔치는 않아도 있을 법하지 않은가.

골똘히 생각해본 다음에야 깨달았다. 얼마든지 있을 법하기 때문에 있어서는 안 되는 일이었다. 적어도 노인에게는 그랬으리라. 노인에게 필요한 것은 실제로 존재할 가능성이 아니라 존재하지 않을 가능성, 그러니까 진실이 아니라 왜곡된 진실이었던 것이다. 다시 말해 진짜가 아닌 가짜.

그런 의미에서 사람이 호순이를 잡아갔다거나 죽였다거나 하는 설정도 개연성이 농후하다는 점에서 제외됐을 것이다. 오리야말로 노인이 심정적으로 동의할 수 있는 이야기를 지어내기에 가장 적절한 대상이었다. 불광천에서 가장 흔하게 볼 수 있는 동물이고, 고양이한테 잡아먹힐 수는 있어도 고양이를 잡아먹을 수는 없으니까. 비둘기와 고양이의 역학 관계도 마찬가지지만 주연급 물망에 오르기엔 비둘기는 너무 자그마하고 연약하다. 그 조그맣고 뾰족한 부리로 빵가루보다 훨씬 큰 것을 꿀꺽 삼키는 장면이란 상상의 세계에서도 탈락감이다. 반면 오리는 비둘기보다 훨씬 몸집이 클뿐더러 부리도 넓적하고 단단하다. 먹이를 구하는 활동에 비교적 소극적이라는 점도 배역을 따는 데 유리하게 작용했을 테다. 노인은 그 이전부터 불광천 오리들을 볼 때마다 저놈의 자식들은 과자 말고 뭘 먹고 살까 궁금해했는지도 모른다. 그런 의문이 머릿속 어딘가에 잠재되어 있다가 호순이가 죽자 비탄에 잠긴 나머지 오리가 호순이를 잡아먹었다는 망상으로 변형되지 않았을까.

나의 비약적 추측을 들려주자 여자는 고개를 갸웃했다.

"기왕 지어낼 바엔 호순이가 가출해 어딘가에서 잘 살고 있다는 이야기를 지어내는 편이 낫지 않았을까요?"

"도저히 그럴 수 없었던 거겠죠. 어르신은 호순이의 죽음을 납득할 수도, 그렇다고 완전히 부정할 수도 없었던 거예요. 짐작일 뿐이지만, 호순이는 어르신 눈앞에서 굉장히 고통스럽게 죽어간 게 아닌가 싶어요. 너무 충격적이라 죽음 자체는 인정할 수밖에 없었지만 죽음의 구체적인 서사(敍事)는 달라져야 했고, 또 그러자니 죽음에 대한 분노를 전가할 대상을 가공(架空)할 필요가 있었던 거겠죠."

"그것 참 소설가다운 상상력이네요."

"그놈의 소설가 소리 좀 그만해요."

"소설가 맞으면서."

"다 먹었으면 전단지나 붙이러 가죠."

"의미가 있을까요?"

"혹시 또 모르잖아요. 우리의 추측은 말 그대로 추측, 헛다리 짚은 것일 수도 있잖아요. 일단은 호순이가 살아 있을 가능성에 걸어보자고요."

여자는 조용히 고개를 끄덕이고 자리에서 일어섰다.

우리는 문구점에서 풀과 테이프를 산 다음 불광천으로 갔다. 산책로를 따라 걸으며 사진을 찍다가 신흥상가교 기둥에 테이프로 전단지를 붙이고 전단지 위에 사진을 풀로 붙였다. 신흥상가교 다음은 레인보우 다리였다. 이 다리는 개천에 교각을 세운 게 아니라 개천 위로 아치를 두른 거라서 전단지를 붙일 기둥이 없었다. 내가 그냥 지나치려 하자 여자가 내 소매를 잡아끌었다.

"저 다리는 사람이 많이 다녀요. 난간에라도 붙이자고요."

하긴 사람이 볼 수만 있다면 난간에 붙이나 기둥에 붙이나. 나는 레인보우 다리로 가는 중에 조금씩 기분이 나빠졌다. 다리 앞에 '레인보우 다리'라고 씌어 있는 걸 보고는 본격적으로 기분이 나빴다.

"왜 그래요?"

"이 다리 말이에요, 이름이 이상하지 않아요?"

"레인보우 다리, 뭐 어때서요?"

"레인보우 브리지도 아니고 무지개다리도 아니고, 레인보우 다리가 대체 뭐냐고요. 왜 영어랑 한글을 섞어놓은 거냐고요. 영어 이름인지 한글 이름인지, 모호하잖아요. 영어든 한글이든 어느 한쪽으로 확실히 해봐야죠."

"그래서 그게 불만이에요?"

"불만이죠. 이 다리를 처음 봤을 때부터 그게 불만이었어요. 누가 이름을 지었는지 면상이나 한번 봤으면 할 정도로요."

"뭐예요, 그게."

여자가 이를 드러내며 깔깔 웃었다. 실실 '쪼개는' 얼굴이 잘 어울리는 그녀였지만 이런 웃음도 보기 좋았다. 보기 좋은 나머지 기분이 풀려서 나도 피시시 바람 새는 소리로 웃고 말았다.

이 다리는 근방에서 가장 높아서 전망이 그럭저럭 괜찮았지만 새삼스럽게 불광천 풍경을 감상할 마음은 들지 않았다. 양쪽 난간에 전단지 한 장씩을 붙이고는 산책로로 내려갔다.

51

전단지를 오십 장이나 만든 건 낭비였다. 여자가 지적했던 것처럼 불광천에는 다리가 많지 않았고, 애당초 다리가 많이 필요할 정도로 넓지도 않았다. 불광천을 지나 월드컵공원에 도착했을 때, 전단지는 반 이상 남아 있었다. 되도록 많이 붙인다고 붙였는데도 그 모양이었다.

다행히 공원에 재활용 쓰레기를 버리는 분리수거통이 있었다. 내가 통에 남은 전단지를 전부 집어넣는 걸 보더니 여자도 호순이 사진을 꺼냈다. 사진도 스무 장 이상이나 남아 있었다. 여자는 쓰레기통으로 한 걸음 다가오다가 멈칫했다.

"왜 그래요?"

"아뇨."

여자는 고개를 절레절레 흔들고는 사진을 두 장만 남기고 몽땅 버렸다. 남겨둔 두 장 중 하나는 노인에게 돌려줄 원본이었고 나머지 하나는 호순이 비슷한 고양이를 찾아야 할 때 대조용으로 쓸 사진이었다.

동물 병원을 돌아다니느라 평소보다 늦어져 벌써 저녁 여섯시가 가까웠지만 서두르지는 않았다. 구월이라지만 아직 해도 길어서 주위가 환했다. 우리는 일도 하고 다리도 쉴 겸 연못가에 앉아서 오리 사진을 찍었다. 이 연못의 오리들도 느긋하기로는 불광천 오리들 못지않았다. 불광천과 달리 여기는 물고기가 많았고, 오리 바로 옆에서 느닷없이 물고기가 물 위로 튀어 오를 때도 있었다. 그래도 오리들은 놀라는 기색도 없이 파문을 피해서 슬금슬금 헤엄쳐가고는 했다.

나는 물고기들이 열심히도 꼬리를 흔들며 왔다 갔다 하는 모습을 물끄러미 바라보았다. 잉어인지 붕어인지, 알록달록한 것들이 많았다. 잘 먹고 사는지 다들 덩치도 좋았다.

"여기는 물고기가 많네요. 불광천에는 없는데."

"관상용으로 풀어놓은 거겠죠. 공원 연못이니까. 그리고 불광천에도 물고기는 있어요."

"손가락 굵기밖에 안 되는 것들 몇 마리는 봤죠."

"그래서 그게 불만이에요?"

"불만이죠. 불광천을 처음 봤을 때부터 그게 불만이었어요. 개천값도 못하는 개천, 물고기도 보기 어렵고 순 오리에 비둘기 천지고, 뭐 그딴 게 다 있어요. 물에는 물고기가 있어야죠. 그래야 개천이죠."

"그 사람 참 불만도 많네. 소설가라서 그래요?"

"예, 소설가라는 것들이 원래 속이 배배 꼬인 종자들이랍니다."

우리는 함께 낄낄거렸다.

"불광천은 수질이 안 좋아서 수중 생물은 살기 어려울 거예요. 그동안 준설 작업을 몇 차례나 한 모양이지만 큰 효과는 없었던 모양이에요."

잠시 더 잡담을 나누고 오리 사진도 몇 장 더 찍은 다음 월드컵공원을 뒤로했다. 가는 길에 여자가 말했다.

"전단지는 붙여놨고, 이제 한 일주일 기다려볼까요?"

"일주일?"

"너무 오래 기다릴 수는 없잖아요."

"그래도 일주일은 짧은데요."

"그럼 이 주?"

"한 달."

"일당 욕심이 많네요."

"그러는 그쪽은?"

"타협합시다. 보름. 한 달의 딱 절반. 불만 없죠?"

"예, 불만 없습니다."

팔월보다는 확실히 낮이 짧았다. 어느새 서쪽으로 해가 뉘엿뉘엿 지고 있었다. 나는 어쩐지 아쉬운 마음으로 해를 보다가 그제야 뉘엿뉘엿, 이라는 표현을 이해했다. 흔히 쓰는 표현이기는 해도 설명이 쉬운 낱말은 아니었다. 국어사전을 뒤져 봐도 '해가 조금씩 지려고 하는 모양'이라는 무성의한 풀이가 다였다.

이제 보니 해가 '뉘엿뉘엿' 진다는 건 지기 싫은데 하는 수 없어 조금씩 아껴가며 진다는 의미였다. 자연의 순리라 어쩔 수 없으면서도 미련을 완전히 떨쳐버리지 못하는, 체념과 오기가 뒤섞인 표현이었다. 뉘엿뉘엿 지는 해를 보고 있으려니 나도 아쉽고 너도 아쉽고 우리가 다 아쉽다는, 아무 쓰잘머리 없는 생각이 또 머리를 쳐들었다.

아, 이 미련한 인생을 어찌하면 좋을꼬. 차라리 고양이를 잡아먹은 오리를 쫓는 일이나 평생 하고 살면 좋으련만. 그럼 최소한 입에 풀칠은 할 수 있을 텐데. 글 따위는 쓰지 않아도 될 텐데.

그럴 수는 없었다. 현실적으로는 불가능했고, 도덕적으로는 용납될 수 없었다. 나는 한숨을 쉬었고, 동시에 여자가 걸음을 멈췄다.

"저기."

"왜요?"

"호순이를 대신할 고양이를 알아보는 게 좋겠죠?"

"그 어르신이 속을지 어떨지 모르지만, 그보다 속을 가능성이 거의 없지만…… 그래도 알아봐야죠. 혹시 모르니까."

"전단지를 붙인 것도, 고양이를 알아보는 것도, 모두 혹시 몰라서 하는 일이군요. 그저 혹시 몰라서, 단지 그뿐……."

"그래서 그게 불만이에요?"

오늘 두 번이나 들었던 소리를 한 번 되갚아주었다. 분명히 농담이었고, 그걸 모를 리가 없을 텐데도 여자는 경직된 표정으로 나를 바라보았다. 그러고는 곧 몸을 돌렸다.

"먼저 가요."

"왜요? 어디 가는데요?"

"사진."

여자는 달리기 시작했다. 달리면서 외쳤다.

"사진, 다 버리지 말 걸 그랬어요!"

나는 그녀를 쫓아갔다. 그녀는 월드컵공원에 돌아오자마자 쓰레기통으로 직행했다. 아직 쓰레기를 수거해가지 않아 쓰레기통은 배가 터지기 직전이었다. 여자는 캔이며 비닐봉투 따위를 헤치고 호순이 사진을 한 장 찾아냈다.

"사진을 갖고 싶었어요? 남겨둔 게 있잖아요."

"그건 가짜 호순이를 찾아낼 때 쓸 사진이고……."

"개인적으로 갖고 싶었단 말이에요?"

"그냥 어쩐지……."

여자는 스스로도 당혹스러운 얼굴이었다.

"호순이는 진짜로 있었잖아요. 이 사진이 그 증거잖아요. 그냥 어쩐지…… 한 장 간직하고 싶었어요."

그 말을 들으니까 나도 어쩐지, 정말 그냥 어쩐지 사진이 갖고 싶어졌다. 쓰레기통에서 사진 한 장을 더 꺼냈다. 음료수가 묻어 축축했다. 어떤 자식이 다 마시지도 않은 음료수를 버린 거냐고 속으로 투덜거리며 사진을 흔들었다. 여자가 내가 하는 양을 보고 쿡쿡 웃더니 가방에서 화장지를 꺼내 주었다. 화장지로 사진을 깨끗하게 닦은 다음 들여다보았다. 고양이의 평화를 가늠할 재주는 없지만 대충 봐도 호순이는 편안해 보였다. 사랑해주고 아껴주는 주인 앞이라는 걸 알 수 있었다. 나는 그 사진을 주머니에 챙겨 넣었다.

52

보름을 기다리기로 여자와 타협했지만 그럴 필요가 없게 됐다. 바로 그날 저녁 일이 터졌던 것이다.

여자가 요리한 음식으로 배를 채운 다음이었다. 내 소화기관은 모처럼 음식다운 음식을 섭취해 유쾌한 포만감에 젖었고, 노인도 불만스러운 표정은 아니었다.

그렇다고 온전히 평화로운 저녁 한때는 아니었다. 실랑이가 있었다. 노인이 여자의 일당에다 장을 봐온 비용만이 아니라 수고비까지 없으려고 해서였다. 그동안 집안일을 해왔는데 이제 요리까지 해주었으니 그냥 있을 수는 없다는 것이 노인의 계산법이었고, 그동안 (비록 배달 음식이나마) 줄기차게 얻어먹었으니 돈을 받을 수 없다는 것이 여자의 사양 이유였다. 내가 설거지를 하는 동안에도 둘은 받아라, 받을 수 없다, 옥신각신했다. 나는 설거지를 마친 다음 소파에 앉아 그 이타적 분쟁을 느긋이 관전했다. 여자가 도와달라는 눈빛을 보내왔지만 못 본 척했다. 누구의 편을 들 수도 없고, 누구의 편을 들어서도 안 되었다. 사실을 말하면 나는 두 사람 모두의 편이었기에 두 사람 모두에게 무언의 응원을 보냈다.

여자와 노인이 장장 이십여 분에 걸친 '밀당'으로 서서히 진이 빠져갈 무렵 내 주머니에서 전화벨이 울렸다. 모르는 번호였다. 혹시? 나는 전광석화와 같은 속도로 베란다로 나가 전화를 받았다.

"호순이를 찾으신다고요?"

"예, 그렇습니다."

"역시나, 그쪽이군요."

낯선 번호이긴 해도 낯선 목소리는 아니었다. 나도 답례를 했다.

"예, 그쪽도 역시나, 제가 아는 그쪽이군요."

"예, 맞습니다."

짧은 침묵이 건너가고 건너왔다. 내가 아는 그쪽이 먼저 침묵을 깼다. 용건이 있는 쪽이 입을 여는 게 대화의 정석이었다.

"잠깐 통화 괜찮습니까?"

노인의 아들은 처음 맞닥뜨렸을 때와는 달리 상당히 정중한 태도로 나왔다. 나도 그 정중함에 격을 맞춰 응대하고 싶었지만 그 전에 궁금한 사항부터 확인해야 했다.

"전단지를 보고 전화하신 겁니까?"

"그렇습니다."

나는 거실 쪽을 흘끔 돌아보았다. 여자와 노인은 내가 누구와 통화를 하거나 말거나 놀라운 집중력과 인내심으로 서로가 서로에게 주거니 받거니, 밀거니 당기거니를 이어가고 있었다. 사양의 미덕을 발휘하기 위해서가 아니라 사양의 관철을 위해 오기를 부리는 단계로 접어든 지 오래였다. 참으로 본받을 만한 직장 동료요 고용주였다.

"설마 호순이를 그쪽에서 보호하고 있는 건⋯⋯ 아니겠죠?"

"호순이가 어떻게 됐는지 나도 모릅니다. 관심도 없고요. 아버지 얘기를 하고 싶습니다. 전화로는 좀 그렇고, 만났으면 하는데요. 그 여자분도 함께 나와줬으면 좋겠어요."

"글쎄요, 물어보고 연락드리죠."

전화를 끊고 거실로 돌아갔다. 여자와 노인의 오기 혈전은 새로운 국면으로 넘어가 있었다.

여자는 자기가 만든 요리가 별로 맛이 없었을 뿐만 아니라 영양가적 측면에서도 부실하여 음식값을 쳐서 받기에는 심히 면목이 서지 않는 일이라며 손사래를 쳤다. 노인은 무슨 소리냐, 공짜를 밝히면 대머리가 된다는데 나는 대머리가 되고 싶지 않다고 앞머리를 쓸어 넘기며 항의했다.

그러자 여자가 다시, 그런 식으로 따지면 그동안 공짜 음식을 무수히 얻어먹은 나는 머리가 홀랑 벗겨지고 두피까지 벗겨져 해골이 드러났을 거라고, 다분히 엽기적인 뉘앙스로 반박했다. 한 발짝도 물러설 생각이 없는 노인은 또, 당신은 여자니까 대머리가 될 걱정을 하지 않아도 되니 참 좋겠다, 아주 행복하겠다, 그러니까 돈을 받아라 하고 맥락이 닿지 않는 주장으로 말발을 세웠다. 그렇게 둘이서 해괴한 논리를 탁구공처럼 주고받고 있었는데, 모처럼 가정식 백반을 먹고 나더니 기운들이 뻗치는 모양이었다.

이 양반들을 그대로 두면 다음에는 공짜를 밝히면 과연 대머리가 되느냐 마느냐 하는 문제로 설전을 벌일 게 분명했다. '공짜와 대머리의 과학적 연관성에 대한 고찰'로 주제를 갈아타기 전에 뜯어말리는 게 상책이지 싶어서 나는 둘 사이를 하염없이 가고 오고, 오고 가는 돈을 탁 가로챘다. 그러고는 여자를 돌려 세웠다.

"그만!"

"뭐 하는 거예요?"

"갑시다. 어르신, 내일 아침에 뵙겠습니다."

나는 여자의 가방을 챙겨서 버둥거리는 여자를 강제로 잡아끌고 밖으로 나왔다. 여자가 펄펄 뛰기 전에 재빨리 귀 가까이에 대고 속삭였다.

"어르신 아들이 전화를 걸어왔어요."

펄펄 뛰기 일보 직전이었던 여자가 지상 일 밀리미터 상공에서 멈칫했다. 나는 얼른 여자의 가방에 돈을 찔러 넣었다. 여자는 잠깐 분개한 표정을 지었으나 이내 당면한 현안을 물고 늘어졌다.

"그 사람이 왜요? 어떻게요? 전화번호 가르쳐줬었어요?"

"전단지."

"아!"

"아버지 문제로 얘기 좀 하고 싶대요, 우리와."

"그래요? 이 근처에 다니러 왔었나? 전단지를 다 봤게?"

"만나볼 거죠?"

"그쪽은요?"

"만나야죠. 우리가 걱정하는 사람의 아들이 만나자고 하는데 별수 있나요."

"혹시 그 사람, 우릴 신고하거나 고소하려고……?"

"말투가 정중해요. 그럴 생각으로 만나자는 건 아닌 것 같고, 아버지 얘기를 하고 싶다니, 걱정이 되기는 되는 모양이죠. 뭐, 그래도 아버진데."

"그거야 얘길 들어봐야 알지."

나는 전화기에 남아 있는 발신자 번호로 전화를 걸었다. 목을 빼고 기다렸는지 노인의 아들이 냉큼 전화를 받았다.

"만나주시는 거지요?"

"뭐……. 언제 만날까요? 시간은……."

"바쁘지 않다면 지금 당장 만나고 싶은데요. 저는 지금 불광천 근처에 있습니다."

"그럼 응암역쯤에서 만나죠. 응암역 2번 출구 앞에 국민은행 건물이 있어요. 거기 이층 카페에서 뵙죠."

"알겠습니다."

전화를 끊고 여자와 함께 응암역으로 향했다.

53

"아버지가 문젭니다."

먼저 와서 기다리고 있던 노인의 아들이 우리가 자리에 앉기 무섭게 말을 꺼냈다. 노인네가 문제인 거야 기정사실이지만 인사고 뭐고 다 집어치우고 다짜고짜 본론으로 들어가니 말문이 막혔다. 내가 머뭇거리자 여자가 나섰다.

"그래서요? 우리한테 원하는 게 뭔데요? 고소라도 하실 생각이라면……."

여자는 아직 일어나지도 않은 고소, 라는 상황에 대해 신경질적인 반응을 보였다. 내게도 고소는 불편하고 두려운 사건이었다. 다행히 아들은 고개를 가로저었다.

"고소까지 생각해보지는 않았습니다. 그랬다가는 아버지가 가만 안 있을 테니 괜히 일만 키우는 꼴이고요. 솔직히 남들이 알까…… 신경이 많이 쓰입니다. 평화로운 방법으로 조용히 해결하고 싶어요. 그래서 두 분을 만나자고 한 겁니다."

"어쩔 생각이신데요?"

"내가 먼저 묻고 싶은데요. 전단지 붙인 걸 아버지는 모르시겠죠?"

여자와 나는 잠깐 눈빛을 교환했다. 여자가 고개를 끄덕였다.

"예, 우리끼리 결정했어요."

"그럴 줄 알았습니다. 애당초 호순이가 가출한 거라면 아버지가 진즉에 전단지를 붙이든 신문에 광고를 내든 하셨겠죠. 그러니까 즉."

"우리가 하는 일이 무의미하다고요?"

"호순이는 죽은 게 분명해요. 언제 어쩌다 그렇게 되었는지는 모르겠지만. 그러지 않고서야 아버지가 저렇게 휙 돌아버렸을 리 없으니까요."

"그 생각도 안 해본 게 아니에요. 뭐, 그래도 세상에는 만약의 가능성이란 게 있으니까요."

"만약의 가능성이라……. 호순이가 살아 있어서 찾을 수만 있다면 아버지도 그 미친 짓거리를 그만둘 거라는 거죠?"

우리는 동시에 고개를 끄덕였다. 아들은 우리와 반대로 고개를 절레절레 흔들었다.

"가능성을 완전히 배제할 수는 없겠죠. 아버지 이웃분들에게 물어봤는데, 아는 사람이 없어요. 그냥 언제부터인가 안 보인다고만……."

"이웃분들을 만나셨어요?"

"오늘 퇴근하면서 아버지 아파트에 가봤죠. 아버지가 노망이 난 거라면 그 원인이라도 알아야겠다 싶어서요. 도저히 그냥 있을 수만은 없고 해서……."

우리가 저녁을 먹는 동안 그는 아버지의 이웃들을 만나고 다녔다. 우리는 이웃을 상대로 탐문하는 일을 간과했는데 이 점에서는 아들인 그가 우리보다 나았다. 우리 나름대로 핑곗거리가 없지는 않았다. 노인은 바깥출입이 거의 없이 지내는 외톨이나 다름없는 사람이었고, 성격상 이웃과 다정하게 지낼 위인도 못 되었다. 얼굴 마주치면 인사나 하고 사는지 의문이었다. 그런 판단 때문에 이웃의 존재는 처음부터 무의미했다.

성격 문제가 아니어도 노인의 이웃들이 호순이의 행방을 모르는 건 충분히 설명이 되었다. 호순이가 정말로 죽었다면 사체는 당연히 노인이 처리했을 것이다. 사체야말로 죽음의 가장 확실한 증거물인데 그냥 놔둘 수는 없었으리라. 죽음의 회피를 택한 노인의 입장에서는 무덤을 만들어주었을 가능성도 희박했다. 사체를 방치할 수는 없고, 고양이 무덤을 만들 수도 없고, 그렇다면 가장 쉽고 확실한 해결책은 사체를 쓰레기봉투에 넣어 내다 버리는 것이었다. 그럼 이웃의 눈에 띄지도 않을 테고, 노인 스스로도 사체 유기가 아닌, 단지 쓰레기를 버렸을 뿐이라는 자기 기만에 빠질 수 있었을 테니.

내가 생각에 잠겨 있는 동안 아들은 우리의 안색을 살폈다. 우리가 무슨 생각을 하는지 기어코 알아내고 싶은 심정에서인지 여자와 나를 바라보는 눈빛이 지나치게 날카로웠다. 그러나 그 자신은 우리를 그런 시선으로 노려보고 있다는 사실을 전혀 깨닫지 못하는 듯했다.

"호순이가 살아 있다고 칩시다. 그럼 두 분은 호순이를 찾아서 뭘 어쩔 셈입니까? 아버지에게 돌려드릴 건가요?"

여자가 대답했다.

"당연히 돌려드려야죠."

여자가 눈살을 찌푸렸다. 방금 아들이 뱉은 말의 행간을 뒤늦게 눈치챘기 때문이었다.

"그냥 돌려드릴 거예요. 돈은 필요 없어요."

"정말입니까? 솔직히 내 입장에서는 두 분을 의심할 수밖에 없습니다. 두 분은 오리 포상금으로 천만 원을 받기로 했잖습니까? 오리를 잡을 수 없으니까 호순이라도 찾아서 돈을 벌 작정 아닌가요?"

여자와 나는 서로를 보며 쓴웃음을 지었다. 기분이 썩 좋지는 않지만 화낼 만한 일은 못 된다는 의미였다. 아들로서는 그런 의심을 하고도 남을 일이었다.

"우리는 그동안 어르신께 일당을 받아왔고, 그것만으로도 어르신께 고맙고 미안한 심정입니다. 천만 원이나 더 받아낼 생각은 없습니다. 우리가 욕심에 눈이 멀었다고 해도 그 어르신이 어디 호락호락 당할 분입니까? 어림없지요. 아드님이 더 잘 아시겠지만 그분, 예사로운 분 아닙니다. 애당초 우리가 그분과 맺은 계약도 오리를 잡아오면 천만 원을 준다는 거였지 호순이를 찾아오면 준다는 게 아니었고요."

"아버지 성격이야 너무나 잘 알죠. 이가 갈릴 정도로."

아들은 잠깐 말을 끊었다가 좀 더 차분해진 목소리로 말을 이었다.

"알겠습니다. 두 분을 믿기로 하죠. 처음부터 두 분을 의심한 건 아니었어요. 혹시나 싶어 짚어본 겁니다. 지난번에 아버지가 돌아가실 뻔했을 때 두 분이 도와주셔서 감사했습니다. 두 분이 아니었으면 아버지는 벌써 돌아가시고 장례식까지 마쳤겠죠. 아버지와 두 분의 관계는 잘 이해가 안 가지만, 두 분이 아버지에게 순수한 호의를 품고 있다는 것 정도는 인정하죠. 두 분을 믿고 나도 솔직한 이야기를 좀 해보겠습니다."

장황하게 서론을 끝낸 아들이 이어질 본론을 예고하면서 목청을 가다듬었다. 우리는 토끼 눈을 뜨고서 그에게 귀를 기울였다.

"아버지가 쫓는 그 오리를 만들어내야겠습니다. 두 분이 도와주십시오."

54

웃음이 터질 뻔했다. 여자는 쿡, 소리를 내고 말았다. 내가 옆구리를 슬쩍 찌른 덕분에 거기서 멈췄지만 참느라 어깨가 흔들리는 것까지는 어쩌지 못했다.

아들은 기분이 상한 표정을 지었다. 나는 웃음을 참아가며 아들에게 설명했다. 가짜 오리를 만든다는 게 얼마나 터무니없는 발상인지, 노인이 오리 문제에 얼마나 철저한지, 혹시 자기를 속이려고 들까 봐 폴라로이드 카메라만 고집한다든지 등등을 모두. 나는 이만하면 납득이 가도록 설명했겠지 싶었으나 아들은 전혀 그렇지 않는 얼굴이었다.

"아버지를 속이는 게 쉽지는 않겠죠. 그렇지만 전혀 불가능한 일도 아닙니다. 우선 아버지에게 호순이를 잡아먹은 오리가 어떻게 생겼는지 자세히 들어보는 겁니다. 그리고 비슷하게 생긴 오리를 찾는 거죠. 없으면 만들면 되고요. 오리라는 게 달라봐야 뭐 얼마나 다르겠습니까. 덩치가 크다? 큰놈을 찾으면 되죠. 털 색깔이 조금 다르다? 염색을 하든지 물감을 칠하면 되죠. 찾다 보면 수가 생깁니다."

목구멍에 간질간질 걸려 있던 웃음이 식도 너머로 쏙 들어갔다. 여자도 언제 웃었냐는 듯 말짱한 얼굴을 했다. 약간 당황하는 것도 같았다.

"보통 사람이라면 안 속겠죠. 하지만 아버지는 정상이 아닙니다. 예전 같으면 어림도 없겠지만, 노망이 든 지금이야 얼마든지 속일 수 있습니다. 혹시 의심한다? 막 우기면 됩니다. 두 분이 계속 우기면 뭐 어쩌겠습니까? 아버지도 결국엔 속아 넘어가고 말 겁니다."

당황한 여자가 물었다.

"그 아이디어, 아드님한테서 들으셨어요?"

"아뇨. 그 녀석은 요즘 나하고 말도 안 합니다. 왜요?"

"부자지간이 맞네요. 그 아버지에 그 아들. 할아버지도 보통이 아니시고, 그 꼬마도 보통이 아니었는데 이제 보니 아드님도 보통이 아니네요. 그 아버지에 그 아들에 또 그 아들. 피가 물보다 진하긴 진한가 봐요. 어쩜 삼대가 그렇게 똑같으세요?"

식도를 타고 위장까지 내려가 처박혔던 웃음이 급기야 튀어나왔다. 나는 이번에야말로 웃음을 참지 않고 온몸을 흔들며 웃었다. 여자도 함께 깔깔댔다. 아아, 이런 삼대라니. 서로를 쏙 빼닮은 주제에, 어쩌면 그런 탓에 이쪽과 저쪽으로 나뉘어 그토록 으르렁대며 싸우는 이 삼대라니. 누군가의 말대로 비극과 희극은 때때로 구별이 안 되는 것이다. 우리는 웃지 않고 배길 수가 없었다.

아들은 이것들이 뭘 잘못 먹어 똥구멍이 간질간질한 거지 하는 표정으로 우리를 멀뚱멀뚱 건너보았지만 우리는 차마 그 이유를 밝히지 못했다. 그래서 우리는 더 웃을 수밖에 없었다. 실컷 웃고 나서 겨우 웃음을 멈추었을 때 아들은 안면 근육이 실그러졌다 샐그러졌다 표정 관리가 되지 않고 있었다.

"왜 웃는 겁니까? 뭐, 우스워 웃는 거야 자유지만…… 그래서 도와준다는 겁니까, 못 도와준다는 겁니까? 대답이나 하고 웃으시든지."

"대답이나 마나…… 그런 속임수는 안 통한다니까요."

여자의 대답에 아들은 단호한 표정을 지었다. 이번에는 단호하다 못해 삼엄한 얼굴이 되었다.

"통하든 안 통하든 그 수밖에 없습니다. 그럼 어쩌란 말입니까? 두 분도 아버지를 걱정하는 거 아닌가요? 그동안 돈을 받아와서 미안한 마음도 있다고 하셨죠? 그럼 아버지를 저대로 놔둘 수 없다는 데도 동의할 텐데요. 이런 말까지는 안 하려고 했는데, 사실 아버지를 강제로라도 정신병원에 모셔갈까 생각해봤습니다. 하지만 역시 그런 짓은 못 하겠더군요. 아무리 그래도 아버지고, 솔직히 남들이 알까 무섭기도 하고. 그러니까 되든 안 되든 해보자는 겁니다. 가짜 오리를 만들어보자고요. 어차피 처음부터 있지도 않은 오리 아닙니까. 가짜의 가짜를 만드는 건데 어려울 것도 없잖아요."

가짜의 가짜라. 그러니까 가짜에 홀려 있는 아버지를 가짜의 가짜로 또 한 번 홀려서 제정신으로 돌려놓겠다는 내용이었다.

"호순이를 찾는 건 거의 가능성이 없어요. 차라리 가짜 오리를 만드는 게 그나마 가능성이 있는 일입니다."

가짜를 물리칠 진짜는 찾을 수가 없고, 그래서 가짜의 가짜를 만들어야 한다니. 우리는 더 이상 웃을 수가 없었다.

여자가 먼저 내게 눈길을 던졌고, 나도 여자에게 같은 의미의 눈길을 던졌다. 우리는 각자가 서로의 거울인 것처럼 서로의 눈길에서 서로의 속마음을 읽었다. 의논이고 뭐고 할 필요가 없다는 걸 알 수 있었다.

우리는 동시에 한숨을 내쉬었다. 여자가 말했다.

"아드님 말씀이 맞아요. 계속 이대로 지낼 수도 없고, 최후의 방법을 써봐야겠죠. 근데 오리는 어디서 잡아 오죠?"

"오리 농장에 가보든지, 그건 내가 알아서 하겠습니다. 두 분은 아버지가 찾는 오리가 어떻게 생겼는지를 알아봐주세요."

"오리를 찾으면, 그다음엔요?"

"물론 두 분이 아버지에게 오리를 갖다 바치는 거죠."

내가 끼어들었다.

"잠깐만요. 어르신은 오리가 어떻게 생겼는지 자세히 말씀해주신 적이 없습니다. 아마도 우리가 당신을 속일까 봐 걱정하시는 것 같아요. 오리들 사진을 찍어 오면 그중에서 짚어내겠다고만 하셨죠."

"그렇다면 더 일이 쉽겠네요. 내가 조건에 맞는 오리를 찾아 오면 두 분이 사진을 찍어 아버지한테 보여드리세요. 아버지가 이건 아니다 하시면 다른 오리를 찾아서 또 사진을 찍는 거죠. 몇 번 그러다 보면 아버지도 결국 이놈이다! 하실 때가 있지 않을까요?"

"아니, 그게요…… 그러니까 그게요, 오리가 어떻게 생겼는지 절대 말씀을 안 해주신다니까요."

"어떻게든 들려달라고 하세요. 아버지가 두 분을 의심한 건 지난 일이고, 지금은 꽤 신뢰하시지 않습니까? 신뢰 관계가 없었다면 지금까지 두 분을 계속 고용하지도 않으셨겠죠. 안 그렇습니까?"

우리에 대한 노인의 신뢰 수준이 처음보다 훨씬 업그레이드된 거야 말할 것도 없었다. 호순이 사진을 내준 것도 그 증거 중 하나였다.

내가 침묵하자 아들은 이제 됐다는 듯 득의양양한 표정을 지었다.

"그럼 그렇게 해주시기로 한 겁니다. 약속하시는 겁니다?"

약속이라는 말이 마음에 걸렸지만 별수 없었다. 우리는 약속합니다의 뜻으로 고개를 주억거렸다. 용건이 다 끝났는지 아들이 그만 일어나려고 하다가 아, 하면서 도로 주저앉았다.

"깜빡 잊고 갈 뻔했네요. 아버지가 두 분에게 포상금을 주시면 그 돈은 제게 주셔야 됩니다."

생각지도 못했던 소리라 우리는 입을 열지 못했다. 아들이 우리 눈을 똑바로 보면서 힘주어 말했다.

"두 분이 도와주시는 건 고맙게 생각합니다. 하지만 그 대가는 이미 받은 거로 해주세요. 실제로도 받지 않으셨습니까? 일당 말입니다. 하루에 오만 원씩이나 받았으니 그만하면 충분한 거죠. 설마 그 이상의 욕심을 부리지는 않으시리라 믿습니다. 아, 그렇다고 내가 그 돈을 가로채는 거라고 오해하지는 말고요. 나중에 기회를 봐서 아버지에게 돌려드릴 거니까요. 나도 생각이 있습니다. 그때 가면 두 분이 나를 통해 돈을 돌려주었다고 말씀드릴 생각이니까요. 처음에는 돈 욕심이 나서 그냥 받았는데 나중에 생각해보니 아무래도 이건 아니다 싶은 마음에 돌려주었다는 식으로요. 아버지는 두 분께 두고두고 고마워하시겠지요. 그럼 된 거 아닙니까? 집에서 식구들이 기다리고 있어서 이만 일어서야겠습니다. 오리에 대해 알아내면 바로 연락 주세요. 여기 계산은 내가 하죠."

아들은 계산서를 챙겨 들고 바람같이 카운터로 달려갔고, 계산을 치른 다음 바람같이 카페를 나가버렸다. 우리에게 남은 것은 한바탕 바람이 지나간 다음의 깊은 침묵이었다.

55

"어때요, 믿을 만한 사람 같았어요?"

여자는 물으나 마나 한 질문을 던졌고, 나는 하나 마나 한 대답을 던졌다.

"믿어야죠. 별수 없잖아요."

저녁도 지나 이제 슬슬 밤이었다. 밤거리를 걸으니 계절이 달라졌다는 걸 실감할 수 있었다. 여름의 밤공기는 고작해야 미지근한 정도였지만 가을의 밤공기는 제법 서늘했다. 낮에 그토록 더웠던 게 믿기지 않을 정도였다.

우리는 목적지도 정하지 않고 내키는 대로 걸어갔다. 무슨 데이트를 하는 것도 아니었고, 이대로 헤어지기가 찜찜해서 함께 걷는 것뿐이니 목적지 따위는 아무래도 좋았다. 지나가는 사람들은 이 밤중에도 다들 바빠 보였고, 느려빠진 걸음으로 보행의 흐름을 방해하는 건 우리뿐이었다. 세상에, 현실에, 뒤처지거나 소외된 느낌이 들지 않은 것은 밤이기 때문이었을까. 뭐 아무래도 좋은 일이었다.

여자는 고개를 뒤로 꺾고 밤하늘을 올려다보았다.

"그 사람 사실은 돈을 가로채려는 수작인지도 모르죠."

"회사가 어려운가 보죠."

"고작 천만 원으로 회사를 살릴 수 있대요? 회사가 아니라 무슨 구멍가겐가 보다."

"회사가 어려운 게 아니면 룸살롱이라도 가려는가 보죠. 숨겨둔 애인하고 유럽 여행이라도 다녀올 속셈인지. 아니지."

나는 고개를 세차게 흔들어 내 말을 부정했다.

"좋게 생각하자고요. 가족을 위해서 돈을 쓰려는 것일 수도 있잖아요. 그 꼬마 녀석 학원 보내는 데 쓴다거나, 대학 등록금을 미리 준비해둔다든가."

"그러고 보니 그 녀석 소식을 묻지 못했네. 물어보고 싶었는데 갑자기 휙 가버리는 바람에."

"잘 지내고 있을 거예요. 걱정 말아요."

"제 아버지하고 말 한마디 안 한다잖아요."

"그럼 잘 지내는 게 확실하죠 뭐. 그 녀석이 성질이 죽었다면 그게 문제지, 성질이 그대로라면 뭐가 걱정이겠어요?"

"그건 그러네."

여자가 피식피식 웃었다. 나도 크히히 웃었다.

"그 사람이 돈을 가로챘다고 해도 우리하고는 상관없는 일이죠. 아버지와 아들 사이의 문제니까."

"그렇죠."

"우리가 그 돈을 꿀꺽하지 못한다는 건 몹시 아쉽지만."

"나 안 그래도 아쉬움을 누르느라 무지하게 고생하고 있거든요? 자극하지 말아요."

이번에는 여자가 크히히 웃었다. 나는 피식피식 웃었다. 크히히와 피식피식은 짝이 되기 딱 좋은 웃음이었다. 실없고 멍청해 보인다는 점에서.

"그나저나 할아버지가 오리 얘기를 해줄까요?"

"뭐 어떻게든 되겠죠."

"당신이 들려달라고 해요."

"또요?"

"당신은 소설가니까."

"그 말도 안 되는 이유를 도대체 언제까지 써먹을 작정이죠?"

"이 일이 다 끝날 때, 그러니까 당신과의 인연도 끝나는 순간까지. 아니면."

여자가 야릇하게 눈웃음을 쳤다. 고양이가 웃을 줄 안다면 꼭 그렇게 웃을 것 같은 눈웃음이었다.

"당신이 내게 재미있는 소설 한 편 읽게 해준다면 그만둘 수 있어요. 고양이를 잡아먹은 오리에 대한 소설."

"당신은 했던 소리를 하고 또 하는 버릇이 있네요."

"여자들은 원래 그래요. 아무리 해도 질리지 않아요. 그만 좀 튕기고 써봐요. 쓸 때까지 계속 조를 거예요."

"도대체 그런 소설을 왜 그렇게 읽고 싶은데요?"

"가짜의 가짜로 사람을 속일 수 있을지도 모르는 세상이니까. 가짜에 대한 소설도 재미있을 것 같아요. 소설 속이라면 진짜와 가짜가 구별되지 않고 구별될 필요도 없을지 모르고. 그런 소설, 재미있을 것 같지 않아요? 적어도 난 재미있을 것 같아. 써봐요."

단순한지 심오한지 헷갈렸다. 아예 말이 되는 소리인지 안 되는 소리인지부터가 헷갈렸다. 여자가 만에 하나, 천만에 하나 문학 이론 같은 걸 쓴다면 굉장히 난해하고 헷갈리는 소리로 원고지 천 매를 거뜬히 채울 수 있을 것 같았다.

헷갈린 나머지, 나도 모르게 툭 내뱉고 말았다.

"쓰고 있어요."

여자가 갑자기 잡아먹으려는 것처럼 내게 덤벼들었다.

"쓰고 있다고요? 정말요?"

"좀 떨어져요."

"대답부터. 정말? 정말 쓰고 있어요?"

"예, 쓰고 있습니다. 됐죠? 좀 떨어져요."

여자는 그제야 한 발짝 물러섰다. 나는 그녀를 물끄러미 바라보았다. 화난 건지, 울고 싶은 건지, 너무 화가 나서 울고 싶은지 복잡 미묘한 얼굴이었다.

"뭐야, 쓰고 있었으면서. 거짓말이나 하고."

"부끄럽잖아요. 부끄러우니까 그렇죠."

"뭐가요?"

"아직도 포기 못했다는 것. 세상에 그보다 더 부끄러운 일이 어디 있겠어요?"

여자가 다시 한 걸음 내게 다가들었다. 나는 이번에는 떨어지라고 말하지 않았다. 내 얼굴을 찬찬히 훑은 끝에 내 눈동자에 와 닿는 그녀의 눈빛을 담담하게 받아들였다.

그녀가 속삭였다.

"우리끼리는 부끄러울 거 없지 않아요?"

"우리는 서로 이름도 몰라요."

"내 이름을 알고 싶어요?"

"아뇨."

"나도 당신 이름 같은 건 알고 싶지 않아요. 알 필요가 없어요. 왜냐하면 우리는 고양이를 잡아먹은 오리를 쫓는 사람들이니까."

나는 천천히, 아주 천천히 고개를 끄덕였다. 여자도 나처럼 느리게, 혹은 무겁게 고개를 끄덕였다. 이윽고 여자가 뒤로 물러섰다.

"열심히 써봐요. 다 쓰면 나 보여주는 거 잊지 말고. 약속."

"오늘은 약속을 두 번이나 강요당하는 날이네."

"그래서 불만이라는 거?"

"그럼요, 불만이죠. 그래도 뭐 인생 살면서 자기 하고 싶은 대로 다 하면서 살 순 없으니까 체념해야지 어떡해. 약속합니다, 약속해요. 다 쓰면 보여줄게요."

여자가 웃었다. 아주 몹시 낯간지럽지만, 교교한 달빛도 움츠러들 만큼 농밀한 웃음이었다. 나는 그제야 비로소 진심으로 웃는다는 게 무엇인지 알 수 있었다.

"내일 봐요."

"그래요."

우리는 서로에게 손을 흔들어주고 그만 헤어졌다.

56

"그 오리 놈이 어떻게 생겼는지 자세히 들려주세요."

벼락같은 호통이 돌아올 것을 각오하고 한 말이었다. 그런 건 알아서 뭐하게! 날 속이려고 그러는 게지! 각오한 대로 노인의 얼굴에 짙은 먹구름이 끼었다. 그러나 먹구름은 벼락이 아닌 축축한 습기를 머금고 있었다. 노인은 슬퍼 보이는 얼굴로, 오 맙소사, 정말이지 너무나도 슬퍼서 당장 눈물을 일 리터쯤 뽑아낼 것 같은 얼굴로 날 바라보았다.

"그건 알아서 뭐하려고?"

"아, 그게……."

누가 내 멱살을 틀어쥔 것처럼 말이 나오지 않았다. 노인이 슬퍼하는 모습이야 예전에도 누차 봤지만 그때는 호순이의 최후를 들려줄 때였다. 노인이 호순이 때문에 슬퍼하고 눈물 흘리는 모습은 충분히 납득할 수 있어도 그 외의 경우는 납득은커녕 상상하기도 어려운 것이었다. 제발 도와달라는 눈빛으로 여자를 돌아봤지만 그녀도 넋이 반쯤 잠적한 얼굴이었다.

간밤에 나는 노인에게 들려줄 거짓말을 정성껏 준비했다. 한때나마 '글밥' 먹고살아온 기량을 한껏 발휘했지만 완성하고 나니 군색하기 짝이 없었다. 뇌를 탈수기에 넣고 탈탈 털어도 더 이상 그럴듯한 얘기가 나올 것 같지는 않아서 그쯤에서 만족하기로 했다.

그리고 아침이 되어서 항상 그래왔듯이 노인의 집에 와서 이제 막 말문을 연 참이었다. 근데 이게 무슨 반응인가. 노인은 몸을 옹송그리고 나를 겁먹은 듯이, 어이쿠 맙소사, 정말 겁먹은 듯이 바라보았다. 에이해브 선장을 연상케 할 정도로 당당하고 위엄 있던 그 노인네는 어디로 갔는지 모를 노릇이었다.

"그게, 저기……. 처음 일을 시작할 때 그러지 않으셨습니까. 저희가 오리 사진을 찍어 오면 그중에서 한 놈을 어르신께서 짚어내시겠다고요. 그럼 저희가 그 오리를 잡아 오기로 했었고요."

나는 힘겹게 말했고, 노인은 가만히 듣기만 했지만 듣는 것도 힘겨운 듯했다.

"생각해보니까 그게 너무 번거롭고, 오리를 잡는 데도 도움이 되지 않을 것 같아서요. 저희가 호순이를 잡아먹은 그놈을 사진에 담는다고 해도 그놈을 다시 발견할 수 있을지 어떨지, 확신할 수가 없지 않습니까. 그러니까 차라리 어르신께서 그놈이 어떤 놈인지 가르쳐 주시는 게 좋겠다는 겁니다. 그럼 저희가 사진을 찍고 어르신께서 그걸 확인하는 절차는 건너뛰고 그놈을 발견하는 즉시 잡아 올 수 있잖아요."

내가 말끝을 맺어도 노인은 입을 열지 않았다. 입술을 굳게 다문 채 콧숨만 내쉬는데 어느 순간부터 숨소리가 점차 커지기 시작했다. 후욱, 후욱 하는 소리가 꼭 울음을 참으려고 애쓰는 것 같다는 예감이 번득이는 찰나, 맙소사, 맙소사……. 더 이상 적당한 감탄사조차 떠오르지 않을 뿐만 아니라 그만 말문이 막혔다. 노인이 눈물을 글썽거리는 게 아닌가. 맙소사, 맙소사, 그저 맙소사.

"전에는 그런 걸 굳이 묻지 않았지."

노인의 음성에 물기가 배어 있었다.

"아, 예…… 그게…… 전에는 미처 그런 생각을 못 했거든요. 어젯밤에 문득 생각이 나서요."

"호순이에 대해서도 관심이 없다가 갑자기 관심을 보이고, 사진까지 얻어가고."

"아아, 그건, 그건…… 말씀드리지 않았습니까. 오리를 찾는 데 도움이 될까 해서 그랬다고요. 그랬죠? 예?"

나는 이번에야말로 거들지 않으면 가만두지 않겠다는 눈빛을 여자에게 날렸다. 여자는 놀라운 순발력으로 내 시선을 척 받아넘기면서 천장을 꼬나보았다. 노인은 눈물이 그렁그렁한 눈으로 나를 바라보고, 나는 여자에게 엄포의 눈총을 날리고, 여자는 애꿎은 천장에다 책임 전가를 하는, 난감한 연쇄반응 속에서 노인이 울먹울먹 말했다.

"나는 당신들을 믿고 싶고, 믿고…… 있어."

"아, 예. 고맙습니다."

"세상 사람들이 다 날더러 미쳤다고 해도 당신들만은 끝까지 나를 믿어주고 그 오리 놈도 잡아다 줄 거라 믿고 있었어."

"예, 그렇습니다. 저희는 말씀하신 그대로 할 겁니다. 오리 모습을 가르쳐달라는 것도 그래서인걸요."

어쩌면 소설가란 정말로 거짓부렁을 잘하는 족속인지도 몰랐다. 아니면 내가 그냥 나쁜 놈이거나. 진실이 무엇이든 한번 시작한 거짓말은 중간에 막히지 않고 술술 나와주었고, 나는 그게 다행인지 불행인지 도통 알 수가 없었다.

노인이 손등으로 눈가를 훔치더니 기나긴 한숨을 내쉬었다. 한숨이 끝난 다음에도 오 분간 침묵이 이어졌다. 한계를 넘어서는 불편한 침묵이었다. 내 담당 편집자가 원고를 비판하기 전 포석으로 까는 침묵도 그토록 불편하지는 않았다. 내가 침묵의 바다에 익사하기 직전, 노인이 구명보트를 던져주었다.

"내 믿음을 배반하지 말게. 당신들만은 그러지 않을 거라 믿어."

"예, 믿어주십시오. 절대로 배반하지 않습니다."

"들려주지. 그놈이 어떻게 생겼느냐면……."

노인은 눈을 감고 나직나직 설명하기 시작했다. 눈만 감으면 그놈의 오리 자식이 선명하게 떠오르는지 노인의 구술은 구체적이고도 상세하고도 일목요연하고도 생생하고도…… 말하자면, 이건 뭐 말로 하는 스케치를 거의 예술의 반열로 올려놓은 것이나 다름없다 싶도록 탁월한 묘사력이었다. 그는 역시나 상상력이 풍부하고 말재주가 뛰어난 노인이었다. 나는 수첩을 꺼내 한마디도 놓치지 않고 받아 적었다.

설명을 끝낸 노인이 음울한 얼굴로 우리를 배웅했다. 우리는 폭염보다 더 뜨거운 열기를 느꼈는데, 노인이 뿜어내는 것인지 우리 내부의 양심에서 퐁퐁 솟는 것인지 알 수 없었다. 아무튼 우리는 도망자의 모양새로 집을 나섰다.

57

"배신자."

"미안해요."

나의 힐난에 여자는 순순히 사과했다. 진심으로 미안했는지 고개까지 꾸벅했지만 내 기분은 쉽사리 풀어지지 않았다.

"배신자."

"미안하다니까요. 아까는 정말 말이 안 나왔어요. 혓바닥이 굳어버린 것 같았다고요."

"당신 혓바닥은 굳어버리는 재주도 있고, 아주 편리하네요. 부러워

죽겠네. 내 혓바닥은 그런 재주가 없어서 혼자 거짓말을 주절주절 읊어야 했고."

"미안해요. 정말 미안해요. 근데 원래부터 당신이 맡기로 한 일이었잖아요."

"그래도 옆에서 거들어주기는 했어야죠. 어쩜 그렇게 남의 일인 것처럼 듣고만 있을 수가 있어요?"

"아니, 그게……. 할아버지가 울 것 같았다고요! 할아버지가!"

여자가 소리를 질러댔다. 벤치 옆 운동기구에서 운동을 하던 사람들이 이쪽을 돌아보았다. 나는 두 손을 펴 손짓으로 여자를 진정시켰다. 여자가 벤치 모서리를 꽉 움켜잡고서 말했다.

"할아버지가 그러는데, 아까는 정말 말이 안 나오더라고요."

"그건 나도 마찬가지였어요."

"거짓말 잘만 하던데요?"

"한번 시작하니까 멈출 수가 없었던 것뿐이지. 거짓말이라는 게 원래 그렇잖아요."

"그런 거짓말을 믿어주다니. 할아버지가 우리를 그렇게까지 신뢰하는 줄 몰랐어요."

"신뢰하면서도 한편으로는 의심도 하겠죠. 그러니까 그런 말을 했을 거고."

"아무튼 양심에 찔려요."

"나에 비하면 낫죠. 내 양심은 아예 너덜너덜해졌어요. 난 절대로 배신 안 한다고 맹세나 다름없는 소리까지 했다고요."

"그만 좀 비난해요. 미안하다고 몇 번이나 사과했잖아요. 남자가 왜 그렇게 속이 좁아."

"남자가 뭐요? 하여튼 여자들은 이럴 때만 남자 타령이라니까. 양성평등 구현합시다!"

"남자들이야말로 이럴 때만 양성평등 타령이지!"

좋게 말하면 바보 같은 싸움이었고, 나쁘게 말해도 바보 같은 싸움이었다. 그런 싸움이 으레 그렇듯이 너나 나나 다 같은 바보로구나 하는 달갑지 않지만 진실한 깨달음을 얻은 다음에야 매듭을 지을 수 있었다.

우리는 말없이 산책로를 걸으며 오리 사진을 찍었다. 노인의 아들에게 전화를 해야 했지만 당장은 그럴 기분이 나지 않았다. 여자도 재촉할 생각은 없었는지 무성의하게 셔터를 눌러댈 뿐이었다. 말은 안 해도 마음은 통했고, 그래서 우리는 계속 침묵을 지켰다.

아들에게 전화를 거는 순간이 노인에 대한 결정적인 배신행위가 성립하는 순간이다. 더 이상 무르고 자시고 할 수 없게 되는 것이다.

굳이 따지자면 가짜 호순이를 만들어낼 생각까지 했을 때 이미 배신은 시작되었거나 혹은 가능성만이라도 잉태되었다고 할 수 있었다. 그러나 그건 아무리 잘 봐주어도 가능성일 뿐이었다. 우리는 가짜 호순이를 만들기 전에 진짜 호순이를 최선을 다해서 찾을 생각이었다. 노인이 사랑하는 진짜 호순이를 되찾아주는 건 당연히 배신이 아니었지만, 노인이 증오하는 가짜, 그것도 진짜 가짜도 아닌 가짜의 가짜를 만들어주는 건 명백한 배신이었다.

218

다 노인을 위한 것이라는 핑곗거리가 있기는 했다. 그 핑계에 의지해서 아들의 제안을 받아들인 것이다. 그러나 핑계는 약했다. 노인의 눈물 섞인 호소에 비하면 턱없이 약했다. 이제 우리는 정말로 노인을 위하는 길이 무엇인지 알 수가 없었고, 알고 있는 거라고는 그가 우리에게 의지하고 있다는 것뿐이었다. 에이해브 선장을 미쳤다고 하면서도 끝까지 따라간 선원들도 이런 기분이었을까. 미쳤거나 어쨌거나 그는 선장이었고 그래서 따를 수밖에 없었던 것일까. 우리는 어떤가. 선장을 내버려둔 채 피쿼드호에서 달아나려 하고 있지 않은가. 아예 피쿼드호를 뒤집어서 선장과 함께 바다에 수장시키려는 것은 아닌가.

그만둘까. 아들에게 전화해서 역시 그런 사기는 못 치겠다고 할까.

그럴 수도 없었다. 노인이 가짜에 홀린 건 분명했고, 아들의 저의가 무엇이든 그의 계획은 결과적으로 노인을 구원할 수 있는 최후의 해결책이었다. 방법의 윤리성은 둘째치고 그게 정말 효과를 거둘 수만 있다면 가짜의 가짜가 진짜로 작용하는 것이다. 노인이 가짜 오리를 호순이를 잡아먹은 그놈으로 인식하고 놈의 목을 비틀어버린다면, 그렇게 해서 마침내 해피엔드를 거둔다면 가짜의 가짜가 진짜로 작용한 것이라고 해도 무방하지 않은가.

논리는 그럴싸했지만 역시 선뜻 전화를 걸 수는 없었다. 우리는 갈팡질팡했다. 이럴 수도 없고, 저럴 수도 없고, 우리는 가짜를 쫓는 노인과 가짜의 가짜를 만들려는 아들 사이에, 즉 결코 진짜일 수 없는 가짜와 가짜의 가짜이기 때문에 진짜가 될 수도 있는 가짜 사이에서

옴짝달싹도 할 수 없었다.

우리가 목발을 잃어버린 부상자처럼 맥없이 레인보우 다리인지 무지개 브리지인지, 아무튼 그 망할 놈의 다리를 지나갈 때였다. 저 앞에서 누군가 손을 흔들며 달려왔다.

"아저씨! 누나!"

우리가 잠시 잃어버렸던 세 번째 동료였다.

58

"두 분 배탈 났어요?"

꼬마는 인사도 생략하고 대뜸 그렇게 물었다. 여자가 허허 웃더니 되물었다.

"왜? 우리가 어디 안 좋아 보여?"

"설사가 안 멈춰서 밤새 변기에 앉아 있다가 이제 막 밖에 나온 사람들처럼 보여요."

"어이구, 이 녀석, 입심하고는. 넌 여전하구나. 어디 한번 볼 좀 당겨보자."

여자가 꼬마의 오른쪽 뺨을 잡아당겼다. 나는 왼쪽 뺨을 잡아당겼다. 오랜만에 만난 꼬마는 입심만 아니라 살의 탄력까지 그대로 유지하고 있었다. 꼬마는 아야야, 하면서 얼굴을 마구 휘둘러 우리 손을 떨쳐냈다. 두 뺨을 문지르며 우리를 쏘아보는 품새가 나만 아니라 당신네도 여전하네요 뭐, 였다.

"너 이 시간에 여기는 웬일이야? 학교는? 개학했잖아?"

내가 묻자 꼬마는 어깨를 으쓱했다.

"개교기념일."

"학원은 안 가?"

"갔어요. 공식적으로."

"공식적으로?"

"공식적으로 엄마에게 학원 간다고 선언하고 나왔어요. 그니까 비공식적으로는 어디를 가든 내 마음대로라는 거죠."

"난 네가 나중에 커서 뭐가 될지 무척 기대된다."

"그건 저도 기대하고 있어요. 근데 정말 무슨 일 있어요? 얼굴들이 왜 그 모양? 참, 그 전단지는 또 뭐예요? 설마 할아버지가 붙인 건 아닐 테고 두 분이 붙인 거 맞죠? 이제 와서 호순이는 왜 찾아요?"

꼬마는 궁금한 게 많았고 우리도 설명할 게 많았다. 우리는 다리를 지나 벤치로 향했다. 벤치에 나, 꼬마, 여자 순으로 나란히 앉았다. 이야기는 여자, 꼬마, 나 순으로 시작했다.

"네 할아버지를 도와주려는 거야."

"호순이를 찾아서요?"

"그것밖에는 방법이 없다고 생각했지. 적어도 어제까지는."

이야기가 계속되자 꼬마는 침묵했다. 여자가 칠 할 정도를, 내가 나머지 삼 할을 들려주었다. 이야기가 끝나자 꼬마가 버럭 고함을 질렀다.

"아저씨랑 누나는 바보예요!"

이번에는 우리가 침묵할 차례였다. 우리가 바보라는 거야 익히 아는 사실이라 놀랄 것도 없지만 꼬마의 거친 반응은 놀라웠다. 우리가 바보답게 멍청한 표정으로 꼬마를 바라보자 꼬마는 숫제 발을 굴렀다.

"아빠가 정말로 할아버지를 위해서 그런다고 생각한 거예요? 아니라고요. 아빠는 돈을 가로챌 속셈이에요."

"그 정도는 우리도 생각해봤어. 하지만……."

여자가 말하자 꼬마가 날카롭게 되물었다.

"하지만?"

"돈을 가로채든 어쩌든 그건 너희 할아버지와 아버지 사이의 문제야. 우리가 상관할 일이 아니라고. 방법이야 어쨌든 너희 할아버지를 도울 수만 있다면 된 거 아니니?"

꼬마는 참 힘차게도 발을 굴렀다. 이참에 땅을 짓뭉개버리고 싶다는 듯이.

"할아버지가 속을 리 없잖아요."

"그건 모르지. 우리가 정말 비슷한 오리를 찾고, 이게 호순이를 잡아먹은 그놈이 맞다고 우기면 어떻게 될지."

"말도 안 되는 소리!"

"그 말도 안 되는 소리를 처음 꺼낸 사람은 너였단다."

"그래서 두 분은 이제 와서 그 소리에 납득했단 말이에요? 두 분은 정말 바보고, 처음에 그런 소리를 꺼낸 저도 바보네요. 우리 전부 바보예요!"

꼬마는 또다시 발을 굴렀다. 땅이 뭉개지기 전에 녀석의 무릎이 먼저 으스러질 것 같았다. 나는 녀석을 억지로 벤치에 눌러 앉혔다.

"진정하고 잘 생각해봐. 네 할아버지를 그대로 놔둘 수는 없잖아. 우리도 언제까지고 이 일을 계속할 수 없고. 어떻게든 끝을 내야 돼."

"할아버지를 속여서요? 두 분은 그래도 된다고 생각해요?"

대답할 수가 없었다. 할 말이 없을 때 다들 그러듯이 나는 질문을 질문으로 봉쇄했다.

"그럼 너는 할아버지가 계속 저렇게 사셔도 된다고 생각해?"

꼬마도 할 말이 없는 얼굴이었다. 그래도 녀석은 별 같잖은 어른인 나보다는 훨씬 정직했다. 그냥 침묵해버린 것이다.

59

"너 집에 안 가?"

"괜찮아요."

"할아버지한테는? 안 가볼 거야?"

"원래는 할아버지가 어쩌고 계신가 보러 오긴 했는데…… 됐어요. 가고 싶지 않아요."

"안 더워?"

"더워요."

여자와 꼬마 사이에 알맹이 없는 대화가 몇 마디 오간 다음 대화가 완전히 끊어졌다. 우리는 예전처럼 일 미터 간격으로 늘어선 대형으로 불광천을 걸었다. 나와 여자는 그렇다 치고 꼬마는 대형에 참여할 필요가 없었지만 누구도 그 사실을 적시하지 않았다. 여자가 앞장서며 이따금 셔터를 눌렀고, 내가 양보해준 우산을 쓴 꼬마가 그녀 뒤를 따르며 오리들에게 눈을 흘겼고, 나는 맨 뒤에서 셔터를 눌렀다가 말았다가 했다. 어쩐지 패잔병들의 행군 같다는 생각이 들었다.

점심때가 되자 우리는 늘 들르던 편의점으로 갔다. 편의점 직원도 우리 낯을 익힌 지 오래였다. 꼬마는 그동안 왜 안 보였느냐고 묻는 직원에게 실업자라서 편의점에 올 돈이 없었다는 대답을 돌려주었다. 우리는 멍한 표정을 짓는 직원이 보는 앞에서 탁자로 향했다.

셋이 탁자에 둘러앉아 빵과 우유를 먹었다. 꼬마는 너 마침 잘 걸렸다는 듯 죄 없는 빵을 마구 씹어대고 우유를 벌컥벌컥 들이켰다. 예전에 녀석이 초밥에 화풀이하던 게 생각이 났다. 아무래도 녀석은 음식에 화풀이하는 버릇이 있는 모양이었다. 아무튼 별난 삼대였다.

화풀이가 끝난 다음 꼬마가 뜬금없이 말했다.

"이렇게 하죠."

"뭘 어떻게 해?"

여자가 빵을 씹으려다 말고 되물었다. 꼬마는 먼저 그녀에게 번쩍거리는 눈빛을 보낸 다음 내게도 눈빛을 번쩍번쩍했다. 제 할아버지나 아버지 못지않은 안광이었다. 이놈의 삼대는 어쩜 이렇게 닮았을꼬.

"먼저 호순이를 계속 찾아보는 거예요. 끝내 찾을 수 없으면 가짜 호순이를 만들어내요. 그리고 가짜 호순이를 할아버지에게 갖다 드리는 거죠."

"아까도 말했지만 그 방법은 우리도 생각해봤어. 하지만⋯⋯."

꼬마는 여자의 말을 단칼에 잘랐다.

"하지만은 무슨 하지만. 생각을 해보세요. 가짜 호순이를 만들어내는 게 할아버지를 속이는 짓이라는 건 저도 알아요. 할아버지가 속을 가능성이 거의 없다는 것도 알아요. 근데 가짜 오리를 만드는 것도 마찬가지잖아요. 그럼 가짜 호순이를 만들어야죠, 당연히."

당연히⋯⋯. 그 말을 혀로 굴려보다가 퍼뜩 깨달았다. 그렇다. 그것은 꼬마의 말대로 당연한 일이었다.

꼬마는 숫제 열변을 토했다.

"어차피 두 분은 할아버지를 속이려고 하는 거잖아요. 할아버지가 속을 가능성에 모든 걸 걸려고 하는 거잖아요. 그렇다면 할아버지가 되도록 행복해질 수 있는 방법으로 속여야죠. 가짜 오리를 갖다 바치면 할아버지는 오리를 죽이겠죠. 호순이는 이미 죽은 상태고, 호순이를 잡아먹은 오리도 죽고, 결국 남는 게 뭐예요?"

"그렇구나⋯⋯. 어차피 속일 거라면 할아버지가 행복해지시는 게 좋지. 호순이가 사실은 살아 있었다고 믿으시는 게 좋은 거지."

여자는 이미 완전히 납득한 모양이었고, 나도 거의 넘어갈 뻔했지만 마음에 걸리는 게 하나 있었다.

"네 할아버지는 호순이의 죽음을 완전히 인정하고 계셔. 이제 와서 호순이가 살아 있었다고 한들 믿으실까?"

"그러니까 진짜 호순이부터 찾자는 거잖아요. 그다음에 가짜를 만들자고요. 할아버지가 속을 가능성이 거의 없다는 거야 처음부터 두 분도 다 알고 있었던 건데 새삼스럽게 뭘 지적하고 그래요. 얼마 안 되는 가능성에라도 걸어보자고요."

"그럼 네 아빠는? 기어이 가짜 오리를 만들려고 할 텐데. 우리한테도 계속 연락을 해올 테고."

"호순이를 찾는 게 하루 이틀에 될 일이 아니니까 시간을 끌어야죠. 할아버지가 두 분을 의심해서 오리가 어떻게 생겼는지 얘기해주지 않는다고 둘러대요. 설득하는 데 시간이 걸린다고요. 할아버지 성격이야 아빠도 잘 아니까 믿을 거예요. 그렇게 시간을 벌고 그사이에 우리는 진짜 호순이든 가짜 호순이든 찾아내는 거예요."

여자가 꼬마의 머리를 쓰다듬었다.

"너 어쩜 그렇게 머리가 좋니?"

"제가 똑똑한 게 아니라 두 분이 멍청한 거예요."

"너 어쩜 그렇게 밉상이니?"

여자가 꼬마의 오른쪽 뺨을 잡아당겼다. 화났다기보다 오히려 감탄해 마지않는 얼굴이었다. 나도 꼬마의 왼쪽 뺨을 잡아당겼다. 아직 어려서 그런가. 두뇌도 유연하고 볼도 탱탱하고, 보면 볼수록, 그리고 만지면 만질수록 걸작인 녀석이었다.

꼬마는 두 뺨이 찰떡처럼 늘어난 채 이상한 발음으로 말했다.

"그엄 그어게 하는 거예요?"

"그래, 그렇게 하자."

여자와 나는 한목소리로 말했다.

"그엄 나메 어구른 그마 괴엄히고 얘기나 하죠."

우리는 꼬마의 빰을 놔주고 본격적인 의논에 들어갔다. 호순이를 찾는 데 시간이 많이 걸릴 거야 자명했다. 문제는 꼬마의 아버지가 그리 오래 기다려줄 것 같지 않다는 거였다. 마냥 시간을 끌면 그는 결국 그대로 우리 도움을 포기하고 다른 수를 강구할 수도 있었다.

"아빠는 돈이 목적이니까 무슨 수를 써서라도 가짜 오리를 만들어 내고 말 거예요. 직접 할아버지를 찾아가서 얘기를 들어보려고 할 수도 있어요."

"네 할아버지가 다른 사람도 아닌 네 아빠에게 그런 얘기를 하실까?"

"얘기를 끌어내는 방법은 얼마든지 있어요. 살살 구슬리든지, 화나게 만들든지. 아빠 잔머리는 알아줘요."

나는 거기에 네 잔머리도 알아줘야겠다는 소리를 보태지 않았다.

"네 할아버지가 가짜 호순이에 속지 않으면 우리는 네 아빠에게 오리에 대한 정보를 알려줄 수밖에 없어. 그게 최후의 방법이니까."

"알아요. 하지만 그건 호순이부터 찾아본 다음의 일이죠. 시간 여유가 없으니까 일을 동시에 진행하는 게 좋겠어요. 진짜 호순이에 대한 제보가 들어오는 걸 기다리는 동안 가짜 호순이를 찾는 거죠. 진짜 호순이를 찾으면 물론 그보다 좋은 일은 없는 거고, 찾지 못하면 더 이상 지체할 것 없이 가짜 호순이를 할아버지 품에 안겨드리는 거예요."

"가만있자, 고양이를 어디서 구한다……."

"그건 내가 인터넷으로 알아볼게요."

여자가 스마트폰을 꺼내 화면을 두드렸다. 꼬마가 화면을 넘겨다보며 말했다.

"호순이는 혈통 있는 고양이는 아니고요, 코숏이에요."

"그게 뭐야?"

"코리안 숏헤어의 준말이요. 고양이 좋아하는 사람들이 길가의 흔한 잡종 고양이를 그렇게 불러요."

"너 별걸 다 안다?"

"할아버지가 하도 호순이를 애지중지해서 무슨 대단한 품종이나 되나 싶어 인터넷 뒤져봤죠. 그때 또 알게 된 사실, 호순이 같은 잡종 고양이는 펫숍에서 취급하지 않는대요."

"그럼 일반 가정에서 분양받아야 하나? 아니다, 어쩌면 시골 장터 같은 데서 팔지도 모르겠다."

"카페를 검색해보세요. 고양이 좋아하는 사람들 카페에 가보면 분양한다는 글이 올라와 있을 거예요."

"넌 우리의 브레인이야."

잠시 후 여자는 애묘인 카페를 찾아냈고 고양이를 분양한다는 글도 발견했지만 호순이같이 생긴 고양이는 없었다. 아무래도 시간이 걸릴 것 같았다. 우리는 이쯤 해두고 각자 집으로 돌아가서 계속 찾아보기로 했다.

"그럼 전 먼저 집에 갈게요. 아, 그 전에 전화번호를 교환하죠. 마땅한 고양이를 찾으면 연락해야 하니까."

꼬마의 제안에 우리는 서로의 전화번호를 가르쳐주었다. 나는 두 개의 번호를 전화기에 새로 입력하면서 이름을 어떻게 저장할까 고민했다. 슬쩍 눈치를 보니 여자와 꼬마도 같은 고민을 하는 모양이었다. 비로소, 마침내, 드디어 우리가 통성명할 수 있는 기회, 우리의 관계가 한 단계 더 진전할 수 있는 타이밍에 이른 것이다.

그러나 그게 굳이 진전시켜야 할 가치가 있는 걸까. 있기야 있겠지만, 아마도 그렇겠지만, 아직은 아니었다. 우리는 여전히 고양이를 잡아먹은 오리를 쫓는 사람들이었다. 호순이를 찾는 것도 결국 가짜를 찾는 일이라는 점에서 오리를 쫓는 일과 같았다. 일을 끝내기 전에는 서로의 이름을 알 필요가 없으며, 모르는 건 또 그거대로 괜찮다는, 굳이 언어화할 필요가 없는 공감대가 형성된 터였다. 우리는 서로를 향해 눈웃음 짓고는 전화번호의 이름 항목에다 각기 '남자', '여자', '꼬마'라고 글자를 써넣었다.

"그럼 갈게요. 고양이 찾으면 바로 연락하세요. 밤중에도 괜찮아요. 아빠한테 전화해서 둘러대는 것도 잊지 마시고요."

꼬마는 처음 왔을 때처럼 우리에게 힘차게 손을 흔들어주고는 지하철역으로 달려갔다. 우리는 녀석이 보이지 않게 될 때까지 가만히 서 있었다.

60

"그렇군요. 아버지가 말씀을 안 하시는군요."

꼬마의 말대로 노인의 아들은 쉽게 속아 넘어갔다. 꼬마의 평가에 따르면 알아주는 잔머리를 가졌다지만 노인의 성격에 대한 정보가 선입견으로 작용하니 그 잔머리도 제 성능을 발휘하지 못하는 모양이었다.

"매일 꾸준히 설득하다 보면, 어르신도 언젠가는 말씀하시겠죠."

"알았습니다. 두 분만 믿겠습니다."

그렇게 시간은 벌었지만 가짜 호순이를 찾는 게 문제였다. 집에 돌아오자마자 책상 서랍에 보관해두었던 호순이 사진부터 꺼냈고, 그 다음에 인터넷에 접속했고, 애묘인 카페란 카페는 죄다 뒤져서 회원으로 가입했고, 고양이를 분양한다는 글에 첨부된 사진을 호순이 사진과 대조하며 계속 가짜 호순이를 찾았다. 네 시간이나 컴퓨터 앞에 앉아 있었지만 소득은 전무했다. 지쳐서 의자에 축 늘어졌을 때 전화가 걸려왔다. '여자'였다.

"나예요. 그 사람하고는 얘기 잘했어요?"

"예, 어르신을 매일 설득할 테니 기다려달라고 했어요."

"고양이는요? 찾았어요?"

"아뇨. 네 시간째 뒤지고 있지만 호순이는커녕 그놈의 호순이 비슷한 고양이 새끼 한 마리도 얼씬 않네요."

"나도 못 찾았어요. 고양이를 분양한다는 글을 다 찾아봤는데 대부분 무슨 친칠라인지 앙고라인지 들어본 적도 없는 품종이에요. 코숏은 몇 마리 있지도 않고 그나마도 다 새끼 고양이예요."

여자는 그새 '코숏'이라는 말이 입에 익은 모양이었다.

"분양받는 건 포기해야겠어요. 상식적으로 생각해봐도 다 큰 고양이를 분양하겠단 사람은 없을 거 아니에요. 그런 고양이를 굳이 분양받겠단 사람도 없을 테고."

"그럼 어디서 사는 수밖에 없겠어요. 또 검색해봐야겠네."

"그래요. 그럼 계속 수고해요."

"그쪽도요."

전화를 끊고 이번에는 고양이를 파는 곳을 찾아보았다. 펫숍 이외에 고양이를 파는 데가 따로 있지는 않고, 가끔 재래시장 같은 데서 고양이를 파는 경우가 있다는 정보를 입수했다. 모란시장에도 고양이 파는 사람들이 나온다고 했다. 모란시장은 경기도 성남에 있으니 그리 멀지도 않고 거기까지 지하철도 연결되어 있었다. 일단 이 정도로 만족하고 잠자리에 들었다.

61

"동물보호센터에 가봐야겠어요."

다음 날 카메라와 필름을 들고 노인의 집을 나서자마자 여자가 말했다.

"동물보호센터에서 주인 잃은 동물을 분양해준대요. 고양이도 당연히 있고요."

"그런 데 있는 고양이는 대부분 버림받은 녀석들 아니에요? 병들었을지도 모르는데요."

"그야 그렇지만 새끼 고양이가 아닌 세 살짜리 다 큰 고양이를 구하려면 그 수밖에 없을 것 같아요."

"난 모란시장에 가보려고요. 고양이 파는 사람들이 있다고 해서. 근데 듣고 보니까 다 큰 고양이를 구하려면 동물보호센터에 가는 게 맞겠네요. 그래요, 그렇게 해요. 위치는요?"

"쌍림동에 있다네요. 그 외에도 비슷한 단체가 여기저기 있어요."

"그럼 쌍림동부터 가보죠."

"오리 사진은요?"

"아, 그게 문제구나. 우리 둘이 같이 다니는 건 효율적이지도 않고……."

"내가 스마트폰을 가지고 있으니까 동물보호센터는 내가 맡을게요. 그동안 당신은 내 몫까지 오리 사진을 찍고 있어요."

나는 여자에게서 카메라와 필름에 가방까지 받았다. 여자는 고양이를 찾으면 즉시 연락하겠다며 지하철역으로 향했다.

불광천을 걸으며 오리 사진을 찍었다. 내 카메라와 여자의 카메라를 번갈아가며 사용했다. 이 카메라를 쓸 때는 여기서, 저 카메라를 쓸 때는 저기서 찍느라 번거롭고 불편했지만 하는 수 없었다. 몽땅

한 사람이 찍은 사진이라는 걸 알아채면 노인은 노발대발하거나 아니면 눈물을 보일지 몰랐다. 전자보다 후자가 훨씬 두려웠다.

신흥상가교를 지날 때 꼬마에게서 전화가 왔다.

"어떻게 됐어요?"

"누나가 동물보호센터에 갔어."

"앗! 저도 거기 가보려고 했는데. 진작 전화 주지 그러셨어요."

"같이 가고 싶었어?"

"그럼요. 우리는 동료잖아요."

동료라. 나는 빙그레 웃었다.

"학교는 어쩌고?"

"학교 끝난 다음에 가려고 했죠. 근데 아저씨는 안 갔어요? 아, 누구 한 사람은 오리 사진을 찍어야 하지. 알았어요. 누나는 어디 동물보호센터로 간댔어요?"

"중구 쌍림동에 있다던데?"

"아, 거기요? 저도 검색해본 데예요. 그럼 누나한테 전화해야겠네요."

"그래, 그럼 이따가 둘이 같이 와. 불광천에서 보자."

"그래요."

전화를 끊고 나는 다시 오리 사진을 찍으며 걸었다. 그러고 보니 어제만 해도 찌뿌드드했던 몸이 오늘은 제법 기운찼다. 동료들이 있기 때문이었을까. 에이해브 선장을 따라간 선원들도 꼭 선장 때문이 아니라 어쩌면 서로의 존재 때문에 끝까지 항해할 수 있었던 게 아닐까. 다소 감상적이지만 기분이 나쁜 건 결코 아닌 듯한 생각이 들었다.

62

그렇게 우리는 진짜 호순이도 찾으러 다니고, 가짜 호순이도 찾으러 다니고, 오리 사진도 찍으러 다니는 작업을 병행하며 하루하루를 보냈다.

진짜 호순이를 찾는 일은 도통 가망이 없어 보였다. 불광천을 걸을 때마다 전단지가 제대로 붙어 있는지 확인했고, 전화기도 항상 갖고 다니며 연락을 기다렸지만 대출을 받으라든가 신형 스마트폰으로 전화기를 교체하라든가, 심지어 당신 딸을 데리고 있으니 지금부터 알려주는 계좌번호로 몸값을 보내라는 전화 따위나 걸려왔다. 광고 전화는 그러려니 하고 넘겼지만 보이스피싱에는 나도 정말 화가 나서 딸이 아니라 고양이를 데리고 있다면 돈을 주겠다고 버럭 소리를 지르고는 전화를 끊었다. 어떤 놈인지 그 자식도 보이스피싱 오래 하다 보니 별 희한한 인간 다 보겠네, 하지 않았을까.

가짜 호순이를 찾는 일은 그나마 가망이 있었다. 알고 보니 세상에는 주인을 잃었거나 혹은 주인에게 버림받은 고양이가 널리고 널려 있었다. 여자와 꼬마는 동물보호센터가 쉬는 주말만 빼고는 매일 이 센터 저 센터를 돌아다녔다. 동물보호센터도 알고 보니 나라에서 운영하는 것도 있고 민간인 봉사자들이 운영하는 데도 있었다. 명칭도 동물보호센터라든가 유기동물보호소라든가 무슨 협회라든가 다양했다.

여자가 아침 일찍 고양이를 찾으러 나가면 나는 불광천에서 오리 사진을 찍었다. 저녁때 응암역으로 돌아와 보면 여자와 꼬마가 날 기다리고 있었다. 매일 혼자 걸으며 사진을 찍는 건 끔찍하게 지루한 일이었지만 기다려주는 사람들이 있어서 참을 수 있었다.

노인은 나 혼자 찍은 오리 사진에 딱히 의심을 품지는 않았다. 내가 사진을 찍을 때마다 장소도 바꾸고 각도도 바꾸고, 갖은 애를 쓴 덕이었다. 그래도 나는 켕기는 데가 있는지라 때로는 개천에 발을 담그고 오리를 아주 가까이서 찍는 성의를 보이기도 했다. 노인은 그렇게 찍은 사진을 마음에 들어 했다. 오늘도 없군, 하는 소리를 매번 잊지는 않았지만.

노인의 아들은 초조한 모양이었다. 처음에는 하루걸러 한 번씩이더니 며칠이 지나자 매일같이 전화를 걸어왔다. 그때마다 인사말도 생략하고 오리는요, 하고 묻는데 아주 지겨울 지경이었다. 하루는 참다못해 당신 아버지가 너무 고집이 세고 사람을 믿지 않는다고 제법 비난조로 말해주었더니 풀이 죽어서는 그 양반 참……, 하며 말끝을 흐렸다.

그렇게 아흐레가 지난 다음이었다. 그새 해가 많이 짧아져 어둑어둑해진 불광천을 걸어 응암역에 도착했더니 여자와 꼬마가 기다리고 있었다. 여자는 어쩔 수 없이 헤어진 애인과 마침내 재회한 것처럼 열렬하게 손을 흔들어주었고, 꼬마는 웬 상자를 든 채 함박웃음을 머금고 있었다. 나는 좋은 예감에 가슴이 두근거렸다.

"찾았어요?"

내가 묻자마자 대답이 돌아왔다. 야오오오옹. 꼬마가 들고 있는 상자 안에서 고양이가 우는 소리였다.

63

"속으실까요?"

"해봐야죠. 이제 와서 어쩌겠어요."

"그래요. 별수 없잖아요."

마침내 가짜 호순이를 찾아냈다는 기쁨도 잠시, 우리는 바짝 긴장해서는 엘리베이터에 올라탔다. 어찌나 긴장했는지 버튼을 누르는 것도 깜빡했다. 조금 후에야 꼬마가 십삼층 버튼을 눌렀고 엘리베이터가 올라갔다.

나는 꼬마에게서 건네받은 상자 안을 들여다보았다. 정확하게는 상자가 아니라 케이지였다. 개나 고양이를 데리고 다닐 때 쓰는 이동식 우리였다. 동물보호센터에서 이런 것도 주나 싶었지만 그건 아니었고, 여자가 가짜 호순이를 찾았다는 기쁨에 동물 병원에서 거금을 주고 산 거였다.

"이 귀한 호순이를 그냥 품에 안고 올 수가 없었어요."

하긴 귀하신 몸이기는 했다. 호순이와 같은 잡종 고양이, 그러니까 '코숏'이었고, 같은 암컷이었고, 정확한 나이는 모르지만 대충 세 살쯤이라고 동물보호센터 직원이 가르쳐주었다고 했고, 무엇보다도 생김새가 호순이와 쏙 빼닮았다. 세상에 이보다 더 귀한 고양이가 어디 있겠는가.

그 귀하신 고양이님은 케이지 안에 편안하게 엎드려 있었다. 좁은 데 갇혀서 사람 손에 들려 다니는 신세가 처량하거나 구슬프지는 않은 모양이었다. 낯선 나를 보고서도 눈을 깜빡거리기만 할 뿐 별 반응을 보이지 않는 게 사람 손길을 많이 탄 고양이가 분명했다.

"얘가 호순이하고 정말 비슷하기는 한데 결정적인 문제가 있어요."

"말 안 해도 짐작이 가는구나, 얘야. 호순이라는 이름에 반응하지 않는다는 거지?"

꼬마는 우울한 표정으로 고개를 끄덕였다. 나도 덩달아 우울해질 뻔했지만 애써 마음을 추슬렀다.

"어쩔 수 없잖아. 이게 고양이가 아니라 개라면 새 이름에 반응할 때까지 훈련이라도 시켜보겠는데 고양이인걸. 고양이는 원래 이름에 반응하지 않는 동물이라잖아."

"호순이도 참. 고양이가 왜 그렇게 개 같아가지고……."

"고양이한테 개 같다니 너무 심한 욕설이지 않니?"

"이 상황에 농담이 나오세요?"

"농담은 이럴 때 하는 거야."

그러자 우울한 표정이던 꼬마도 풋 웃었고, 뒤따라 여자도 피시시

웃음을 흘렸다. 우리는 웃으며 엘리베이터에서 내렸다.

그러나 웃음도 잠깐이었다. 노인의 집 앞에 서는 순간 우리 셋의 얼굴은 다시는 웃을 수 없을 것처럼 도로 굳어버렸다. 이런 얼굴로 노인을 속이는 건 불가능했다. 우리는 서로의 옆구리를 찔러가며 어떻게든 안면 근육을 풀어주려고 애썼다. 철모르는 강아지들처럼 툭탁툭탁 낑낑 끙끙 장난치는 즉흥연기 끝에 우리는 간신히 웃음 비슷한 표정을 만든 뒤 집 안으로 들어갔다.

"할아버지, 저 왔어요."

"요 앞에서 만나서 같이 왔습니다. 어르신. 이것 좀 보세요."

"호순이에요! 호순이를 찾았다고요."

우리는 짐짓 호들갑을 떨며 소파에 앉았다. 노인은 호순이 소리에 움찔했고, 내가 케이지를 탁자에 내려놓자 주먹을 불끈 쥐었다. 케이지를 열고 고양이를 꺼냈을 때 노인은 두 주먹을 무릎 위에 하나씩 올려두고 정좌한 자세였다. 온몸에 힘이 넘친다기보다는 근육이 뻣뻣하게 굳어 장승이 된 모양새였다.

이 노인네가 다음에는 어떤 반응을 보일까. 시작부터 이렇게 심상치 않은데 다음에는…… 심장이 혈관을 터뜨릴 기세로 뛰어댔지만 이왕 내친김이었다. 여기서 물러설 수는 없었다. 나는 고양이를 노인에게 안겨주려고 했지만 노인은 손을 내밀지 않았다. 할 수 없이 고양이를 탁자 위에 내려놓았다.

여자가 말했다.

"실은 그동안 저희가 전단지도 붙이고 동물 병원도 돌아다니고 하면서 호순이를 찾아왔거든요. 호순이가 혹시 어디 살아 있을지도 모른다고 생각해서요. 그랬더니 오늘 호순이를 보호하고 있던 사람이 연락을 해온 거 있죠."

꼬마도 거들었다.

"보세요. 호순이에요. 호순이가 살아 있었어요. 오리가 잡아먹은 게 아니었어요. 아마 할아버지가 잘못 보셨던 것 같아요. 호순인 오리한테 먹힌 게 아니고요, 오리를 피해서 어디로 달아났던 거예요. 그러다 길을 잃어서 집에 돌아오지 못했던 거죠."

도무지 그럴듯하지 않은 설명이었지만 고양이는 그럴듯했다. 가짜 호순이는 가짜답지 않은 여유를 부리며 우아한 몸짓으로 노인을 올려다보았다. 야옹, 하고 제법 귀엽게 울기도 했다. 낯선 할아버지를 전혀 낯설어하지 않는 태도였다. 눈치가 귀신같아서 이 할아버지가 새 주인이라는 걸 깨달았는지도 몰랐다.

자, 이제 어쩔 것이냐. 우리 세 사람은 물론이고 고양이까지 눈을 빛내며 노인을 지켜보았다. 그 순간만큼은 인간과 고양이의 마음이 통했다. 우리 세 사람은 노인이 이 고양이를 받아들일 것인가, 고양이는 노인이 자기를 받아들일 것인가, 초조해하며 반응을 기다렸다. 받아들이든 내치든 노인에게 달려 있었다.

노인이 일어섰다.

고양이가 흠칫하며 한 걸음 뒤로 물러섰다.

나는 하마터면 손을 뻗어 고양이를 감쌀 뻔했다. 노인의 얼굴이 사납게 일그러져 있었기 때문이었다. 그대로 손을 휘둘러 고양이를 후려갈길 것만 같았다. 고양이만으로는 성에 차지 않아 우리에게까지 손을 휘두를 것도 같았다.

다행히 노인은 폭력을 행사하지는 않았다. 무슨 말을 꺼낸 것도 아니었다. 그는 바늘로 꿰맨 것처럼 입을 다물고서 걸음을 내딛었다. 하필 현관에 세워둔 지팡이가 눈에 띄었다. 흉기를 쓰려는구나! 우리 셋은 물론이고 고양이까지 한껏 움츠러들었을 때 노인의 몸이 반 바퀴쯤 돌아갔다. 노인은 그대로 다용도실로 직진했다.

"뭐지?"

"어떻게 된 거죠?"

"저기는 왜 들어가실까요?"

"야옹야옹."

세 사람과 한 고양이가 불안감을 떨치려고 중구난방으로 지껄여댔다. 다용도실 안에서 뭔가 부스럭거리는 소리가 들려왔다. 저 안에 흉기로 쓸 만한 게 있던가? 기억을 되짚어보았다. 내 결론은 지팡이 이상 가는 물건은 적어도 다용도실에 없다, 였다. 원 플러스 원, 그 즉시 다른 결론이 덤으로 따라 나왔다.

고양이 사료.

내가 아, 탄성을 지르는 찰나 그걸 신호로 노인이 다용도실에서 나왔다. 손에 고양이용 밥그릇을 들고 있었다. 그릇에 사료가 수북했다.

노인은 조금 휘청하면서 소파로 다가왔다. 사료 한 알이 굴러 떨어졌다. 고양이는 반사적으로 탁자에서 뛰어내렸지만 사료를 바로 앞에 두고 멈칫했다. 엉덩이를 바닥에 붙이고 노인을 올려다보는 품새가 '나 이거 먹어도 돼요?' 하고 묻는 것 같았다.

노인은 여전히 일그러진 얼굴을 하고 있었다. 그 얼굴 그대로 고양이 앞에 밥그릇을 내려놓았다. 눈치를 살피던 고양이가 노인이 한 발 물러서자 냉큼 밥그릇으로 다가들었다. 아가각, 아가각, 사료 씹는 소리가 꽤 요란하게 울려 퍼졌다. 먹성 좋은 고양이였다.

여자와 꼬마는 두 손으로 입을 가렸다. 환호성이 나오려는 걸 억지로 참는 성싶었다. 그러나 나는 가슴 한구석이 푹 꺼진 기분으로 노인을 바라보았다. 고양이에게 사료를 준 것까지는 좋다. 고양이를 받아들였다는 의미로 해석해도 무방하리라. 하지만 고양이를 받아들였다는 것이 곧 호순이의 생환을 받아들였다는 의미는 아니었다. 노인은 고양이를 호순아, 하고 부르지 않았다. 아무 말도 하지 않았고, 얼굴은 여전히 사나웠다.

이윽고 노인이 우리 맞은편에 앉아 한숨을 내쉬었다. 후. 짧지만 농축된 한숨이었다. 무엇이 농축된 건지 우리는 곧 알게 되었다.

"오리 사진을 주게나들."

노인이 그렇게 말하며 우리에게 손을 내밀었다.

64

"실패네요."

"지레 단정 지을 필요는 없어요. 시간이 지나면 할아버지도 가짜 호순이를 받아들이실 거예요."

"가짜라고 인식한 상태에서? 그게 무슨 의미가 있어?"

"왜 의미가 없어요? 가짜 호순이라도 호순이라는 이름을 붙여서 기르면 진짜 호순이가 되는 셈이죠. 그러다 보면 할아버지도 새 호순이에게 정을 붙이실 테고 더 이상 오리를 찾지 않으실 거예요."

"오리 사진을 장장 한 시간에 걸쳐 들여다보신 거 벌써 잊었니?"

우리는 아파트 앞 벤치에 앉아 앞으로의 일을 의논했다. 아니, 의논하려고 했다. 의논을 시작하려면 우선 당면한 상황에 대한 정확한 해석부터 내려야 했는데 우리는 서로 관점이 달랐다. 여자와 나는 실패라고 주장했고 꼬마는 아니라고 우겼다. 논의는 시작부터 싸움으로 변질할 조짐을 보였다.

"할 수 없어. 이제 네 아빠에게 오리에 대한 정보를 알려주고 가짜 오리를 만들어내도록 해야지."

내가 그렇게 말하자 꼬마는 눈에 쌍심지를 켰다.

"아빠한테 돈을 가로챌 기회를 주자고요?"

"별수 없잖아."

"그럼 차라리 우리끼리 가짜 오리를 만들어요. 오리에 대한 정보는 있잖아요. 굳이 아빠를 끌어들일 필요는 없다고요."

"네 아빠가 매일 전화로 나를 들들 볶고 있단다. 우리끼리 작당했다가는 후환이 두렵구나."

"난 아빠 따위 하나도 안 무서워요."

"난 무서워."

"왜요? 아빠가 고소라도 할까 봐요?"

"아니, 네 아빠가 네 할아버지의 아들이기 때문이야. 네가 네 아빠의 아들인 것처럼."

내가 꼬마의 눈을 똑바로 보자 꼬마는 입술을 깨물었다. 여자가 나직하게 말했다.

"네 아빠는 네 할아버지 일을 알아야 해. 네가 네 아빠의 일을 알아야 하는 것처럼."

"이제 와서 무슨 소리예요."

"그래, 이제 와서지. 변명처럼 들린다는 건 알아. 아니, 진짜로 변명이겠지. 그래도 할 수 없어. 네 할아버지를 구하는 일인데 네 아빠를 계속 따돌릴 수는 없어. 그건 도리가 아니야. 그리고."

여자도 나처럼 꼬마의 눈을 똑바로 보았다.

"우리가 따돌린다고 네 아빠가 그대로 물러설 사람이니? 네가 우리보다 더 잘 알겠지. 우리끼리 가짜 오리를 만들어서 할아버지를 속이면? 그다음은? 속는다면 좋겠지만 안 속으면 네 아빠가 또 무슨 수를 쓰겠지. 그때는 네 아빠가 우리를 따돌릴 거야. 어떻게 해서든 우리를 네 할아버지 옆에서 쫓아버릴 거라고. 네 아빠는 그러고도 남을 분 아니니?"

꼬마는 여자의 말을 부정하지 못하고 고개를 푹 숙였다. 여자와 나는 그 모습을 보기가 애처로워서 엉뚱한 데로 눈을 돌렸다. 우리의 시선은 허공을 무의미하게 방황했다. 무의미가 차라리 편했다.

"할아버지는 도대체 무슨 생각인 걸까요? 고양이를 호순이로 인정한 것도 아니면서 고양이에게 먹을 걸 주고. 우리한테 고양이를 어디서 구했는지 물어보지도 않고. 그러면서 오리 사진이나 뚫어지게 들여다보고. 도대체 할아버지 머릿속에 뭐가 들어 있는 걸까요?"

"네가 우리보다 똑똑하잖아. 너도 모르는 걸 우리가 어떻게 알겠니."

"에이해브 선장의 머릿속은 보통 사람이 알 수 있는 게 아니지."

꼬마는 에이해브 선장이 누구인지 묻지 않았다. 꼬마가 침묵했기에 우리도 침묵했고, 무의미가 그랬던 것처럼 침묵도 조금쯤, 아주 조금쯤 평온을 가져다주었다.

65

"알겠습니다. 적당한 오리를 찾아보죠. 수고하셨습니다."

오리에 대한 정보를 알려주자 노인의 아들은 희희낙락했다. 전화기 너머에서 덩실덩실 춤이라도 출 듯한 모습이 눈에 선했다. 그는 오리를 찾으면 다시 연락하겠다며 전화를 끊었다.

다음 날 여자와 나는 불광천을 걸으며 전단지를 모두 회수했다. 누가 떼어갔는지 바람에 날려갔는지 없어진 게 많았다. 찢어진 것도 있었다. 어쨌든 회수할 수 있는 건 모조리 회수해서 월드컵공원 쓰레기통에 버렸다. 결국 우리에게 남은 것은 진짜 호순이의 사진뿐이었다.

가짜 호순이는 잘 먹고 잘 살았다. 고양이는 성격이 예민하다고 들었는데 이 녀석은 별종이었다. 낯선 환경에 어찌나 쉽게 적응했는지, 소파 앞 탁자에 배를 내놓고 드러누워 갸르릉갸르릉 코까지 골아가며 낮잠을 자고는 했다. 괜히 한번 꼬집어주고 싶은 꼬락서니였다.

노인은 가짜 호순이에게 이름을 지어주지 않았다. 어디서 주워 온 고양이인지도 끝내 묻지 않았다. 날마다 사료를 챙겨주고 화장실을 비워줄 뿐이었다. 고양이용 화장실은 다용도실에 마련했다. 모래도 깔아두었다. 고양이가 모래 깔린 화장실에 똥오줌을 시원하게 싸갈기면 노인은 무표정한 얼굴로 그것들을 치우고 다시 새 모래를 깔아주었다.

우리는 다른 집안일은 도맡아 해도 고양이 돌보는 것만은 일부러 하지 않았다. 노인이 새 고양이에 속히 정을 붙여서 호순이와 호순이를 잡아먹은 오리를 잊어버린다는 일말의 가능성을 기대한 것이다. 그러나 그건 미련한 기대였다. 노인은 고양이에게 이름도 지어주지 않을 뿐 아니라 귀여워하지도 않았다. 고양이가 이따금 제 스스로 노인에게 다가와 발에 얼굴을 문질러대며 아양을 떨어도 무시했다. 단한 번도 손을 뻗어 쓰다듬어주지 않았다. 고양이도 이 영감탱이 참쌀쌀맞구먼, 하고 포기했는지 나중에는 엉뚱한 우리에게 아양을 떨었다. 머리를 쓰다듬어주면 눈을 감고 골골 소리를 냈다. 고양이의 생태를 잘 모르긴 해도 그게 기분이 좋을 때 내는 소리라는 것쯤 알 수 있었다. 이 녀석은 사람의 손길을 너무 많이 타서 그 손길 없이는 살아갈 수 없는 고양이인 것 같았다. 딱한 노인에 딱한 고양이였다.

그렇게 여드레가 지나갔다. 구월도 하순에 접어들어 더위는 물러

갔고 대신 태풍이 몰려왔다. 가을 태풍은 어쩜 그렇게 괄괄하고 사나운지. 태풍 덕분에 집에서 쉴 수 있었지만 휘오오옹, 하는 바람 소리는 나를 심란하게 했다. 집중호우 때문에 집에 물이 들어찼을 때는 심란하다 못해 돌아버릴 지경이었다. 반지하에 사는지라 종종 겪는 난리였지만 그때는 유독 신경이 예민했다. 노인의 앞날도 걱정이 되었고, 도무지 안 풀리는 글도 문제였다.

고양이를 잡아먹은 오리를 쫓는 사람들의 이야기는 가까스로 원고지 백 매 분량을 채우고서부터 더 이상 진도를 내지 못하고 있었다. 처음부터 한 권 분량으로 예정하고 쓰기 시작했으니 기껏 십분의 일밖에 못 나간 것이었다. 내 글재주가 그렇지 뭐. 짐짓 체념하는 척도 해보았지만 정말로 체념할 수는 없었다. 나는 써야만 했다. 끝내 졸작을 면치 못하더라도, 출판사로부터 퇴짜를 맞는다 하더라도, 그래서 또다시 실패의 증거가 되더라도, 나는 써야만 했다.

나는 때때로 중얼거렸다. 아직도 포기 못했다는 건 너무나 부끄러운 일이다. 부끄럽기 때문에 포기할 수 없다. 무슨 소리인지 나도 알 수 없었지만 묘하게도 그런 소리를 중얼거리다 보면 조금씩 기운이 났다. 적어도 컴퓨터 앞에 앉아 저 막막하게 텅 빈 모니터에 도전해볼 정도의 용기가 생겼다. 나는 날마다 중얼거렸고, 날마다 도전했다.

여자는 이따금 글이 어떻게 되어가는지 물었다. 나는 그때마다 말없이 고개를 가로저었다. 기대하지 말라는 뜻이었지만 여자는 언제나 기대하는 얼굴이었다. 그런 얼굴로 기다릴게요, 꼭 보여줘요, 하고 속삭였다. 그 여자 참 질기기도 하구먼, 하고 속으로 탄식을 했지만 솔직히 기분이 나쁘지는 않았다.

새 고양이가 노인의 집에 눌러앉은 지 여드레가 지나고 아흐레째가 되는 날 오후. 여자와 내가 디지털미디어시티역을 지날 때 내 주머니에서 벨이 울렸다. 발신자는 노인의 아들이었다. 통화 버튼을 누르자 희열에 찬 목소리가 들려왔다.

"찾았습니다."

66

"조심해서 다루세요. 오리 농장을 세 군데나 돌아다닌 끝에 겨우 찾은 겁니다."

아들은 그렇게 말하며 오리를 건네주었다. 오리는 망에 갇혀 있었다. 망이 좁아 버거울 텐데도 펄떡펄떡 뛰려고 했다. 덩치도 크고 힘도 좋은 오리였다. 부리가 유난히 크고 넓적한 것도, 털 색깔이 전체적으로는 갈색에 드문드문 흰빛이 섞인 것도 노인이 설명한 그대로였다.

나는 오리를 들어 올려 놈과 눈을 마주쳤다. 조류가 다 그렇듯이 오리도 눈이 옆으로 달려 있어서 한 눈밖에 마주칠 수 없어 유감이었다. 네가 나를 잡았구나. 그래서 어찌할 것이냐. 네가 도대체 뭘 어쩔 수 있다는 것이냐. 그런 거만한 악다구니는 들려오지 않았다.

오리 대신 아들이 말했다.

"지금 당장 아버지에게 오리를 갖다 드리세요."

여자와 나는 힘없이 고개를 끄덕였다. 우리의 반응이 시원찮다는 것이 수상쩍을 법도 한데 아들은 의문이고 뭐고 없이 눈을 빛냈다.

"이게 그 오리가 맞다고 막 우기세요. 그럼 아버지도 별수 없을 겁니다. 돈을 받으면 즉시 연락 주시고요."

아들의 말에 나는 심드렁하게 대꾸했다.

"계좌번호 알려주세요. 송금해드릴게요."

"아뇨, 직접 받겠습니다."

"어르신 댁에 같이 가시게요?"

"그럴 수야 없죠. 내가 끼면 아버지가 믿을 리 없잖습니까. 나는 밖에서 기다리고 있겠습니다."

"그럼 지난번 그 카페에서 기다리세요. 얘기 끝나고 돈 받으면 전화하죠."

아들은 몇 번이나 더 당장 가보라고 별 쓸데없는 소리로 우리의 등을 떠밀고는 개천 둑 위로 올라갔다. 우리는 잠시 그의 뒷모습, 춤출 준비가 거의 끝나가는 모습을 바라보다가 발걸음을 돌렸다. 응암역으로 향하면서 여자가 말했다.

"꼬마도 불러야죠."

"그렇죠?"

최후의 순간이 왔는데 동료를 빼놓을 수 있겠는가. 오후 느지막한 때라 학교는 파했을 거였다. 여자가 꼬마에게 전화를 걸더니 짧게 몇 마디만 하고는 끊었다.

"응암역에서 기다리라네요. 곧장 출발한다고."

응암역까지 가는데 갑자기 카메라가 거추장스럽게 느껴졌다. 커다란 오리, 그것도 살아서 펄떡거리는 오리를 들고 있는데도 오리보다 카메라가 거추장스럽다는 건 웃기는 일이었다. 나는 웃으며 여자에게 카메라와 필름을 몽땅 맡겼고, 여자도 웃으며 그것들을 가방에 쑤셔 넣었다.

불광천 오리들은 저희 동족이 잡혀가는 모습을 보면서도 덤덤했다. 오리들보다 엉뚱한 인간들이 호기심에 찬 눈으로 우리를 힐끔거렸다. 우리는 사람들의 시선은 무시하고 오리들을 보며 걸었다. 동족의 비극을 외면할 정도로 냉정한 것들이라 왜 더 이상 사진을 찍지 않는 거냐고 항의하는 놈도 없었다. 안녕, 이 빌어먹을 것들아. 나는 마음속으로 작별 인사를 했다.

응암역에 당도해서 꼬마를 기다렸다. 십 분이 채 지나지 않아 꼬마가 지하철역 출구 계단으로 헐레벌떡 뛰어 올라왔다. 녀석은 오리를 보자마자 미간을 찌푸렸다. 찌푸린 얼굴로 지껄였다.

"기어이."

세 음절이면 충분했다. 나는 그 말 앞에 두 음절을 보탰다.

"그래, 기어이."

여자는 말 대신 한숨을 쉬었다. 꼬마는 불광천으로 내려갔다.

"어디 가?"

"얘한테 물 좀 적시려고요. 불광천에서 오리를 잡았는데 물기가 하나도 없는 게 말이 돼요?"

졌다, 이 똑똑한 꼬마야. 우리는 녀석을 따라 개천에 뛰어들었다. 신발을 신은 채 일부러 물속을 마구 첨벙거리며 걸었다. 저 앞에 오리들이 둥둥 떠다니는 게 보였다. 덤벙덤벙 놈들에게 달려갔다. 언제나 여유가 넘치던 놈들도 우리가 쫓아가니까 황급히 날개를 펼쳤다. 날아가는 오리를 보자 오리를 잡는 게 결코 쉬운 일이 아니라는 생각이 들었다. 그게 고양이를 잡아먹은 오리든 그저 시시한 오리든 간에.

물을 뚝뚝 흘리며 노인이 사는 아파트로 갔다. 고양이를 데려갈 때처럼 긴장되지는 않았다. 그렇다고 자연스럽게 연기를 할 수 있는 상태도 아니었다. 엘리베이터 안에서 여자가 툭 내뱉었다.

"소설가 양반. 농담 좀 해봐요."

"왜 나한테 그래요?"

"이럴 때는 농담을 하는 거라고 누가 그랬더라?"

말이란 언젠가 족쇄가 되어서 돌아오지. 고약한 말 같으니라고. 나는 짧게 생각해보고 나서 말했다.

"어르신이 이놈의 모가지를 비틀면 이놈으로 탕을 끓여 먹죠."

여자는 웃기는커녕 웃으려는 성의도 보이지 않았다. 꼬마가 우중충한 얼굴로 지껄였다.

"할아버지가 이딴 거로 날 속이려고 하느냐면서 오리를 던져버리면요?"

"그래도 탕을 끓여 먹자. 어쨌든 끓여 먹자. 무조건 끓여 먹자. 오리고기는 몸에 좋다고 하더라. 불포화지방산인가 뭔가가 풍부하대."

"할아버지가 속든지 안 속든지 하여간 배는 채울 수 있겠네요."

"그래, 그거야. 긍정적인 생각."

여자가 두 손 들었다는 시늉을 했다.

"좋아요. 먹자고요. 요리는 내가 할게요. 대신 오리는 당신이 잡아요."

"잡아본 적 없는데요."

"간단하잖아요. 털 뽑고 배 갈라서 내장 꺼내기."

"간단할 것 같지 않은데요."

"어쨌든 먹자면서요? 무조건 먹자면서요?"

"젠장. 해봅시다. 까짓 거 어떻게든 되겠지."

그래, 어떻게든 될 일이었다. 우리는 십삼층에서 내려 노인의 집으로 향했다. 문을 열고 들어서자 노인이 처음 만나던 날부터 줄곧 그래왔던 것처럼 소파에 앉아 기다리고 있었다. 그림이 아닌가 싶을 정도로 변하지 않던 저 모습을 보는 것도 오늘이 마지막이라고 생각하니 없던 용기가 솟구쳤다. 마지막은 마지막답게 장식해야 했다. 최선을 다해 노인을 속이는 것으로.

"어르신! 드디어 잡았습니다. 이놈이에요."

나는 부러 큰 소리를 내면서 노인에게 달려갔다. 여자와 꼬마도 쫓아왔다. 노인은 소파에 앉은 채 고개만 옆으로 기울여서 오리를 살펴보았다. 나는 노인의 코앞에 오리를 들이밀다시피 했다.

"보세요. 호순이를 잡은 그놈이 확실하죠? 그렇죠?"

노인은 말없이 오리와 눈싸움을 했다. 두 눈과 외눈의 대결이었다. 노인은 눈을 깜빡거리지 않았고, 오리는 몇 번이나 깜빡거렸다. 잠시 후에도 노인이 말이 없자 여자가 말했다.

"할아버지가 설명해주신 오리를 불광천에서 발견했어요. 신응교 앞에서요. 징검다리로 내려가서 잡아왔어요."

꼬마도 끼어들었다.

"저도 놀러 나왔다가 두 분을 만나서 도왔어요. 글쎄, 옷까지 다 젖어버렸다니까요. 이놈을 잡으려고 우리 셋이 한꺼번에 물에 뛰어들어서 난리를 쳤지 뭐예요. 막 날아오르려고 하는 찰나 제가 손을 휘둘렀는데 운 좋게 머리를 맞혔어요. 덕택에 잡을 수 있었어요."

노인은 기울였던 고개를 바로 했다. 구부정했던 허리도 똑바로 폈다. 두 주먹은 불끈 쥐고 무릎 위에 올려놓았다. 고양이를 데려왔을 때와 똑같은 모양새였다. 노인은 사후경직이라도 온 것처럼 온몸이 굳은 채 우리를 쏘아보았다. 오리가 아닌 우리를. 우리도 노인처럼 굳어버리고 말았다. 더 이상 거짓부렁을 늘어놓을 수가 없었다. 우리는 입을 다물었다. 노인도 입을 다문 채였다. 오리만 주둥이를 벌렸다. 꽈아악, 꽈아악. 망에 갇혀서도 기를 쓰고 퍼드덕퍼드덕거렸다. 꽈아악, 꽈아악. 입 붙은 인간들은 함구 중인데 부리 달린 오리만 목 놓아 자기주장을 펼치고 있을 때였다.

야오오옹!

고양이가 나타났다.

67

울음소리와 함께 이때껏 고양이가 보이지 않았다는 사실을 깨달았다. 놈은 어디 구석에서 낮잠이라도 즐기고 있었는지 느릿느릿, 잠에 취한 듯 나른한 걸음새로 우리에게 다가왔다. 우리는 동시에 고양이를 돌아보았고, 고양이는 우리를 무시한 채 오리에 관심을 보였다. 다음 순간 고양이가 크아앙, 울부짖으며 등을 구부렸다. 전신의 털이 올올이 곤두섰다. 날카로운 이빨을 드러낸 주둥이 안쪽에서 야생의 포효가 터져 나왔다.

크아아아앙!

오리도 가만있지 않았다.

꽈아아악! 꽈아아악!

크앙, 꽈악, 크앙, 꽈악, 크앙크앙, 꽈악꽈악…… 놈들은 누가 더 목청이 좋은지 경쟁이라도 하는 것처럼 소리를 질러댔다. 귀청이 찢어질 지경이었다.

노인이 일어섰다. 전에 꼬마가 그랬던 것처럼 튀어 오르는 듯한 기립이었다.

"이놈이 호순이를 잡아먹은 그놈이라고?"

"예? 아, 예……."

"그럼 어디 한번 볼까?"

노인이 내 손에서 오리를 채갔다. 어찌나 기민한지 미처 말릴 틈이 없었다. 노인은 망을 벌려 오리를 거실 바닥에 풀어놓았다.

"이놈이 정말로 호순이를 잡아먹은 그놈이라면 저 고양이도 잡아먹겠지."

우리는 아무런 말도, 아무런 행동도 취할 수 없었다. 노인은 단호했다. 그는 의도적으로 우리 앞을 가로막고서 오리와 고양이의 대국을 지켜보았다. 여자와 나는 노인의 어깨 너머로, 꼬마는 옆구리를 비켜 고개를 내밀었다.

풀려난 오리는 본격적인 육박전을 앞두고 몸풀기라도 하듯 온몸을 푸르르 떨었다. 깃털이 몇 개 휘날렸다. 고양이도 뭔가 본때를 보여주려는 듯 있는 대로 발톱을 세우고 바닥을 긁었다. 끼이익. 섬뜩한 소리에 오리가 동작을 멈추었다.

고양이와 오리 사이의 거리는 몇십 센티미터 안팎에 불과했다. 어느 쪽이든 단숨에 좁혀버릴 수 있는 간극이었다. 그러나 고양이는 제자리에서 버티고 있었고, 오리도 움직이지 않았다. 둘은 조용히 대치했다. 고양이의 털은 점점 더 곤두서서 바늘 숲이 되었고, 오리도 깃털을 부풀렸다.

상식적으로 생각해보면 고양이가 먼저 덤벼드는 게 마땅했다. 육식동물이니까. 오리는 도망쳐야 했다. 잡식동물이지만 그 잡식에 고양이는 포함되지 않는 게 분명하니까. 더구나 고양이는 뾰족한 송곳니와 날카로운 발톱을 갖고 있었다. 반면 오리에게는 날개가 있었다. 고양이와 오리가 마주쳤을 때 어느 쪽이 덤벼들고 어느 쪽이 도망가고 끝내 어느 쪽이 상대의 배 속에 들어가 이 세상에서 소멸될지는 굳이 생각해볼 것도 없는 일이었다.

그런데.

놀랍게도 먼저 움직인 쪽은 오리였다. 오리는 거칠게 날개를 퍼덕였다. 몸피를 부풀려 위협적으로 보이게 하려는 동작이었다. 그러면서 동시에 예의 정나미 떨어지는 탁성으로 소리를 내질렀다. 꽈아아아악. 그 기세에 고양이가 두 걸음 뒤로 물러섰다. 한 걸음도 아닌 두 걸음을. 적을 앞에 둔 상태에서 이 보 후진은 육식동물의 체통에 걸맞지 않았다. 시쳇말로 쪽팔리는 짓이었다. 고양이도 뒤늦게 아차 싶었는지 다시 두 걸음 전진을 감행했다. 만회하려는 듯 소리도 내질렀다. 크아아아앙.

이번에는 오리가 뒷걸음쳤다. 세 걸음. 잡식동물인 오리에게 체통을 기대한다는 건 어쩐지 부당한 일 같아서 삼 보 후진에 별 의미를 부여하지 않기로 했다. 날아서 도망친다고 해도 살고 봐야 하는 몸짓으로 이해해 줄 심산이었다. 내 편파적인 심중을 읽고 자존심이 상했는지 잠시 후 오리가 심기를 가다듬어 다시 앞으로 나아갔다. 딱 세 걸음만. 이번에도 전진과 함께 기합을 질렀다. 날개도 격렬하게 흔들었다. 그때 고양이가 뒤로 물러나는 듯 뒷다리에 힘을 딱 주더니 펄쩍 뛰어올랐다. 이에 맞춰 오리도 날갯짓을 하며 앞으로 튀어나갔다.

운명의 일합(一合).

둘은 협객 영화나 무협지에 등장하는 강호의 고수들처럼 허공에서 한 번 몸을 스친 다음 각자 상대편의 자리에 내려앉았다. 영화나 무협 소설이 아닌지라 단 일합에 한쪽은 피를 뿜으며 쓰러지고 다른 한쪽은 달빛을 받으며 차분히 칼집에 칼을 집어넣는 극적인 장면 같은 참극은 빚어지지 않았다.

꽉.

야옹.

다만 그렇게 한 번씩 소리를 내고서 서로에게서 등을 돌렸을 뿐이었다. 고양이는 탁자 위로 올라가 길게 드러누웠고, 오리는 뒤뚱뒤뚱 안방으로 향했다. 고양이는 탁자가 제 침대인 것처럼 편안해 보였고, 안방으로 들어가는 오리도 제 둥지를 찾아가는 것처럼 보무당당했다. 더 이상 싸움도 괴성도 없었고, 그 자리에 남은 건 몇 개의 깃털과 만사가 귀찮다는 듯 늘어진 고양이 한 마리였다.

노인은 할 말을 잃어 마땅할 상황을 목격하고도 기가 막혀서 돌아버릴 것 같다는 얼굴로 물었다.

"이게 도대체 어떻게 된 일인가?"

그걸 우리에게 물으면 어떡하나. 우리도 방금 벌어진 일에 대해 논평을 달 어떤 견해도 갖고 있지 않았다. 풀썩. 꼬마가 먼저 주저앉았다. 뒤이어 여자와 나도 털썩 주저앉았다. 오히려 걸음걸이가 온전치 않은 노인이 서서 버텼다. 그는 고양이를 쳐다보았다가 안방 쪽을 돌아보았다가를 두어 번 하더니 맞은편 소파로 돌아가 앉았다. 허탈해 보였다. 그런데도 얼굴은 웃고 있었다. 너무 허탈해도 웃음이 나오는 걸까. 하긴 그럴 수도 있겠다 싶었다. '허탈한 웃음'은 들어봤어도 '허탈한 울음'이라는 말은 들어본 적이 없었으니까.

노인이 혼잣말처럼 말했다.

"세상에 참 별일도 다 있군."

그러게나 말입니다. 나는 그 말을 속으로 삼켰다.

68

아직 해결해야 할 문제가 남아 있었다. 노인이 그 점을 상기시켜주었다.

"아들놈에게 전화해."

우리가 눈을 휘둥그레 뜨자 노인은 담담하게 말했다.

"날 바보로 보나? 이따위 일쯤 얼마든지 꾸밀 수 있는 놈이지, 그놈이."

여자와 꼬마가 나를 돌아보았다. 그래도 내가 머뭇거리자 노인이 눈에 힘을 주었다. 어이쿠, 무서워라. 나는 얼른 전화기를 꺼내 아들에게 전화를 걸었다.

"접니다. 아, 예. 오리는 갖다 드렸습니다. 근데 이거 어쩜 좋죠? 오리가 고양이를 안 잡아먹네요. 심지어 고양이도 오리를 안 잡아먹네요."

"그게 도대체 무슨 소립니까?"

"직접 와서 보세요. 아버님께서도 아드님을 찾으시네요."

나는 그렇게만 말하고 전화를 끊었다. 오래 기다릴 것도 없었다. 오 분도 채 안 돼 아들이 들이닥쳤다. 아들이 노인에게 대들다시피 다그쳤다.

"그렇게 찾던 오리, 드디어 찾으셨죠? 그럼 됐죠?"

"나도 모르겠다."

노인은 허탈을 넘어 해탈한 사람이 지을 법한 초연한 웃음을 지었다.

"오리가 고양이를 잡아먹지 않는다. 고양이도 오리를 잡아먹지 않고. 둘 다 서로를 잡아먹으려 하질 않으니 나로서도 어찌해야 할지 모르겠다는 말이다."

"그게 무슨 말씀이세요? 이 사람들이 호순이를 잡아먹은 오리를 잡아 왔잖아요. 그럼 소원 성취하신 거잖아요."

"이 사람들이 잡아 온 게 아니라 네가 가져온 거겠지."

번쩍, 아들이 우리에게 빠르고 뜨겁게 번갯불을 쏘아 보냈다. 번갯불이기는 한데 어쩨 겁나지 않았다. 배를 드러내고 누운 고양이처럼, 우리는 태연하게 어깨를 으쓱해 보였다. 여자와 꼬마도 덩달아 어깨를 한 차례씩 들어 올렸다 내렸다. 으쓱, 으쓱, 으쓱. 세 쌍의 어깻짓만으로도 아들은 바로 꼬리를 내렸다. 주도권을 잃어 당혹스러운지 그저 분해서인지 얼굴이 벌겋게 달아올랐다.

아들이 씨근씨근 숨을 몰아쉬었다.

"그럼 이제 어쩌실 거예요? 오리 찾는 건 그만두실 겁니까? 아니면 계속하실 거예요?"

"모르겠다. 한번 지켜나 보지, 뭐."

"뭘 지켜봐요?"

"고양이가 오리를 잡아먹는지, 오리가 고양이를 잡아먹는지. 둘 중 하나로 결판이 나야 나도 다음에 어떻게 할지 결정할 수 있겠다."

"그게 도대체 무슨 말씀이세요!"

아들은 숫제 비명을 질렀다. 아버지의 말을 이해할 수 없거나 이해하고 싶지 않아서 절규로 항의하려는 것 같았다. 제발 이해할 수 있게 해달라는 절규. 우리는 그의 심정을 이해할 수 있었다. 우리도 이해가 안 되기는 마찬가지였기 때문이다.

"아버지가 원하던 대로 오리 찾으셨잖아요."

"저건 내가 찾던 오리가 아니다."

"그럼 오리를 계속 찾으실 거예요?"

"모르겠다."

"모르겠다고만 하지 말고 똑바로 말씀하세요. 오리 찾는 건 그만두실 거죠? 그렇죠?"

"모르겠다."

아들은 불붙은 화약 같았다. 폭발 일보 직전이었지만 노인은 그런 아들을 앞에 두고서도 그저 허탈한 표정이었다. 너무 허망해서였을까. 뭐라도 손에 쥐고 싶어서였을까. 온기를 느끼고 싶어서였을까. 노인이 무심히 고양이에게로 손을 뻗었다.

고양이는 갑작스러운 손길에 놀란 듯 눈을 크게 떴지만 피하지는 않았다. 날 어떻게 하실 참? 그런 눈빛으로 노인을 바라보았다. 노인은 고양이의 턱 밑을 쓰다듬었다. 고양이는 아주 잠깐 혼란스러운 듯했으나 이내 눈을 지그시 감고 노인의 손길에 몸을 맡겼다. 골골골.

기분 좋은 소리를 내면서.

"고양이도 있고 오리도 있고. 한때는 고양이는 없고 오리만 있었지. 또 어느 땐 고양이는 있는데 오리가 없었고. 근데 이젠 둘 다 내 집에 있어. 그래서 나는 뭐가 뭔지 모르겠다. 어떻게 해야 할지도 모르겠다. 그냥 지켜보는 거지. 이 두 녀석이 한집에서 어떻게 지내는지. 나중에 언제 서로를 잡아먹으려고 안달할까. 결국 어느 하나가 사라지고 말까. 알 수 없지. 지켜보는 수밖에. 그저 지켜보는 수밖에. 허망하지만 무슨 방도가 있는 것도 아닌데. 안 그러냐?"

"아버지……."

아들은 진이 다 빠졌는지 바닥에 털썩 주저앉았다. 노인이 우리를 돌아봤다.

"당신들 일은 끝났네. 그렇다고 내가 호순이를 잡아먹은 놈을 포기한 건 아니야. 이 두 녀석이 결판을 내면 그때 가서 포기하든지 어쩌든지 결정하지. 시간이 얼마나 걸릴지 모르는 일이고, 당신들도 각자의 인생이 있으니 마냥 기다릴 수는 없겠지. 사람이 필요하면 그때 가서 새 사람들을 고용할 거고."

우리는 무슨 말도 할 수 없었다. 우리가 할 수 있는 말도 없었다. 노인이 몇 초간 눈을 감았다 뜨더니 이윽고 말했다.

"그동안 수고 많았네들."

그렇게 우리의 일이 끝났다. 우리는 더 이상 고양이를 잡아먹은 오리를 쫓는 사람들이 아니었다.

69

후일담이 필요할까. 어쩌면. 설명도 덧붙여야 할까. 그래 어쩌면. 이야기란 무릇 그렇게 정리되어야 앞뒤가 맞다.

노인은 잘 지냈다. 그는 놀랍게도 스스로 청소를 하고 빨래를 했다. 그러지 말고 파출부를 고용하라고 권했지만 늙었다고 몸을 안 움직이면 더 빨리 늙는다는 그답지 않은 이유로 거절했다. 집안일에 의욕을 보인 건 좋았지만 안타깝게도 요리 솜씨는 꽝이었다. 알고 보니 그는 부엌칼도 제대로 못 다루는 사람이었다. 여자가 한동안 노인에게 요리를 가르쳐주었다. 나는 간단한 반찬 만들기 위주로 꾸며진 요리책을 선물했다. 시간이 지나자 그는 제법 밑반찬이며 찌개 같은 것들을 만들 수 있게 되었다. 맛은 끔찍했다.

고양이와 오리도 잘 지냈다. 둘은 서로의 영역을 인정하고 침범하지 않았다. 안방과 거실 반쪽이 오리의 영역이었고, 나머지는 고양이 구역이었다. 이따금 거실 한가운데서 마주칠 때면 시비가 붙기도 했다. 크앙크앙. 꽤악꽤악. 놈들은 애꿎은 목을 실컷 혹사한 다음에야 돌아섰다. 그리고 그 즉시 각자에게 가장 편안한 장소, 안방 구석진 자리와 소파 앞 탁자로 돌아가서는 꿀 같은 휴식을 취했다.

노인은 고양이나 오리를 번갈아 산책시켰다. 장소는 물론 불광천이었다. 하루는 고양이를, 다음 날에는 오리를 데려갔다. 고양이는 그렇다 치고 오리를 산책시키는 건 진귀한 풍경이었다. 인근에서 그는 오리 할아버지로 소문이 났다. 고양이가 알면 서운해하고도 남을 별명이었다.

고양이를 산책시킬 때나 오리를 산책시킬 때나 노인은 그것들을 품에 꼭 안고 걸었다. 한 손으로는 지팡이를 짚어야 하니 나머지 한 팔로 녀석들을 안아야 했지만 크게 불편해 보이지는 않았다. 고양이도 오리도 얌전했기 때문이었다. 그것들은 노인이 품에 안아주면 언젠가 돌아가야 할 영원한 고향에 마침내 안착했다는 듯 온전히 몸을 맡겼다. 노인의 쭈글쭈글한 손에 모든 것을 맡긴 그 짐승들은, 뭐랄까…… 짠했다. 그저 짠했다.

아들은 아버지를 포기했다. 돈도 포기했다. 포기하는 것이 그가 할 수 있는 유일한 방법이었다. 우리도 포기했다. 노인은 우리가 자신의 아들과 작당했다는 사실을 거론하지 않았으며 포상금에 관해서도 입도 뻥긋하지 않았다. 우리도 그런 얘기를 입에 올릴 생각이 없었다. 이제까지 받은 것으로도 충분했다. 정말이지 충분했다.

고양이와 오리가 어떻게 한집에서 살 수 있는지는 미스터리였다. 나는 너무 궁금한 나머지 인터넷에서 관련 정보도 검색해보고 질문도 올려보았다. 수의사라는 사람이 답변을 해주었다. 고양이든 오리든 서로가 만만치 않은 상대라고 인식했다면 적당히 타협하고 살 수도 있다는 것이었다. 그게 꼭 놀랄 일만도 아니라고 했다. 세상에는 친구로 지내는 고양이와 개도 있다고 했다. 그리고 정말로 고양이와 오리가 한집에서 살고 있다면 방송사에 제보를 해보는 게 어떻겠느냐는 제안도 했다. 〈세상에 이런 일이〉 같은 프로에서 취재를 나올지도 모른다는 거였다. 답변을 해준 건 고마웠지만 그 제안은 농담인지 진담인지 헷갈려서 무시하기로 했다.

내 소설은 잘 풀리지 않았다. 여자는 연거푸 취직에 실패했다. 꼬마는 제 아버지와 하루에 한두 마디만 하고 살았다. 그래도 나는 날마다 하얀 화면에 도전했고, 여자는 자기소개서와 씨름했다. 꼬마는 학교에 잘 다녔다.

모든 일이 끝난 어느 일요일에 우리는 모처럼 불광천에서 모였다. 화창한 가을날이었고 산책로는 사람들로 북적거렸다. 길은 비좁고 사람은 많아서 우리는 일렬종대로 걸었다. 예전처럼 일 미터 간격을 두지는 않았다. 서로의 등에 바짝 붙어서 걸었다. 우리는 대오가 흩어지지 않게 걸으면서 불광천을 보았다. 불광천은 여전히 그렇고 그랬다. 오리들도 여전히 그렇고 그랬다. 그 숱한 노력이 무색하게 우리는 여전히 오리의 얼굴을 구별하지 못했고, 놈들도 여전히 우리를 알아보지 못했다. 피차간에 서운해할 일은 아니었다.

신흥상가교를 지나 레인보우 다리로 향했다. 여자가 나를 손가락으로 가리키며 킬킬댔다.

"이 아저씨는 레인보우 다리라는 이름이 불만이란다. 영어랑 한글을 섞어놨다고."

"진짜요?"

꼬마도 킬킬거렸다. 나는 짐짓 정색을 했다.

"섞어놓으면 모호해지니까. 뭐든지 경계가 분명해야지."

여자가 야릇하게 웃으며 대꾸했다.

"어째 소설가답지 않은 사고방식인데요? 과학자적 사고방식 아녜요? 모호하면 모호한 대로 괜찮던데 뭘."

그런가? 듣고 보니 그럴듯해서 나는 크히히 웃었다. 여자는 피식피식 웃었다. 꼬마는 또다시 킬킬거렸다. 크히히와 피식피식은 역시나 잘 어울렸고, 킬킬도 괜찮은 파트너였다.

"저기 올라가봐요."

여자가 우리를 레인보우 다리로 이끌었다. 우리는 다리 가운데 서서 주위를 둘러보았다. 높은 데서 내려다보니까 불광천도 달라 보였다……면 좋았겠지만 그렇지는 않았다. 불광천은 여전히 폭이 좁고 수질은 나쁜 데다 그나마 수량도 적은, 오리들이나 득시글거리는 동네 하천에 불과했다. 불광천이 싫다는 건 아니었다. 수질은 언젠가 좋아질 테고 폭이 좁아서 건너기 편하니 그것도 다행이었다. 오리들도 이제는 어지간히 정이 들었다. 더구나 알고 보면 불광천은 홍제천과 합류해서 너른 한강까지 달려간다. 이대로 충분하지 않은가.

아쉬운 점이 없지는 않았지만 그것도 곧 풀렸다. 꼬마가 물고기를 발견한 것이었다.

"저기 봐요."

꼬마가 다리 아래를 가리켰다. 그늘이 져 다른 곳보다 어둑해 보이는 물속에 물고기들이 떼 지어 있었다. 언뜻 봐도 수십 마리는 족히 되었다. 내 손가락보다 훨씬 굵은 놈도 있고, 딱 손가락만 한 놈도 있고, 손가락보다 가느다란 놈도 있었다. 전에는 왜 물고기들을 보지 못했을까.

"여기도 물고기가 이렇게 있었네요."

"그러게요."

여자와 나는 서로를 보며 웃었다. 꼬마가 음흉한 얼굴로 우리를 힐끔거리더니 공연한 참견을 했다.

"근데 두 분은 언제부터 사귈 거예요?"

우리는 멈칫했다.

"사귈 거면서. 내 말 맞잖아요?"

꼬마는 기정사실인 것처럼 말했다. 여자가 고개를 갸우뚱하더니 내게 말꼬리를 돌렸다.

"소설은 어떻게 돼가요?"

"악전고투 중입니다."

"무슨 소설인데요?"

꼬마의 물음에 여자가 대답했다.

"고양이를 잡아먹은 오리를 쫓는 사람들 이야기. 이 아저씨가 쓰고 있지."

"정말요? 얼마나 썼어요? 저도 좀 보여주세요."

꼬마가 덤벼들 듯 내게로 붙었다. 나는 녀석의 어깨를 부드럽게 밀어냈다.

"아직 얼마 못 썼다. 다 쓰면 보여줄까 말까?"

"보여줘요. 약속해요."

"그러지, 뭐. 약속."

"우리 얘기가 책으로 나오는 거예요?"

"얘야, 그건 아직 나도 모르는 일이란다. 출판사에 보냈는데 그쪽에서 퇴짜를 놓을 수도 있고."

여자가 말했다.

"벌써부터 퇴짜 소리는 왜 해요? 퇴자 놓으면, 뭐? 어때서? 그래도 독자 두 명은 확보해뒀잖아요."

"어이쿠, 든든합니다. 기대에 부응하도록 죽을힘을 다해 씁지요."

우리는 크히히, 피식피식, 킬킬 웃었다. 웃음이 지나간 다음 여자가 물었다.

"결말은 어떻게 할 거예요? 오리를 잡는 거예요, 못 잡는 거예요?"

"나도 몰라요. 써봐야 알죠. 쓰다 보면 어떻게든 결말이 나겠죠."

"어떻게든?"

그랬다. 어떻게든. 쓰다 보면 어떻게든 결말이 나겠지. 어떤 결말일지 그걸 꼭 미리 알아야 하나. 모든 걸 예상하고 예정해야 제대로 살 수 있는 것도 아닌데. 아무려나, 여자의 말이 맞았다. 모호한 건 모호한 대로 괜찮은 데가 있다.

예비 독자 두 사람에게는 미안한 노릇이지만 나는 글을 서두를 생각이 없었다. 전인미답의 금맥을 꿈꾸듯 매일 텅 빈 화면에 도전하고 있지만 그건 내가 살아가는 방식이자 내게 주어진 일과였다. 어차피 평생에 걸쳐 피할 수 없는 나의 운명, 나의 일과. 숨을 거두기 직전에 이르러서야 결말을 알게 된들 어떠랴. 어쨌든 쓸 거니까. 계속 쓸 거니까.

"누나가 뜬금없이 소설 얘기를 꺼내는 바람에 삼천포로 빠졌는데,

저 아직 대답을 못 들었거든요?"

여자가 꼬마의 오른쪽 뺨을 잡아당겼다.

"몇 번이나 하는 소리지만 너 진짜 밉상이야."

나도 꼬마의 왼쪽 뺨을 잡아당겼다.

"몇 번이나 하는 감탄이지만 네 볼 진짜 탱탱하다."

꼬마가 얼굴을 흔들며 외쳤다.

"딴소리 말고 대답이나 하세요! 사귈 거죠? 그렇죠?"

여자와 나는 다소 어색하게 서로를 바라보았다.

"우리는 아직 이름도 모르는데."

"그러게요."

"그게 뭐가 문제예요? 이름을 밝히면 되지. 그럼 저부터. 제 이름은……."

꼬마가 가슴에 손을 척 얹고 무슨 선언이라도 하듯 제 이름을 댔다. 그다음에는 내가, 마지막으로 여자가 무슨 기밀문서라도 펼치듯 자신의 이름을 댔다. 노인의 이름은 이미 알고 있었다. 노인은 얼마전 집에서 고양이와 오리 사진을 찍다가 불쑥 자기의 이름을 발설했다. 자기 이름을 알아주었으면, 하는 티를 내지 않으려 애쓰는 기색이 역력했다. 그때 노인은 우스꽝스러운 이유를 갖다 댔다. 난 이름이 있는데 저놈들은 아직 없잖나. 자네들이 쟤들 이름 짓는 걸 도와주었으면 해서.

여기에 우리의 이름을 밝힐 필요는 없겠다. 고양이와 오리가 결국 어떤 이름을 갖게 되었는지도. 우리가, 고양이와 오리를 포함한 우리

모두가 제 이름을 갖고 있고 서로의 이름을 부르게 되었다는 것으로
충분하리라.

작가의 말

　불광천은 오늘도 흐릅니다. 이 글을 쓰고 있는 2015년 2월 8일은 아침 기온이 영하 12도까지 떨어졌습니다. 혹한에도 불광천은 졸졸 졸 잘도 흐르고, 오리들도 느긋하게 물 위를 떠다닙니다. 변하지 않는 불광천의 풍경입니다.

　거의 매일 불광천을 걸으며 생각했습니다. 난 어떤 글을 써야 하는 걸까. 생각하고 또 생각한 끝에 내린 썰렁한(?) 결론이 진짜 글을 써야 한다는 것이었습니다. 진짜가 무엇이냐고 물으면 대답할 말이 궁하면서도 그렇게 생각했습니다.

　전 장르소설도 본격문학도 다 좋아합니다. 시, 희곡, 수필 등도 좋아합니다. 장르나 형식을 떠나서 글 자체를 좋아하는 겁니다. 좋아하기 때문에 한번 써보고 싶습니다. 진짜 글이라는 것을 말입니다. 김근우만이 쓸 수 있는, 김근우의 진짜 글 말입니다. 앞으로도 장르나 형식에 얽매이지 않고 자유롭게 글을 쓰며 살고 싶습니다. 진짜 글이 무엇인지는 아직 모르지만, 괜찮습니다. 그게 무엇인지 알아가는 과정이 저의 글쓰기일 테니까요.

어쩌면 저는 영원히 진짜를 쓰지 못할지도 모릅니다. 어쩌면 진짜, 가짜 따위 분별이 다 무의미한 것인데 저 혼자 헛짓거리를 하는 건지도 모릅니다. 어쨌든 저는 써나가겠습니다. 매일 하얀 화면에 도전하는 것, 그것이 저의 인생입니다.

감사드려야 할 분들이 많습니다. 우선 뽑아주신 심사위원 여러분께 감사드립니다. 부족한 저에게 대상이라는 영예를 안겨주셨습니다. 더욱 정진하라는 뜻으로 알겠습니다.

안 팔리는 작가를 오랜 기간 기억해주고 지지해주신 극소수의 독자 여러분께도 감사드립니다. 여러분이 계셨기에 작가 김근우도 존재할 수 있었습니다.

그리고 누구보다도 어머니, 형, 형수님 이 세 분께 특별한 감사의 마음을 바칩니다. 세 분은 제가 못난 짓이나 하고 있을 때도 저를 믿어주시고 도와주셨습니다. 한 치도 과장 없이, 세 분이 안 계셨다면 저는 지금껏 살아 있지도 못했을 겁니다.

특히 어머니의 은공이야 새삼 말할 나위도 없을 것입니다. 이 책이 마음에 드셨다면 부디 기억해주시기 바랍니다. 이 책을 쓴 작가 뒤에 그 어머니가 계셨다는 것을 말입니다. 제가 이루어낸 일 중에 어머니께 빚지지 않고 이루어낸 것은 단 하나도 없습니다.

불광천의 오리들에게도 고마움을 전해야겠습니다. 오리들이 없었다면 이 책도 탄생하지 못했을 테니까요. 생각해보니 그 녀석들에게 과자 한 번 던져준 적이 없습니다. 조만간 과자 한 봉지 사서 녀석들을 찾아가야겠습니다.

2015년 2월

김근우

제11회 세계문학상 대상

고양이를 잡아먹은 오리

초판 1쇄 발행 2015년 3월 5일
초판 4쇄 발행 2018년 3월 9일

지은이 김근우
펴낸이 이수철
주 간 하지순
디자인 이다은
마케팅 정범용
관 리 전수연

펴낸곳 나무옆의자
출판등록 제396-2013-000037호
주소 서울시 마포구 성미산로1길 67 다산빌딩 301호
전화 02) 790-6630~2 팩스 02) 718-5752

페이스북 www.facebook.com/namubench9
카페 cafe.naver.com/namubench
인쇄 제본 현문·자현 종이 월드페이퍼

© 김근우, 2015
ISBN 979-11-952602-7-0 03810

* 나무옆의자는 출판인쇄그룹 현문의 자회사입니다.
* 이 책의 전부 또는 일부 내용을 재사용하려면
  사전에 저작권자와 도서출판 나무옆의자의 동의를 받아야 합니다.

* 이 도서의 국립중앙도서관 출판예정도서목록(CIP)은 서지정보유통지원시스템
  홈페이지(http://seoji.nl.go.kr)와 국가자료공동목록시스템(http://www.nl.go.kr/kolisnet)에서
  이용하실 수 있습니다. (CIP제어번호 : CIP2015004111)